过年

神的密码

GUONIAN

SHEN DE MIMA

著

北京联合出版公司
Beijing United Publishing Co.,Ltd.

那多（男一号）

晨星报社记者，强烈的好奇心和对任何事物的怀疑态度，以及记者的身份，使他常常接触到这个世界被隐藏起来的另一面。平心而论，称他为冒险家比记者更合适。

梁应物（男二号）

那多的好友，双重身份。表面上是某大学的教师，实际上是位具有哈佛生命科学博士与斯坦福核子物理硕士学位、为神秘机构 X 工作的研究员。为人严肃而极具理性精神，尽管是那多的好友，却从不因公假私。

何夕（《亡者永生》）

兼具美貌与智慧的荷兰籍华人，范氏病毒的权威研究人员。在《亡者永生》里，她被病毒感染，体内形成了具有自我意识的太岁。那多深爱着的女人。

系列人物档案

《过年·神的密码》

XILIERENWUDANGAN

路云（《凶心人》）

在《凶心人》中以一名大学生的身份登场，实为中国神秘幻术一脉的当代传承者。幻术大成之后，她具有惊人的美貌，但这份美貌的真实成分有多少，永远不会有人知道。

水笙（《变形人》）

听起来像是鲁迅小说里人物的名字，其实却暗示了其非同一般的身份。在《变形人》里，为了爱情，他忍受了十数年痛苦的陆上生活，最终如愿以偿转变成人类，和苏迎在地球的某个角落幸福地生活在一起。

苏迎（《变形人》）

与她接触越多，谜团越多的女子。到底是她精神分裂，还是其言确有其事？

叶瞳（《坏种子》）

某机关报社的美女记者，具有比那多更强烈的好奇心，这往往让她对一些事情做出过于夸张的猜想。其出身颇为神秘，在《坏种子》的故事中有更详细的描述。

夏侯婴（《幽灵旗》）

三国时期夏侯家族的后裔，懂得曹操墓中暗示符。在《幽灵旗》中曾被暗世界的D爵士邀请参加在尼泊尔举行的非常人类的聚会（非人协会），在那里遇到已经中了暗示的那多并成功将其救治。在《暗影38万》中受海盗王之子郑余的邀请上羿岛基地，为那些具有意念移物这项超能力的人做自信的心理暗示。

卫先（《幽灵旗》）

出身盗墓世家，行走在地下世界的历史见证者。在《幽灵旗》中，为夺“天下第一”的称号不惜铤而走险，最终死于曹操墓中的暗示里。

卫后（《神的密码》）

出身盗墓世家，行走在地下世界的历史见证者，卫先的胞弟。被称为“盗墓之王”卫不回之后年轻一代中最具才华天分的盗墓者。

六耳（《返祖》）

原名游宏，同那多一起游玩于福建顺昌时被导游起名“六耳猕猴”。机缘之下，出现返祖现象，全身长毛，毛发可随心所欲地变幻出各种形态，有如齐天大圣的七十二变。

X机构

一个不为世人所知的官方的庞大地下机构，专门调查和研究一切大众认知以外的事件。其成员大多是一流的科技精英，也集中了一些传承古老中国的神秘势力。总之，关于这个机构，我们不了解的永远比了解的多。

注：人物后面的作品名为该人物首次出场亮相的作品。

过 年

CONTENTS

当幻象消失的时候，我觉得自己做了一场荒唐梦。正当我怔怔站着，不知所为时，却听到从后面传来低沉的一声“嗨”，声音极为熟悉。我一惊转身，居然见到这个忽然出现的人，赫然是另一个那多。

查到这里，就有些无从下手的感觉了。我不可能再打电话给赵跃问钥匙在不在他手上，这样显得热心过头了，我还不想把“一个叫那多的记者发现了一本不是自己写的《那多手记》”这件奇怪的事告诉别人。

到现在也过去了好几个月，之所以我现在才把这件事背后的隐秘写入我的手记里，是因为我刚刚才知晓这几个月前的隐秘。这绝不是我后知后觉，如果不是碰巧……我可能永远都被蒙在鼓里，永远。

原本这么曲折才送到我手里的两篇《那多手记》，照理，其中记述的故事该是极度的隐秘，现在居然在一本杂志上堂而皇之地刊登出来。那么容易就能看到的文章，为什么还要辛苦地送给我？

我和梁应物坐在这个庞然巨物上，无疑，这个生物正在飞速移动着，因为没多久，我们就脱离了风暴的范围，阳光又开始照射在我的头上，照射在欧姆巴晶莹的背上。

我的心脏剧烈地跳动着，我的第六感强烈地向我传递危险的信息。

这不是梦魇，而是……那力量再次突袭了我。

不是在作协大院，而是在我自己家里，再次把我拖向无底深渊。

CONTENTS

目录

CONTENTS

过年

第一章

谁是那多

Chapter 1

没有新闻。

以往我写手记，有一个惯例，就是放一则新闻在最前面，因为接下来要叙述的故事，和这则新闻有着千丝万缕的联系，有的是这则新闻背后的秘闻，有的是这则新闻所引出的事件。总之，让大家一开始就看到这个新闻，对于了解后面的故事，很有好处。此外，也好让大家知道，我所讲述的东西，尽管看起来匪夷所思，却并非胡编乱造。

可是这一次不用，是个例外。

这次我要说的，是《那多手记》的源起，如果没有这件事，或许大家就不会看到这一篇篇的《那多手记》。这件事并不是由什么新闻引起的，尽管要把这件事说清楚，在某些必要的时候，我不得不举出一些真实的新闻，但不是现在。

这件事情，发端于 2001 年 7 月初，之所以拖到现在才写出这篇手记，原因很简单：我才搞清楚到底发生了什么事情。一个人表达能力再好，也总要等到他自己搞清楚想表达的东西以后，才能告诉别人吧。

2001 年上海的夏天很热，对常常在外面跑的记者来说，炎热比寒冷更难熬，常常一个夏天跑下来，就像变了个人似的，得脱层皮。当然，老兵油子不在此列。那时我自然还不是老兵油子，非但不是，在

新闻岗位上，是个新到不能再新的新兵。因为，我才刚和《晨星报》签下“卖身契”，成为一名正式的记者，连记者证都没办出来，只好拿着工作证和名片出去采访，好在大多数时候有名片就足够了。

不过那个时候，我的身份虽然只是个刚刚签约的新人，可是自认为已经有些资历了，毕竟从大三开始，就到晨星报社实习，在晨星报社跑新闻的时间要比在学校里多得多，更别说大四了。报社里的记者编辑都混了个脸熟，写起新闻来也早已不是当初什么都不懂的菜鸟。其实，抛开身份不谈，在晨星报社当一个好的实习记者，和一个正式记者的收入不会相差太多，因为收入里的最大一块就是稿费，《晨星报》这类新兴都市报，在多劳多得这一点上做得还是很不错的。对我而言，转正最大的好处在于，我有了自己的地盘。

从前采访回来写新闻稿，得候记者们的空当，看哪台电脑空下来了，赶紧和人家赔上笑脸打招呼，借用一下。写完稿子还要托人家传进报社内部的采访网络。为了不让别人等得不耐烦，更多时候我先写在纸上，然后用最快的速度录入电脑。有时候写到一半就得“挪窝”，怎一个烦字了得。

转正以后，就可以拥有正式的办公桌了，一块用隔板围起来的方寸之地，一张转椅，一个活动柜子，最重要的是，写字台上的那台属于我专用的电脑。

我运气好，正碰上报社购入一批新的办公设备，所以从电脑到活动柜都是全新的，惹得同事们一阵羡慕。不过，分配柜子时运气就没这么好了，我找到那个属于我的柜子，打开一看，挂衣服的地方还好，旁边几个格子里却是一片乱七八糟，堆着不知道哪位的东西。管分派的总务部门小吴说，这个柜子有段时间没人用了，前主人早就跳槽，

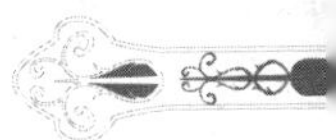

所以这里面的东西随我怎么处理。

怎么处理？当然是好东西自己留下，其他的统统扔掉了。不过闻着里面散发的微微霉味，我怀疑是否还能从里面找出什么自己要的东西来。

是的，各位现在能在这里看到我写《那多手记》，就源于这次整理。

在那时，我已经有了一些和常人不同的经历，在之前断断续续一年多的实习记者生涯中，尽管没碰上什么惊天动地的大事件，但是足以作为茶余饭后谈资的，让普通人百思不得其解的经历，还是有那么一两次的。也不知为什么，我一当上记者，自然而然地，就会注意到许多别人不会关注的细节，又或者说，麻烦天生会往我身上撞，偏生我又不习惯躲。几次下来，我和一些老记者一样，对表面的东西越来越不信任，天知道眼前这有条有理运转着的社会机器，骨子里都是些什么？

然而有奇怪的经历，不代表我就一定得写下来告诉别人，当然我有写的冲动，但是整天写新闻已经很累了，干吗还要给自己增加新的压力？最重要的是，我写出来了，会有多少人相信？

在写与不写的犹豫之间，或许只要稍稍加一个砝码，就立刻会有改变，而接下来我的遭遇，可不止一个砝码那么简单。

因为，我居然看见了一个范本。

那个柜子里从上到下一共有三个格子，每个格子都乱七八糟的，一些看起来很不错的盒子，打开来，全是某某企业开业时赠送的人造水晶摆设，属于所有礼物中最没用的那种，造型不是一幢大楼，就是上海的标志——东方明珠电视塔及几座大桥，往往很沉重地背回报社，就此扔在一边，如果隆重地摆在桌上，定会遭人暗暗耻笑。

无用的礼品之外，是一些比较专业的书籍，比如海关的税表，外贸法规一类的书，可以想见当年这位前辈一定跑过这条线，但对于我却一

点用也没有，我毫不犹豫地把这些扫入垃圾桶。倒是一些空白信纸、信封被我留了下来。整理到最后一个格子的时候，我看见一本硬面记事簿。

这是一本黑色的硬面本，我信手翻开。

我正好缺这样一个采访本，如果这个本子没有用过的话，就不客气地留下自用了。

然而是被用过的。几乎写了满满一本，我从后往前翻，直翻到第一页，惯性将这个本子合上后，我却猛地再翻开。因为在刚才一眨眼间，我看见了自己的名字。

如果在网上用谷歌搜“那多”，会搜到一大堆类似“那多好啊”之类的词，因为这两个字在人名之外，还有太多的搭配方式，所以我这时虽然有些意外，但也没有太惊讶，不过翻开来再看一眼这一点点的好奇心还是有的。

重新翻开第一页，看到第一行的几个字时，我的眉头就不由得皱了起来。

《那多手记》之失落的一夜

相信看到这里，许多人会非常惊讶。老实说我当时反倒没有太惊讶的感觉，因为我那个时候还没有开始写《那多手记》，所以看到这个标题，除了对那多这两个字感到意外，并没有其他的感觉。

不过这样一个标题，足够让我看下去了。

流畅的文字，玄奇的故事，以及心中越来越大的疑惑，就让我站在柜子边，一口气把这篇不到一万字的手记看完了。等到我终于抬起头的时候，脖子已经酸得不行了。

以下是这篇手记的全文，现在我确信全文登出不会有什么版权上的问题，而这篇手记也绝对有让人一口气读下去的吸引力。

《那多手记》之失落的一夜

揭开千年地宫之谜

3月11日凌晨，杭州的夕照山格外不平静。千年雷峰塔的地宫内珍藏了些什么？一个尘封了千年的悬念正待揭开。

上午9时整发掘工作开始。本省及来自北京、上海、济南、郑州等全国各地的近百家新闻媒体都将镜头对准了这一著名佛塔的地宫口。

吴越地宫经历了一千多年的岁月风霜。据测地宫距塔首层地面2.6米，地宫口用一块方形石板密封，石板上则压着一块750公斤的巨石。今天吊起巨石用的是最原始的办法：铁链加绳索。在链条相击的金鸣声中，沉睡千年的巨石慢慢醒转，随着巨石缓缓上升，夕照山红土紧紧夯实着的地宫开口了。

千年地宫终于触手可及了，但覆盖在地宫口的石板却有着千年高龄，从任何一边开启都有令石块碎裂的危险，于是专家决定先将石板原先裂开的小块撬走，然后再整块扳起。

11时18分，石板被成功开启。千年的面纱终于撩起，一个锈迹斑斑的铁函和一尊佛像出现在众人面前，使所有在场的人都为之兴奋。但是，由于地宫已被水浸泡过，埋在地下的文物位置混乱，陷于淤泥无法搬动。人们遗憾地无法当场知晓，这深藏了千年的铁函里究竟装了些什么。

2001/03/12

浙江日报

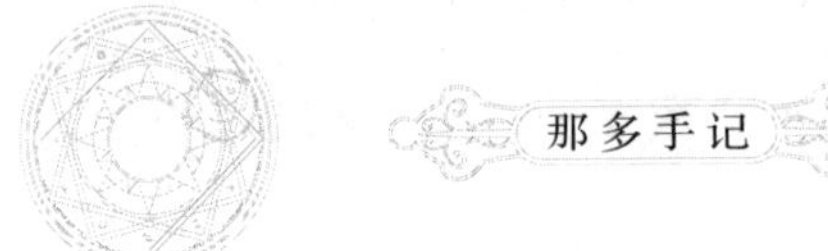

游手好闲地度过了四年大学生涯，又不是新闻系毕业的我，竟然被这家沪上知名的报社录取了，实在令我有些意外。应聘前我并未存多少希望，毕竟这里相传是“复旦帮”的天下，不是复旦新闻系毕业想在这里的新闻部留下，除非才华出众或者有关系。也许这也算是际遇吧，无论如何，我现在已经是一名记者了。

由于部里所有的条线都已经满员了（我一直很奇怪，为什么没有条线可分还要招人），我是没有固定的新闻线索来源的，于是成了个游荡者。只要有突发事件或是重大事件，都归我报道，千斤重担压在身，绝对是个吃力不讨好的活。不过，我那多多姿多彩的记者生涯也由此而始。

建党八十周年就将临近，作为沪上的主流媒体，根据惯例和上面的要求，我们很早就开始着手准备相关的任务报道。我这次被派到的任务，是去做一篇冯立德的专访。

冯立德，今年四十八岁，壮年。国内考古界后起之秀，主持过多项重大考古，比如今年3月杭州的雷峰塔地宫考古，在国内外享有盛誉。

我做人物专访的习惯，是事先多收集一些此人的信息，然后选择一个切入点。而采访冯立德，切入点无疑是几个月前他刚主持过的雷峰塔地宫考古。

然而，当我进入冯立德的个人网页，去搜索更多我想要的信息时，却发现了一个奇怪而有趣的现象。

冯立德的个人网页有个很配他行当的名字：千古之门。这个“千古之门”在业内还算是个小有名气的网站，因为上面不仅有冯立德最新的学术论文，还有一个异常活跃的考古BBS（电子布告栏系统，俗称“论坛”），作为版主，冯立德经常会在BBS上回答众多考古爱好者

提出的各种问题，使得这里的人气越来越高。

可是当我搜索与今年3月雷峰塔这次颇为成功的考古有关的问答时，却发现问答之间不成比例，似乎在初期，冯立德很乐于回答网友关于雷峰塔的问题，没过多久他却完全中止了此类问题的回答。

而冯立德的沉默，始于一个名叫“所罗门王”的网友的一个问题。

问题是这样的：冯教授，听说您在3月11日晚上并未回营地睡觉，请问您在哪里，在现场考古吗?

冯立德的回答是晚上回市区看一位朋友。之后，他就开始了完全的沉默。

我在笔记本上记了一笔，也许在采访中用得着。

三天后，北京。

我在冯立德的书斋中见到了他。

板寸头，古铜色的肌肤，高挺的鼻子，虽然疲倦却依然有神的眼睛，手很纤细。这是冯立德给我的第一印象。

我注意到在他的书桌上摊着一本书，我扫了一眼，那是冯梦龙的《警世通言》第二十八卷：白娘子永镇雷峰塔。

我想我的切入点找对了。

我没有浪费很多时间，简单地问了些他以往的经历后，话锋一转，提起了今年3月的雷峰塔地宫考古。

冯立德是一个很健谈的人，他从古吴越国的历史讲起，讲到那个要造地宫的王妃，讲到舍利盒内鎏金塔中所存佛螺髻发的几种可能来源，并一一开始讲述同时出土的其他一些文物的情况。

然而我却对此不感兴趣，这不是重点，我们忙碌的读者是不会对这些深奥的考古背景感兴趣的。

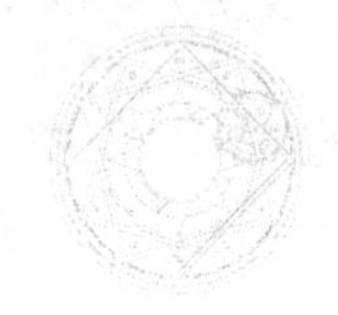

我被迫打断了他，问："能谈谈你们在现场考古时的情况吗？"

冯立德微微怔了一下，似乎在考虑什么。我不知道他在想什么，我提出这样的问题，是再正常不过的了。

冯立德仿佛厘清了思绪，开始回忆挖掘考古的全过程。可是我却越听越失望，他所说的，前期报道中全有了，没有一点新的东西，给我的感觉，好似他在给我复述全国媒体对雷峰塔考古的报道，关于自己的感受、细节、花边故事一概不提。

难道他在隐瞒什么？我脑子里突然出现了这样的念头，这使我兴奋起来。

需要找一个能挑起他兴趣的话题。我想起了在网上看到的东西。

"这样的考古很辛苦吧，晚上能休息好吗，是回城住宾馆还是就在附近营地住？"我很有技巧性地问了一个铺垫型的问题。

"哦，晚上都住在营地里，外出考古一般都这样，那么多年都习惯了，住宾馆反倒不适应。"

"杭州是个好地方啊，您没有趁空闲时间到市区逛一逛吗？那儿的大排档很不错的，价廉物美。"

"哪有这时间，一完事我就直接飞北京了。"

我眼睛亮起来，笑容灿烂地扔出了一颗炸弹："可是，3月11日那天晚上，您不在营地，如果没有去市区的话……您在哪里呢？"

冯立德的脸色变了。

我以前从未见过一个人真的变了脸色，最多只是神情改变，可是现在，冯立德的脸呈现出可怕的青白色，嘴角微微牵动，我可以看见他额头正在渗出的细细汗珠，太阳穴的青筋也隐约可见。冯立德的眼神变幻着，仿佛由回忆陷入了思考。

我心里也有点慌，我没料到这个问题会产生如此巨大的冲击力。我已经找到了关键所在，那天晚上一定发生了什么，从冯立德的脸色来看，那肯定不有趣。

冯立德拿起一支烟，点上，吸了一口，神色终于缓和下来。他仔细看了看我，说：“你的准备工作做得很详细啊，我那个网站，做得还不错吧。”

他的反应如此之快，令我微吃一惊，我笑了笑，算是默认。

冯立德说：“现在像你这样敬业的记者越来越少了，不过，那件事是我的私事，和考古没有关系，就不说了吧。”

我直觉他在说谎，但他既然这样说了，我也没有办法。气氛已经有点僵了，我随便问了几个无关紧要的问题之后便起身告辞。好在这一类的人物报道是一定会发表的，写得差一点也能将就。

冯立德送我到门外，顺便拿报纸。他对我说再见，然后打开信箱。

我忽然听到一声惊讶的低呼，然后是报纸的落地声。

我转过头，看到冯立德低头盯着掉在地上的报纸。他的腰弯了一半，手竟在微微颤抖。

我上前帮他把报纸拾起来，还给他前我看到了头版头条的大标题：“雷峰塔地宫古物将首次展出，第一站是上海”。

在我走出几步时听到身后传来冯立德低沉的声音：“地宫，那天晚上我在地宫。”

我惊讶地回头，门已经“砰”的一声关上了。

回到上海已经一个星期了，文章已经写好交上去，什么时候用是领导的事情了。我一直在想冯立德最后说的那句话，现在，我甚至怀疑自己是不是听错了。

我又特意查过雷峰塔地宫的详细资料。据说，在陕西某处佛塔下的地宫，有三层之巨，彼此间以巨大石门相隔，和真的宫殿一样，然而那样规模的佛塔地宫是唐代才开始的。古越国时期的佛塔地宫，其实只是一个小洞而已。以雷峰塔地宫为例，高不过一米，方圆不过一丈，人在里面直不起腰来。这样的环境，怎么让冯立德待一晚上？

难道那天晚上，冯立德就是对着尚未开启挪动、深陷于污泥中的舍利盒枯坐了一整晚？

今天是雷峰塔地宫古物在上海展出的最后一天，怀着对冯立德事件的好奇，我想看一看那座著名的传说装有佛发舍利的鎏金塔。

我到上海博物馆的时候，离闭馆时间已经很近，售票停止了。我亮了一下记者证，大摇大摆地走了进去，这东西也就这种时候好用。

展览在底层的青铜器馆，那座四角金涂塔[①]放在最显眼的位置，因为曾经进水而有水锈，但仍令人感觉金碧辉煌。不像其他古物让我感到岁月时光的痕迹，这座鎏金塔却给我以一种生的气息。

也许是快关门的关系，这里人特别少，整个展馆除了我之外，只有另外一个人。同我一样，他也站在鎏金塔前，好像看得十分专注。

我忽然觉得他的背影很眼熟，上前几步，仔细端详了一下他的侧面，抑制着心中的讶异，开口打了声招呼。

“冯教授。”

冯立德侧头，看见是我，微一颔首，又转回头去盯着那座鎏金塔。

我心中的诧异无以复加，是什么使日常事务繁忙的冯立德不远千里飞来上海，难道就是为了这座塔？可冯立德一生参与的大大小小的

① 金涂塔：即鎏金塔。

考古活动不计其数，所接触过的古物，价值比这座舍利塔大的怕也不止一两件。

“您……是什么时候到的上海？”

冯立德默然地看着鎏金塔，仿佛没有听到我的话，许久，才以低沉的嗓音回答：“上周三。”

我心里一跳。上周三就是五天前了，那正是雷峰塔地宫文物展的第一天。

“那天结束以后，我一直觉得，那里有什么东西……它在呼唤我，所以，晚上，我又去了。”

冯立德以一种低沉而奇异的声音，如梦魇般述说着。我不知道他是在说给我听，还是仅仅在自言自语。

一个人心里隐藏的事情如果给他的压力太大，终归需要一个机会去宣泄，我知道只要不说话静静地听，就能接近真相了。

“我猫着腰钻进地宫，蹲在舍利盒的前面，我知道现在我没办法把它打开，我只是看着它，然后，我就听到‘铮’的一声。”

冯立德的声音把我带入一种诡异的气氛中，我觉得有什么我不可想象的事情就要发生了。

“那个盒子开了，我看见了它。那是晚上，我提的灯很暗，可是，它在发光。”

冯立德沉默了，我静静地等他开口继续往下说，这个时候，我忽然听见了一种奇怪的声音。

说听也许并不准确，那种声音好像是从我心里发出来的。那到底是什么声音，我说不清楚，我想起了佛寺中的梵唱。

我疑惑地开口问冯立德：“那是什么声音，您听见了吗？”

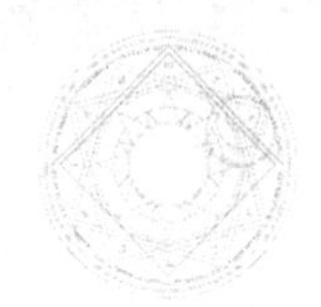

冯立德面色惨白，喃喃道："又来了，又来了。"他双手捂头，踉跄着奔出了青铜器馆的大厅，消失在我的视线里。

我转回头。

面前的鎏金塔，它在发光。

当那光芒照到我的时候，我竟一阵晕眩。

当那柔和的、迷蒙的、雾气一般的光在我身边消散的时候，梵唱般的奇异声音也停止了。

我闻到一股潮湿的泥土气味。很静，有鸟鸣。

我站在一条山径上，四周是山、林，远处有溪水。

我愣住了。

我闭上眼睛，想象自己仍在上海博物馆的青铜器馆里，然后再睁眼，眼前的一切依然没变。

难道，这就是白日梦，还是……我想起了那发光的鎏金塔。我的脑海中一瞬间掠过一串名词：催眠术、海市蜃楼、异空间、虫洞、时空裂隙……

见鬼了。

我握紧拳，狠狠地打了一下身边的一棵香樟。

我的手剧痛，那碗口粗的香樟只轻微晃了晃，一阵沙沙的树叶声。一切都那么真实。

彻骨的寒意沿着脊椎骨蔓延开来。

我忽然明白，冯立德那一夜是在哪里度过的，就是这里。

可这是哪里？难不成，我是在那鎏金塔里？

这个念头很荒谬，但我现在的遭遇更荒谬。

我想起了前不久打过的一款叫《轩辕剑》的游戏，那里面有一个

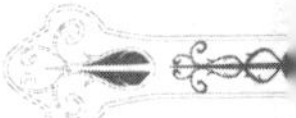

名叫“炼妖壶”的中国瓷壶，壶中别有洞天，漂亮得像仙境一样，就像这里。

我那无可救药的好奇心终于发作了。

我曾经对一个名叫林影的漂亮女孩说，我当记者唯一的优势是我的好奇心。可是她对我说，当记者，最要不得的就是这东西。

总之，当我的好奇心发作的时候，九头牛都拉不回我来。

我顺着山径向前走。如果这真是在塔里，那我倒要看看，这塔中的天地有多大，前面等着我的，不知是什么呢。

我的第一次历险就这样开始了。现在回忆起来，那时还真是单纯得令人发笑啊。要是我一直以这种不知天高地厚的态度，对待每一次经历的不可思议的事件，恐怕现在早就没命坐在电脑前敲下这些文字了。

景色真的很美，我已经走到出汗了，先前的寒意早被汗水驱散。转过一个弯，我终于看见了不一样的东西——雷峰塔。

真的是雷峰塔，和以前看过的照片一模一样，七层高的赭色的雷峰塔，就矗立在离我很近的地方。

可是，雷峰塔不是在西湖边吗，这里是杭州吗，西湖在哪里?

这样想的时候，我看见了西湖，就在雷峰塔的后面，波光粼粼。我想再走近一点的话，就可以看到连我爸都没有见过的雷峰塔倒影了。

有游客在雷峰塔里进出，奇装异服，不知是什么朝代。一个女孩显然是看见了我，脸上露出惊异的神色。她长得真的很美，很有灵气。我朝她笑了笑，她侧过头，似乎想了想，也朝我微笑，然后向我走来。

我的心扑通扑通地跳起来，我该怎样向她打招呼呢，说“小姐，贵姓”吗，可是古时候，问女孩子的名字好像是不礼貌的。

电光石火间，我突然想到一件事。

我想到了冯立德在回想到他的经历时那惊骇欲绝的神情。那样的表情，无疑说明那天晚上他的经历极为可怖，可是现在，为什么看起来一切都那么美妙，难道……

方念及此，异变已生。

一阵刺骨的萧瑟瞬间把所有的东西攫住。风变得阴冷，天空灰暗下来，树叶开始发黄、掉落，树干开始枯死。万物仿佛在一瞬间被抽去了生气。

最令人心胆欲裂的是那个正朝我走来的美丽女孩。她在转眼间衰败下去，脸色开始变黄、发灰，皱纹迅速产生，头发很快就全白了，一阵阴风吹过，白发四散飘落。她仍在朝我走来，身上的衣服早已破败四散，露出的却不是光洁如羊脂的少女玉体，而是正在腐败的肌肉，烂红色的血管和一小块一小块挂着的青色皮肤，黄色的尸水开始往外渗出……我就这样看着她的身体萎缩腐烂下去，在走到离我触手可及的地方时，她已经变成了白森森的骷髅，那双很有灵气的眼睛成了两个塞着烂肉的洞，嘴张开来，灰黄的牙掉了出来。骷髅的左腿白骨又向我迈了一步，纤细的手骨微微抬起，像要抓住什么似的。然而，所有的支撑都消失了，骷髅哗啦啦地倒下来，变成一堆白骨。

放眼望去，雷峰塔前白骨处处，周围的参天大树已经枯死，大半倒在地上，风里开始带起黄沙，赭色的雷峰塔在风中轰然倒塌，激扬起的沙尘把那些白骨吹散，和黄沙混在一起，背后的西湖，不知何时已经干涸。

我几乎想转身狂奔，就像冯立德在博物馆里做的那样。无论是谁，有再大的胆子，也会被这比最黑暗的噩梦还要可怕十倍的情形击倒。

我已经能尝到自己的苦胆水了，现在回想起冯立德，那真是个很

够胆和很有好奇心的家伙，当然那是一名考古学者应有的素质。可我那该死的好奇心比冯立德还要大一些，虽然双腿不由自主地发着抖，但我居然克制住了逃跑的冲动。

我用尚存的理智开始思考这件事，至少之前我看见了活生生的冯立德，和面前这摧毁一切的伟力相比，我觉得我逃不逃和我能否生存下来，其实没什么关系。我看了看我的手，并没有如那个女孩一样变成白骨，虽然刚才她离我是那么近，但我却没受什么实质性的影响。

我笑了。我时常在最紧张最恐惧的时候笑，以示我的镇定。

然而这种平日很能起作用的镇定方法此时却没有多大效果，因为我知道，刚才那一切仅仅只是个开端。

也许对我来说，红颜枯骨可算是恐怖至极，但对于冯立德这个考古名家而言，一生不知进过多少古墓，见过多少干尸，心智可说已十分坚强，想来前面的一幕纵使有些意外，也不至于会骇得心胆欲裂，事后想想就害怕得手抖。

所以，在未知的前方，一定还会有什么发生。

可我无处逃避。

就当我惶惶然欲举步走向雷峰塔的废墟一探究竟的时候，眼前的景物竟又起了变化。

四周像是起了雾，一片微微的白色，在这白色之前，隐然有幻象出现。

我知道那一定是幻象，不仅因为形象有些扭曲变形，更因为那幻象中的人竟是我自己。

那幻象中“我”的行为，极为逼真，连许多只有我自己知道，在无人时才会放肆做的小动作，常挂在口中的喃喃自语，也分毫不差，

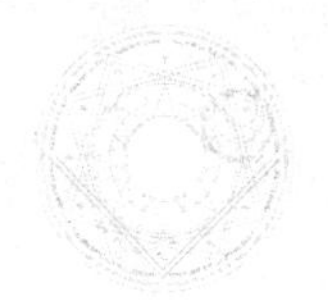

就好像是谁给我录的全息录像，现在回放给我看。

只是这段录像中我所做的事却十分奇怪，如果不是这么奇怪，我几乎要认为这是我未来生活的预示。

那里面的我，正对着电脑，不断地打着游戏，而每款游戏却只打到一半就进行不下去了。时光流逝年岁增长，竟好似我的后半生，就在“打新游戏，卡住，又一款新游戏，再卡住……”中度过似的。

当幻象消失的时候，我觉得自己做了一场荒唐梦。

正当我怔怔站着，不知所为时，却听到从后面传来低沉的一声“嗨”，声音极为熟悉。

我一惊转身，居然见到这个忽然出现的人，赫然是另一个那多。

先是在幻象中见到自己，又看见一个活生生的长得和我一模一样的人，这究竟是什么鬼地方。

那个那多脸上露出一种似笑非笑的诡异神情（我都不知道自己居然能做出那么讨厌的表情），用和我一模一样的声音说：“别怀疑，我就是你，是你意识的一个分身。”

他的话仿佛有一种魔力，让我直觉他说的是事实。

他接着说：“你刚才见到的，就是你这一生的命运。”

我喃喃地说：“命……运？”

他用不容置疑的口气说：“是的，命运，要破解这悲惨的命运，只有一个办法。”

我不自觉地顺着他的话问：“什么办法？”

他用手指着旁边忽然出现的一团白光，说：“你不会在这里待很久的，站到那里，你就可以出去，然后，把鎏金塔打破。”

他脸上的神情变得十分庄重：“这样，你的宿命就会改变，为了你

也为了我，快去吧。”

我举步迈向白光，但只走了一步就停了下来。

刚才面前这另一个“我”的一言一行，有一种说不出的奇怪力量，让我觉得他说的全都是真的，我应该照着他的话去做。但现在我心神一宁，立刻觉得其中大有问题。

一个人怎么可能会有如此奇怪的未来，简直荒谬到没有一点可能性。只要用理性来思考，就知道这毫无疑问是谎言。

一念及此，我就知道问题出在这个自称是“我”的分身的人身上。

我直视这张和我一模一样的脸，沉声问：“为什么骗我？你到底是谁？”

他完全没有想到我会忽然有这样的反应，说：“你说什么？”

我心里更加肯定，说：“一个人怎么会有这种命运，连五岁小孩都骗不过。”

我把他刚才的话在心里转了一遍，顿时想到症结所在，眼前掠过采访冯立德时在他书桌上看到的《警世通言》，不由得惊道：“你想骗我打破鎏金塔，放你出去！”

对面的“我”神色一变，厉声说：“你要是不答应，就永远待在这儿，再也别出去了。”

我心里一惊，这里是这怪物的地盘，怎的自己说话如此不小心。

正不知该如何时，想到一事，眉头顿然舒展，我脸露微笑说：“你若有能力把每一个看鎏金塔的人都吸进来，不管吸进来的是整个人还是仅仅只是精神，都足够引起轰动，到时科学界对这座塔详加研究，你还怕没有机会脱身？照我看，你根本就没法把人留在这里很久。你上次骗不倒冯立德，这次一样骗不倒我。”

那个“我”神情变了几变，似乎被我说中心事，脸上有些黯然，哼了一声说：“上次那个人看到的，的确是他真实未来的一种，若不是能量因此消耗大半，也不用耍这把戏骗你，否则，我看以你的定力，远不及他。现在，罢了，大不了再多在这里待一会儿。”

未等我来得及说话，他忽地消失不见。

旁边那团白光仍在，我一脚跨进去，只觉四周白雾缭绕，脑中开始昏昏沉沉的。

白光散尽时，我发现自己又回到上海博物馆的青铜器馆。

正愣神时，一名管理员走近，说：“先生，关门的时间到了。”

这件事之后不久，考古界传来消息，冯立德主持的一项重大考古活动发生事故，据说由于土石塌方而导致多人死伤。冯立德就此一蹶不振，不久就宣布退出考古界。而此时我也隐约猜出当时冯立德看到的未来是什么样子，同时理解他为何如心压巨石般对鎏金塔充满恐惧，因为早在今年 3 月 11 日晚上杭州雷峰塔地宫里，他的考古生涯就被判了死刑。

我打从心里佩服冯立德，在这种情况下，还能把持作为一名考古学者的原则，不为一己私利去破坏鎏金塔，换作是我，可能真的做不到。要知道像他这样身份的考古专家，要是以考古学上的理由提议打开鎏金塔看看里面是否真有佛发舍利，很可能会得到批准。

后来我和好友林影谈起这件事，这个极端怪力乱神的女孩很是起劲。据她分析，那被困在塔里的东西对我用的是一种记忆衍生法，把我记忆中最重视、印象最深刻的东西拿出来朝坏的方面推导一番，偏生我这个人对工作漫不经心，又没老婆情人，一天到晚打游戏，前一

阵子打《致命武力》打到一半碰到了BUG（故障）前功尽弃，满心懊恼，想起来就胸堵，而那个怪东西看来对现代人的生活极不熟悉，结果搞出来的未来像一场闹剧，否则，还真不知会怎样。

林影幽幽地对我说："其实，当时你真的很危险。"

我问："为什么？"

她说："事后证明你只是精神去到了那塔里，而人的精神何等脆弱，纵然不能把你长困其中，让你精神错乱还是办得到的。"

我回想当时的情况，点头同意。

林影一笑说："看来，你碰上了一只好妖怪。"

还有，这件事过后很长一段时间，我看见美女就想起白森森的骷髅，绝对的坐怀不乱。

这篇东西让我最惊讶的地方，不是在故事上，而是文章最后的落款——那多，当然这时候我也明白了所谓的《那多手记》是什么意思。

我的第一反应就是打电话给小吴，问他这个柜子的前主人叫什么名字。小吴一时间也回忆不起来，说要给我找找。

"是不是和我一样——也姓那？"我话到嘴边又改了，直接问别人是不是也叫那多真是太可笑了。

"不会。"小吴回答得斩钉截铁，"我们报社以前就没有姓这个姓的，你当姓那的很多吗，那可是珍稀动物啊。"小吴和我开了个玩笑。

我道了谢，挂上电话。

细细想来，虽然手记开头的那段形容很像我，不过，我并没有一个叫林影的朋友，所以这篇《〈那多手记〉之失落的一夜》，该是认识

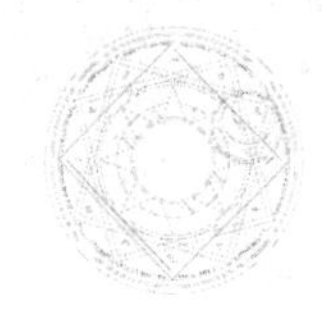
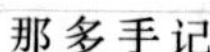

我的人假托我之名所写的。大概是我的名字比较奇怪吧，叫《那多手记》总比叫《张得志手记》之类的好听。

可是，我坐在自己的办公桌前发呆，脑子里的疑问一个接着一个地冒出来，让我一时间头大无比。

第二章

线索中断

Chapter 2

我从刚才搜罗来的信纸里抽出一张，开始把疑问一条条写出来，打算理一下。由于头脑的混乱，写出来的疑问也没什么条理。

一、这《那多手记》里写的到底是真的还是假的？

二、这本手记是不是柜子的原主人写的？

三、如果不是，那么这本手记是怎么到柜子里去的？

四、这本手记或者是写这本手记的人，和我有没有什么关系？

我觉得自己想得头都要晕了，可是居然只理出四条问题，可见我的归纳能力实在不怎么样。

第一条暂且放一放。第二条，这本手记是不是柜子的原主人写的，我重新翻了一下手记，立刻就有了结论：不是。

那个人离开晨星报社已经很久了，可是手记开头所写的，我是个没有条线的记者这一节，却是完全正确，就在前天，我才被领导找去谈话，被告知这个不幸。难道说这是作者蒙的吗？就算是蒙的，这篇手记里的时间，就是前不久，开篇的新闻时间就是 3 月份，而手记里采访冯立德的时间，则是 6 月份。特别是手记后面所写的展览。我顺手打开了东方网的上海新闻页面，很快就找到了。答案竟然是……手

记里最后事件发生的时间，也就是雷峰塔地宫文物展的最后一天。天，真的有这个展览，就在上海博物馆，而今天就是展览的最后一天！

那位早就离开了晨星报社的仁兄，怎么会写得出这样的手记？

接下来的一个问题，这篇手记是怎么跑到柜子里去的？

无解，只好先行跳过。

回到第一条，这篇手记是不是真的？

我打开谷歌，很快找到了一大堆关于雷峰塔地宫的新闻，我随手调了几条打开看，和这篇手记引用的新闻大同小异。不用再找了，这篇新闻一定是真的。这在我的意料之中，刚才找到文物展的新闻消息时，就猜到了。

可是，这篇手记除了“我”之外的另一个主角——冯立德，却是没有这个人的存在。从找到的新闻里看，主持地宫挖掘的人叫徐先，至于是怎样的身份背景新闻里没有介绍。

我认定这篇手记是虚构的最主要的原因，不是冯立德这个虚构人物，而是文物展的时间。既然今天才是最后一天，而手记里却已经写到，那不是很明显的瞎写吗？

估计这篇手记的写作时间，应该是看见文物展要在上海展出的新闻不久，也就是说——一两个月前吧。

才一两个月，可是看这本硬皮本，却很有些沧桑的痕迹呢。或许什么样的东西放进这个快霉掉的柜子里，都会很快沧桑起来吧。

想到这里，问题再次转回来：这本本子怎么跑到柜子里的，为什么有人要把自己辛辛苦苦用笔写下来的小说丢到这个无人问津的柜子里去呢？

真的是无人问津吗？还是要让我今天看见？

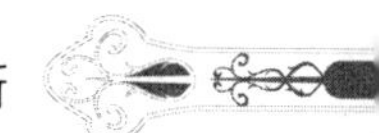

还有，虽然那多这个名字很有些特色，但是就为了这点，把自己写的小说冠上有别人名字的标题，末了还署上别人的名，这也太说不过去了吧。

经历过一些事，所以我对一些看上去平淡无奇的事也会多留一点心，而碰到现在的怪事，更是想得一团复杂。照我现在的逻辑推理下去，那岂不是说这篇小说背后的人或事，一定和我那多有关系？

如果是这样的话，那么，这篇《〈那多手记〉之失落的一夜》里所写的，就该不会是全盘虚构这么简单。

我心里一动，立刻在谷歌上打出了“千古之门”四个字。

我找到了，真的有这个网站！

我进入 BBS，一页一页往后翻，终于，看到这样的问题：“徐教授，听说您在 3 月 11 日晚上并未回营地睡觉，请问您在哪里，在现场考古吗？”问者是所罗门王。

莫不是写的人怕惹麻烦，把徐教授改成了“冯教授”？我不由得闪过了这样的念头。

我抬腕看表：下午 1 点 50 分。

既然碰到这样的怪事，就不要躲避，现在，就让我到上海博物馆去看一看那个鎏金塔。如果这真是针对我的，那么我怎么都逃不过吧。

我从座位上起身，然后就听到有人在叫我：“那多。”

后来我时常想，如果那天我去了上海博物馆，会不会看见鎏金塔前徘徊的徐先，会不会如同那本奇怪的《那多手记》中所写的，灵魂出窍，进入塔中。

那天我没能成行的原因，是一通该死的热线电话。当然，作为一

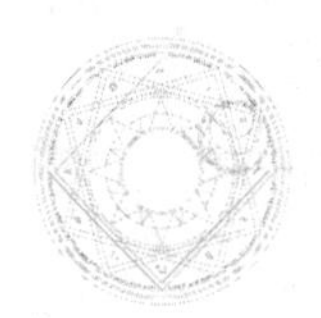

名记者，这样用词很不妥当。我们报社有一条长设的热线电话，本意是让市民打电话进来报告新闻线索，可大多数时候，打进电话的市民都说些邻里纷争的鸡毛蒜皮的小事。那天倒真进了通新闻电话，说是一个消防龙头坏了，水喷泉一样壮观地喷个不休。

这样等级的出击任务，老记者是没什么兴趣的，当然就落到了我的头上。我刚刚签合同，在这段时间自然要任劳任怨，所以立刻就赶赴事发现场，等回到报社写完稿子，上海博物馆早就已经关门了。

而为了这样一个虽然奇怪但全无头绪的故事，就打什么冒险的主意……还是算了吧。

第二天到报社的时候，小吴告诉我，柜子的前主人叫赵跃，并给了我一个从人事部门那里得来的手机号。

“谢谢你，我整理了一下柜子，里面有些东西可能他还要用。”我找了个理由。

“要是我就全扔了，你想得还挺周全的。”

一个问题到了嘴边我又咽了回去，现在就问的话，不是最好的时机。

赵跃？似乎有点印象，我实习的时候，可能打过照面，但他不会记得我吧。

我拨通了赵跃的手机。虽然觉得这件事未必和他有关，但还是确认一下为好。媒体之间人员流动很频繁，赵跃现在多半也是在哪家报社任职，不过我并没有搞清楚的打算，我想搞清楚的只有一样。

“喂，是赵跃吗，我是《晨星报》记者那多。”

“噢，有什么事吗？”一个略有些哑的嗓音。

“是这样，我刚进报社，分到你以前用的柜子，我想问里面有什么

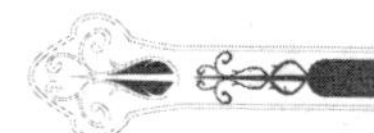

你还想留着的东西吗？”

“没有了吧，随你处置。”赵跃似乎想了一下，回答我。

“不过里面好像有一篇小说，叫什么手记的，是你写的吧，也不要了吗？”我很有技巧地问出问题，特意隐去手记前面的“那多”二字，否则，如果对方不知情的话，岂非会觉得我这个问问题的人精神有些毛病。

“小说？”赵跃有些惊讶，“我从不写那玩意儿，大概是别人的。我离开《晨星报》有段时间了，可能别人用过，放进去的吧。”

和我想象的一样，我正要挂电话，赵跃问我：“你刚才说你叫什么名字？”

“那多。”

“姓那的人不多啊，是多少的多？”

“是的。”

“嗯——《晨星报》还不错的，好好干吧。”从《晨星报》跳槽出去的前辈这样鼓励我。

赵跃走了以后就没人用过这个柜子，这点小吴已经对我说得很清楚了。那么，这本神秘的有着我的名字的黑本子以及里面的故事，是从何而来呢？

我拨了小吴的分机。刚才没问出来的问题，现在可以问了。

“小吴啊，我是那多。真是奇怪了，我刚才打电话给赵跃，结果他说几件礼品摆设不是他的。”

“咦……”

“你有没有给过别人钥匙？”

“没有，这些备用钥匙原来都放在一起锁着呢，前天我刚拿出来帮

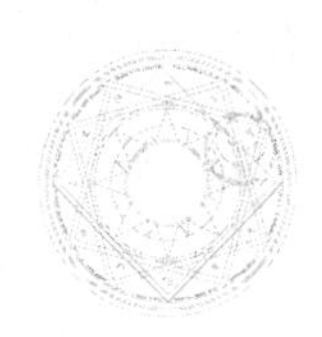

你配的，别人怎么会有？倒是赵跃走的时候挺急的，交代得比较草率，可能他把自己的钥匙给了哪位同事，别人有放不下的东西就放进这个柜子了。哎呀，你真是的，这些东西，你想怎么办就怎么办吧。”小吴有些不耐烦了。

“好的，好的。”我也知道自己很烦，连声答应着，挂了电话。

查到这里，就有些无从下手的感觉了。我不可能再打电话给赵跃，问钥匙在不在他手上，这样显得热心过了头，我还不想把一名叫那多的记者，发现了一本不是自己写的《那多手记》这件奇怪的事告诉别人。

可是我又不可能一个个地问报社的同事“请问赵跃有没有把他柜子的钥匙交给你”。

所以，在检查了一遍柜子的锁，确认没有被撬开过的痕迹后，我就把这件事暂时搁置了。柜子里的东西全都被我扔进了垃圾桶，那本《那多手记》也就静静地躺在我电脑台的抽屉里。

其实原本还有一条路走，就是著名考古学家徐先，《〈那多手记〉之失落的一夜》中的另一主角，但我既然已经打算不去理会这件事了，就没必要再横生枝节。反正这件事也没有碍着我什么，我干吗非得追查下去，最后要么一无所获，要么弄得一身腥。就算如我的第一反应，这件事和我脱不了干系，那么就等着事情来找我的那一天吧。

事实上，我很快就把这件事忘在了脑后。因为在不久之后，我遭遇了一宗非常恐怖的事件，经历过这件事的当事人们，许多人都在这件事结束后出国或离开了原先的生活环境。尽管我是一个神经相当粗壮的人，但也有很长一段时间陷在此事的阴影里。如果看过《〈那多手记〉之凶心人》的朋友，就一定可以了解这是一种什么样的恐怖。

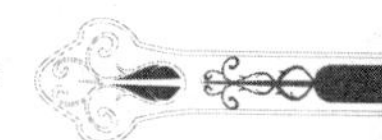

而“凶心人”事件后，怪异的事件一宗接着一宗，似乎我一下子具备了能看破一切掩饰的火眼金睛，相比较起来，我此前虽然也有一些经验，却只能称之为“小打小闹”，无论从事件的影响还是让常人难以接受的程度，都无法比拟。梁应物对我说：“你具有把特异事件凝聚在你身边的能力。”这个严肃的家伙他可是很少说这样的笑话的。

有的时候，往往一件事在刚刚结束没多久，我正喘息方定，还没来得及回味或向“同道”炫耀时，竟又陷入另一宗当中。所以，实在是没有精力和时间来对这件事深究。

不过，受到《失落的一夜》的影响，我开始把自己的遭遇记录下来，也把它称为《那多手记》。这算是剽窃吗？我不知道。我觉得这个方式很不错，以我经历之奇怪，有朝一日能出版的话，说不定能赚比我工资更多的钱也未可知。更重要的是，我发现，这是一种舒解压力的极好方式。当一个事件在我笔下逐渐还原的时候，这个事件带给我的负面情绪也随风而去了，我就像在看一个别人的故事，安静地旁观着。

时间到了 2002 年。

4 月底的上海，已经有些热了。我去参加一个新闻发布会，请柬是直接寄到报社总编办的，一个市政工程的招标会，对口的记者高一民正好有其他事情，时间上冲突，于是就由我去。

地方是在华亭宾馆二楼的一个会议厅。我到的时候距请柬上的开始时间已经过了一刻钟，但却正属有迟到习惯的记者们到场的高峰，记者签到的大红本子处站了好几个人，一个接一个地签了名，接过主办方递来的礼品袋，新闻稿和不知什么礼品都塞在里面。

我签完名，接过礼品袋正要往会场里走，挨在我旁边刚接过笔要签名的记者，却有些意外地说："那多？"

我回过头，似乎并不认识他："是的，你是？"

他先龙飞凤舞地在红本子上签下自己的名字，再摸出名片递给我："《新闻晨报》，赵跃。"

我愣了一下，然后才想起来。是他，那个柜子的前主人。

我笑了一下，还没想好该怎么说，他就问我："现在《晨星报》改你跑市政条线了？"

"哦，不是，还是高一民在跑，他今天其他地方有个会分不了身，我临时代他，真是巧。"

我们边说边往里走，进了大厅，里面已经有人在发言了。

"等会儿结束的时候，我有些事找你。"赵跃略略压低了声音说。

我有些诧异，不过还是点了点头，找了个位子坐下来，翻看主办方附送的新闻稿和资料。而赵跃则和随他一起来的摄影记者坐在了一起。

半个小时不到，我就有些坐不住了。所有的发言我手上都已经有了，台上讲话的人一点点地念，我早已经把材料翻了好几遍。似乎没什么值得挖掘的东西。耐着性子又听了一会儿，忽然一只手轻轻拍了下我的肩。

我转过头去，赵跃弯下腰问我："你还要听多久？"

我会意地点了点头，起身和他一起离开。早前我就挑了个边缘的位置坐。所有的记者参加发布会都喜欢坐这样的位置，早退起来比较方便。

我见只是赵跃一个人，顺口问了一下他的摄影记者。

"拍完早回去了，你待会儿还有什么事吗？"

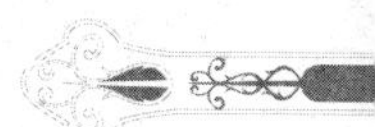

“今天没别的采访了。”我说，心里猜测着他到底要和我说什么事。

我们走到宾馆的大堂，有一圈沙发空着，赵跃坐了下来，我坐在他的对面。

赵跃沉默着，似乎正在想措辞，我则等着他开口，毕竟我和他一点都不熟。气氛变得有些微妙。

“那多？”赵跃的语调上扬。那并不是习惯性地在对话前先叫一声别人的名字，而是在确定什么。

我眉毛一扬，转而笑了一下。

“对不起，我只是有些奇怪……”赵跃抿了抿嘴，“我想我还是从头说。”

“我离开《晨星报》大概是前年年底。那时候走得有点急，所以许多交接工作都没有做好。上次你打电话问我的那个柜子，钥匙就没来得及交还给报社。”

赵跃没有说离开《晨星报》的原因，一个人跳槽总有他自己足够的理由，他没有把这个理由告诉我，自然是因为这和他接下来要说的事情无关。而赵跃说到那个柜子的钥匙还在他的手上时，不由得让我一愣，这可和我原先的推测不符。

“去年 1 月我收到了由一个陌生人送来的包裹。他是个下岗工人，在一天晚上敲我家的门，把包裹给我，然后就离开了。包裹里有两样东西，一封信和一个黑色的本子。”

听见“黑色的本子”，我心里一动，但我并没有打断赵跃，让他继续说下去。

“当时我有些莫名其妙，做的第一件事，自然是把那封写着‘赵跃收’的信拆开。那封信里写了两则内容：一是希望我尽快把这个本子转交给一个叫那多的记者，而这个记者可能在《晨星报》工作；二是作为我做这件事的报酬，已经在我的工行灵通卡账户上存入了一百万元人民币。我以为这是个玩笑，我翻开那个本子，看见了那篇《那多手记》，很不错的故事……”赵跃的眉头微微有些皱起来，“是你写的吗，那多？我看见后面的署名了，我想中国虽然同名同姓的人很多，但叫那多的应该没几个吧。”

我越听越糊涂，那本《那多手记》的来历竟然是这样的，虽然知道了那个黑本子的来历，谜团却不减反增了。听到赵跃的问话，我摇了摇头：“不，不是我，我刚看见的时候，也很奇怪，所以才会打电话给你。倒是你，既然当时觉得是玩笑，为什么……”

赵跃嘿嘿一笑：“我第二天查银行卡的时候，真的发现多了一百万元。”

“谁给汇的？”我立刻问。

赵跃眼光一闪，说：“你的反应很快嘛，我直到第三天才想起来，可以到银行去查，可是却查不到。”

“查不到？怎么可能？银行都有记录而且有义务告诉给客户的。”

“银行回答我，鉴于他们内部的保密条例，给我汇款的这个人的身份不能透露给我。”

“你是记者，没亮身份吗，他们敢这么回答你，不怕曝光？”我皱着眉头说，这件事情真是越来越复杂，看来我要被拖下水了。

赵跃看了我一眼：“当记者这么多年，我还分得清什么能碰，什么不能碰。我唯一利用身份知道的一点是，就连工商银行上海分行的行长，都不清楚汇款者的身份。”

赵跃摊开手：“我没有别的选择，我不想和那个神秘人作对，又不

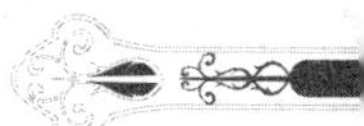

是在拍好莱坞大片，主角再怎么胆大妄为都不会有事——更何况，至少从表面上，我看不出做这件事对人对己有什么危害。对了，你已经拿到那个本子了，有什么麻烦吗？”

“没有，什么事也没发生。”其实拿到这个本子之后不久，我就遇见可怕的“凶心人”，不过那似乎和这件事并没有什么关系。

赵跃吁了一口气，神色明显轻松了很多。

“只是，你怎么知道我会恰好被分到你以前的柜子？”

“你的姓很少见，所以我早就听说《晨星报》有名姓那的实习生。我猜你会不会就是那多，当时打电话到报社问的时候，你还没进来，过了一个月再打电话，说是基本定了。报社的柜子本来就没几个是空的，所以我就把黑本子放进自己的柜子里，再特意把钥匙还到总务，还和管这事的小吴聊了会儿，说一代新人换旧人，我走了新血又要进来了，提了你一句。这样，我想他给你安排柜子，会最先想到我的。就算你没分到这柜子，我已经预配了把钥匙，到时候拿出来另想办法就是。”

我颇有些佩服赵跃的法子，凭几句话对潜意识的影响，轻易地就让本子顺利到了我手上，只是他为什么不直接给我？我把这个疑问告诉赵跃，他苦笑：“因为我不想和你直接接触，避免被卷到什么事情当中去。”

“那你现在？”

赵跃沉默不语。

我有些感动，知道赵跃虽然把《〈那多手记〉之失落的一夜》放进了那个柜子里，心里恐怕一直在担心，今天见到我终于忍不住询问，见我并没有出什么事，才放下心来。在现在的社会能有这份心，已经

算很不错了。

“其实，我一直觉得这件事不简单，而且很可能会和我发生些关系。但到目前为止，我一点线索也没有，就只好当缩头乌龟，等哪一天事情找上我了。你今天这么一说，事情更不寻常，那个给你送信的人，你知道他的联系方式吗？”没有线索的时候就算了，现在有了线索，再不查一下，就有些说不过去了。而且以我的好奇心，很想知道那个神秘到连工商银行都不能透露身份的人，到底在打着什么主意。

“那个人，我只知道是棉纺三厂的下岗职工，不过如果真要查的话，应该还是能查到的……”赵跃顿了顿，仿佛下了某个决定，“老实说，自从我拿了这一百万元，到晨星报社逛了一圈，偷偷把黑本子放进柜子里，这心就没踏实过，睡觉都睡不安稳。今天见到你，我忽然有了个想法，索性想办法把这件事搞清楚，至少尽过力了。所以，如果你相信我的话，我帮你去查这封信和这个本子的来历。”

见我有些犹豫，赵跃又说：“其实我是在帮自己，好歹得让自己去了这块心病啊。”

我终于点头，因为有些心结必须自己去解开。但我提醒他：“要是你查到了什么觉得‘不能碰’的，就别去碰，一有进展就告诉我。”

赵跃点头。

回到报社，我一边把发布会的新闻稿输入电脑里，一边重新把《那多手记》事件从记忆里拎出来理一遍。三心二意下，传给编辑的稿子被挑出来好几个错字，被不痛不痒地说了几句，反正我皮厚得很，当耳边风吹过去了。

从赵跃那里得到的信息表明，那只幕后黑手不仅不方便直接接触我，其实对我也不一定十分熟悉，因为他只知道我可能和《晨星报》

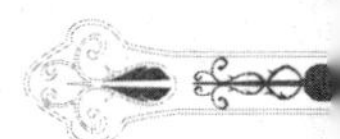

有关，但并不肯定，也没有告诉赵跃我在《晨星报》做了很长时间的实习生，否则为了便于寻我，这样的信息是一定要告诉赵跃的。那么，他找赵跃来做这个“二传手”，恐怕是因为赵跃在上海媒体圈内的活跃度高，他交友广泛，几乎上海的每家报社里都有他认识的记者。

对我既然不熟悉，却又一定要把这本子给我，哪怕花一百万元的代价？

我的手指在电脑台上有节奏地“哒哒”敲击着，那关键的一点，是什么？

是内容！

不与我接触，可能有其自己的苦衷，而花一百万元，则说明要传达的信息是多么重要和紧迫，至于用我的名字来命名标题、命名主角并且署名，只有一个目的——让我重视这个《〈那多手记〉之失落的一夜》，不要把它当成一般的科幻故事！

这样分析下来，所有的矛头都指向这篇手记的内容。

如果这不是科幻故事，那么这是什么，是真的吗？

我的大脑飞快地顺着这条思路运转，如果说的是真的，这篇手记里的主要内容在我收到手记的那一天却还没有发生，那么说，这就是预言。这篇手记要告诉我的，就是鎏金塔的秘密，还有就是冯立德，不……徐先。

突破口，应该就在徐先身上。

索性，直接问徐先，大不了被当成一个八卦记者，反正现在这样子的同行多得是。

主意打定，我就开始翻厚厚的名片盒。当然不是找徐先的名片，我没和他打过交道，我找的是《新闻晨报》考古条线的记者徐海滨，

和徐先同姓，跑考古跑了七八年，大概算是现在上海媒体圈内资格最老的考古记者之一，他应该有徐先的联系方式。要知道我们《晨星报》的考古历史可比徐海滨的考古历史短得多，而且我们的考古记者只管上海市内考古，全国范围的考古我们报纸基本上不太关心，要不就是转载，碰上特别重大的事件，还得我这样的机动记者出马。

打通徐海滨的手机的时候，我想，要是他也没有徐先的电话，就只好打电话到北京考古学会，一级一级问出来，再麻烦也得把徐先找到。

“那多啊，什么事？”

“有点小事要你帮忙。”

“自己兄弟，什么帮不帮忙的，说。”徐海滨这些年全国各地上山下乡跑得多了，说话也像个江湖人，让人听着很爽气。

“徐先的电话你有吗？”

出乎意料，徐海滨的口气居然有些迟疑：“徐先……你也找他采访吗？”

“采访？”我不太明白。

“咦，你不是为了徐先宣布退出考古界要采访他吗？昨天他的信寄到了考古学会，同时他在网上也发布了消息。我也正在找他，可是他人已经不在中国了，信是从美国寄来的，中国的手机已经没用了。”

“啊……”

挂了电话，我依然惊疑不定，上了“千古之门”网站，果然在首页上看到徐先的一则简短声明，表示自己身体状况不佳想彻底休息一下，所以决定退出考古界，不再主持及参与任何考古及其相关项目。

徐先的线索就这样断了，连徐海滨都找不到，我还能有什么办

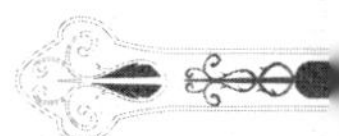

法？网上给徐先留言的热心网友很多，却没有一个得到回应。

那篇《那多手记》以这种方式得到印证，让我浑身掠过一阵凉意。

我狠狠地揉着自己的太阳穴，鎏金塔，那个《那多手记》里留下的最后指引！

上网搜！

半小时后，我确定这座鎏金塔现在正在北京故宫博物院里展出。当即我就订了明天飞北京的机票。明天是星期六，我上午去晚上回，不用和单位打电话请假。只要没紧急采访任务，不会出什么乱子。

第二天，我在故宫博物院呆呆站了一整个下午，身边人来人往，许多游客向我投来略带惊讶的目光，毕竟这么大个故宫，可看性比这座鎏金塔强的宝物多得是，而我却站在鎏金塔前五个多小时没挪过窝。

晚上，我拖着酸胀的双腿黯然飞回上海。盯着鎏金塔看了那么长时间，眼睛一闭上都是那座金灿灿小塔的影子，但什么都没发生。

两个多星期后，赵跃带着一份名单来找我。偌大一张纸展开来，是一张图表。人名和人名之间有箭头指向，人名下面标着时间和其身份，我数了数，这条链子一共有九节。在最后一节人名之后，还有一个指向这个人的箭头，但那个箭头后面是空白的。

赵跃的脸明显瘦了下去，把这张表画出来，显然很费精力。他开始向我解释这张表。

尽管惊讶，但在赵跃开口之前，我已经大致猜到这张表的含义。列在箭头最前端的是我，那多；之后是赵跃；再后面是那个棉纺三厂的下岗职工，他的名字叫吕学农。后面的六个人，有着各种各样的身份，两个是下岗职工，一个是外贸公司职员，一个是海关公务员，一个是医院护工，最后那个是友邦保险的保险代表，叫姚舒。

“这张表里，除了你和我，每个人都收到四样东西，第一样是写着《那多手记》的黑本子；第二样是一些封好的信封，上面写着人名和地址；第三样是一封写着他名字的信，内容是要求他把这些信和黑本子交给一个陌生人，就是那些信上写着人名的某一个；第四样是钱，钱已经打入了这个人的银行卡。交到我手上的时候，只有三样东西，除了给我的那封信，已经没有其他的信要转交。而到你手上的就只有那个黑本子。虽然不是每个人都愿意透露自己收了多少钱，但显然数额不等，可以确定的是，数额足以让那个人心动。这些人的收入不等，贫富不均，但有一点相同，接触下来，都是一些比较老实守信，并且处事较小心的人。也就是说，整个事件背后的策划者，并不在乎会花多少钱，而是要确保整个流程顺畅。”

我越听越是心惊，这表示幕后的策划者对这张表里的每个人都调查得很清楚，这样的情报能力，绝不是普通人或普通机构所能拥有的。我细细看这张表，从那个外贸公司职员开始，就已经不在上海，而是在大连，赵跃说这个名叫李连的年轻人因为业务上的原因，经常往返于上海和大连两地。而到了姚舒这环，已经转到了天津，他是大连人，每个月都会回大连一两次。每个人名下的时间是这个人收到信的日期，除了给赵跃的那封，每封信里都明确写着要求几天内送达。最长的期限是姚舒和李连，因为要传到外地，所以给了五天期限，其他都只给了两天。所以从姚舒传到赵跃，仅花了十七天。

“姚舒之前的呢？”我问，随即就后悔了，赵跃能在这么短的时间里查到这样的程度，已经是非常好的成绩了，怎么能要求这么多。

“对不起，非常感谢，之后的工作就交给我吧。”我改口道。

赵跃苦笑着说：“没有之前了，之前的查不到。”

“查不到？”

“姚舒说，之前把信交给他的，是个叫石磊的服装公司会计，我找到了石磊，但石磊矢口否认，重要的是，这一天，”赵跃指着姚舒名字下的那个日期，2001 年 5 月 18 日晚 8 时，只有这个日期精确到了小时：“这一天晚上，石磊在公司加班到了晚上 10 点，和他一起加班的有三位同事，石磊有充分的不在场证据，但我把石磊的照片给姚舒看，姚舒和他五岁的女儿，坚持说就是这个人，时间也就是在晚上 8 点刚过。”

我的脸有些抽筋：“那会不会是石磊的……”

“没有，石磊是独子，没有兄弟。”赵跃显然已经猜到我要问什么。

“还有，我问过，那些被打入钱的银行卡，分散在工商银行、建设银行、农业银行和上海浦东发展银行四家。”

天，我到底遭遇了什么！

在那之后，我一直等待着，既然这件事复杂诡异到如此程度，并且最终指向我，就如同一张庞大的网已经把我罩住，而我却似乎对这一切无能为力。我等待着，等待收网。

但，竟然，什么都没有发生。

之后的日子里，我对周围越发留心，我怀疑一切的态度让我遭遇越来越多的奇异事件，《那多手记》也一篇接着一篇写了出来。有时候，我试图把遇见的奇异事件和这件事联系起来，然而一切都是徒劳。这个只有开头没有继续的“失落的一夜”手记事件，和我后来遭遇的“凶心人”“铁牛重现”等事件毫无关联。

我想起一个故事：有个老头，每天晚上睡觉前有个坏习惯，脱鞋的时候，一甩脚，把两只鞋高高甩起，再重重摔在地板上。有一天，

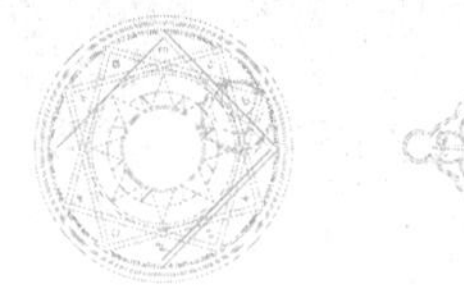

楼下的邻居跑来提意见，说每天晚上来这么一下，严重影响睡眠。第二天晚上，老头旧习难改，一甩脚把左脚的鞋子甩了出去，却忽然想起邻居的话，忙把另一只鞋轻轻放下。第二天，邻居赤红着眼来找他，说昨天晚上一直在等另一只鞋甩在地板上，结果没等到，一晚上没敢睡。

我就像那个邻居，一直在等待另一只鞋子甩下来。

直到……

第三章

第二篇手记

Chapter 3

2003 年 8 月，我父亲打电话给我，要我抽时间到老宅去一次。那是九龙路上一处老式石库门建筑的二楼，在一片弯弯曲曲、四通八达的海派弄堂里，四处是二十世纪初上海的痕迹。那些沧桑的老房子有着上百年的历史，不久之后则有可能被拆去。那里临着黄浦江，是所谓的“北外滩”地区，上海市政府有一项庞大的北外滩改造计划，要把原本上海的标志——外滩，向北延伸，对北外滩地区进行全面性改造。那里的房子说拆就拆了。

十三岁之前，我和父母都住在那里，直到后来住房条件改善，搬到了新居，工作后我又自己出来住。老宅和那些有着童年记忆的老家具，则伴随着厚厚的灰尘逐渐远离我的生活。现在，我的任务是彻底地整理一次老宅，除了家具，把一切能搬得动的有价值的物品搬到父母那儿去。

我在报社晃了一圈，确定没什么事，下午翘班去了老宅。《晨星报》报社就在外滩，我没叫车，沿着外滩一直走，享受难得的闲散时光。

半小时后，我上了老宅的木楼梯，楼下的邻居已经换了两拨，彼此并不相熟，只点头打了个招呼。

司别灵锁竟然打不开，钥匙插进去的时候就很勉强，然后怎么转都不动，我狠狠敲了木制房门一拳，却忽然想起几个月前老房子被偷过，门锁已经换了，老妈给我钥匙的时候，我往包里一扔，没把钥匙圈上的老钥匙换下来。

我在包里摸索半天，差点要把所有东西倒出来时，终于摸到那把铜钥匙。

门“吱”地打开了，里面扑来一阵灰尘，那么多年没人住了。我掩着鼻子，快步走到窗前把窗户打开。屋里的陈设和记忆一点点重合起来，几个月前小偷的光临似乎没有造成什么破坏，可能是这屋子里没什么东西可拿，看了几眼就走了，以至于我父亲面对警察询问的时候，一件失窃物都讲不出来。那么久不住，就算被拿走什么，也回忆不起来。最夸张的是，小偷连翻箱倒柜这样的基本动作都没做，估计是被灰尘呛得没了工作热情。

我一个抽屉一个抽屉地拉开来，那些古旧的物件：擀面棒、秤、《毛主席语录》、三斤粮票——有纪念意义却无甚价值。

整理了两个多小时，却只检查了小半个地方，我坐在棕棚床上，腰酸得不行，抹了把汗，打算休息一下。忽然想起什么，探头到床下，然后伸手拖出一个木箱子。没记错的话，那里面放的该全都是我的东西。

打开箱盖之前，我开始回忆那里面可能有什么，日记，作文本，成绩单，还是玩具？

我真的没想到会看见这件东西，说实在的，我的心抽了一下。

满满的一箱杂物，放在最上面的，是一本黑色的硬面本。

或许我小时候用过这样的本子，但这时，我心里冒出来的就只有四个字：那多手记。

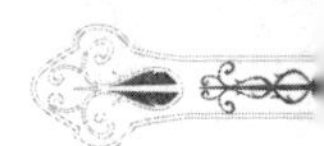

我盯着这个本子看了很久，本子有八成新，和写着《〈那多手记〉之失落的一夜》那本很像，而且，上面的灰尘很少。

我转头向四周扫视，确定这里只有我一个人，心里稍稍安定些，伸手拿起本子，翻开。

第一页，第一行，写着:《那多手记》之乌篷船。

这是第二篇，不是我写的《那多手记》，署名同样是“那多”。

既然我已经把第一篇手记全文抄录在《〈那多手记〉之过年》里，那么这第二篇手记，当然也要照办。同样地，这篇手记也有着相当的可读性。

《那多手记》之乌篷船

“千年佳酿”随精美“酒壶”出土

据新华社重庆 9 月 7 日电，一尊封存着液体的精美青铜器最近在三峡库区出土。考古学家称，器皿中可能装有两千年前当地土著居民酿制的美酒。

2001/9/8 青年报

花木地区河道大整治清除垃圾污染

只见垃圾不见水，“三无”盲流船长期滞留，美丽的花木地区长期以来的“难言之隐”终于“治愈”了。经过不到 1 个月的大规模突击整治，日前咸塘浜、黄家浜、龙沟梢等 11 条重点污染河道彻底“清肠”，清除垃圾 7866 吨，整治取缔“三无”船舶及打捞沉船 43 艘，周边居民无不拍手称快。

在整治行动中发现，在原先只见垃圾不见水的河道上长期滞留的“三无”船舶都已失去航运功能，成了外来人员杂居点，其中还不乏废品回收点、“老军医”药品仓库，不仅严重污染水域环境，更是地方治安的一大隐患，由水域署、花木镇会同公安水警、城管监察大队等有关部门的两次“重拳”出击，不留“死角”，有力地改善了周边居民群众的生活环境。

2001/6/9 新民晚报

这两则新闻，从时间到内容，原本风马牛不相及。新闻的内容两相比较，相信大多数人对千年古酒更感兴趣。

一瓶当地土著用秘法酿就，在悠悠时光中陈了千年之久的酒，喝下去会是什么滋味，喝完以后又会怎么样？还有，这样的酒，就算心动，真有人能喝到吗？

有的，那个人就是我。确切来说，我近似于喝到了。这样的话很难理解，不过，在这次我想说的诡异事件里，这瓶酒并不是主角，所以，我想先从第二则新闻开始谈起，把事实的前因后果说清楚。

这则报道里所提到的“花木地区”，是指位于上海浦东，靠近陆家嘴的一大片区域。这片区域，今后将成为浦东的行政和文化中心，浦东新区政府大楼及上海最大的公园——世纪公园就在那里，而位于世纪公园旁边的科技馆，则是 APEC（亚洲太平洋经济合作组织）上海会议的主会场。

APEC 会议在上海开是一件很长脸的事，放在浦东开，则浦东也觉得有光彩，那么把开会的地方搞干净，以光鲜亮丽的姿态迎接外宾，是最最正常不过的事情。花木地区的那次行动，就是由此而生。

可是，这世上大多数的诡异事件，一开始都是由很普通、很正常的事引发的。

那次行动我是随同采访的，当时写出来的文章要比《新民晚报》的这块豆腐干多得多，也生动得多，这就是亲历和非亲历的区别。到现在也过去了好几个月，之所以我现在才把这件事背后的隐秘写入我的手记里，是因为我刚刚才知晓这几个月前的隐秘。

这绝不是我后知后觉，如果不是碰巧……我可能永远都被蒙在鼓里，永远。

我现在把整件事按照时间顺序写下来，一开始是很平淡的，也许已经有了一些令人疑惑的细节，但作为当事人，在当时或者事后很短时间内，是不可能发现的。

那天中午时分，我赶到花木的一座小桥旁，桥下是白莲泾，浦东千百条小河中的一条。

水上巡逻艇已经准备就绪，我再晚一点到，船就开走了。

我跳上巡逻艇，和艇上的人微微打了个招呼（其实他们我都不熟），船就发动了。

站在我旁边的是浦东城管监察大队水上分队的人，制服笔挺，年纪很轻。看来他对记者这个行业很好奇，主动跑过来和我说话，还叫我“那老师”，让我心里很舒服。

他姓张，从他的口中，我得知了此次行动的一些背景。

时光要回溯到半个世纪之前。那个时候，中国的钢铁工业还很不发达，没有那么多钢铁来造船，而上海，特别是浦东，河道密布，船运是必不可少的运输方式。于是，水泥船就应运而生。

这种用水泥打造的船，虽然有着诸多缺陷，比如灵活性、坚固性

等问题，但只要能在水面上浮起来，在那个时代就足以被接受了。那时，浦东的各公社照保守估计，也有5000~6000条水泥船。

半个世纪之后，这些水泥船已经没有一条能再靠自己的力量在水面上移动，也没有一条出过浦东，不是在风雨中沉在了河道里，就是失去动力在水上漂来漂去。日久天长，很多在岸上因为各种各样的原因无处可去的人，就以此为家。

这次联合行动，就是把这些人赶下船，再把船彻底销毁。

接下来的内容，就一般新闻报道而言，还是很精彩的。巡逻艇看到目标就靠上去，登船，明知故问船上的人有无行驶证等一系列证明，答案当然是否定的，然后就开始赶人。有乖乖上岸的，有坚持不走的，还有跳下水大喊大叫以示抗议的，百态纷呈。

查到第四条船的时候，船上住着江苏口音的一家人，看样子是收废铜烂铁的。那汉子大吵大闹，河岸边顿时围起了一群看热闹的人。

等到巡逻艇上十几个穿制服戴大盖帽的人都从舱里出来的时候，那汉子终于知道这次是没法子了，声音也小了下去，但犹在那里不知嘟囔些什么。

小张火了，说："动作快点，嘴里都说什么呢。"

汉子被小张一激，眼珠子一翻，说："你们就专拣软柿子捏，这儿还有一条船哪，你们怎么不去……"

说到这里，汉子忽然住嘴。我眼尖，看到他老婆在后面偷偷扯他的衣角。

小张说："哪里还有船，这里就你们一条船。"

那汉子默然不语。

小张鼻子里"哼"的一声，声音又高八度，说："不管谁的船，只要没证，天王老子都照收。”

我心里暗暗叫糟，这小张看样子是刚工作的，说话这么不留余地。不过转念一想，住这种船的人，还能有多大来头，就是黑道也只能是小得不能再小的小角色，话说满了也就满了。

汉子果然受不了激，用手一比，说：“比这条小一点，船舱用黑布包起来的，这两天每天过了晚上十二点都会出现，你们倒是去收啊。”

此话一出，周围的人群里顿时一阵骚动，许多人脸上露出惊骇之色，更有些人连热闹也不看，转身就走。

小张说：“十二点以后，谁知道你说的是不是真的。”

汉子转头问向围观的人：“是不是真的，你们说，是不是真的？”

那些人纷纷点头。

一个小孩不明就里，问旁边的妈妈：“什么船啊？”

那妇女脸色煞白，说：“没什么，走，我们回去。”

小张一愣，随即就说：“好，今天晚上我就再来一次，要是这艘船没证，一样拖走。”

汉子眉头一挑，说：“这可是你说的。”

小张手一挥：“好了，你们收拾好了没有，我们要拖船了。”

他又转头对我说：“那老师，晚上你来不来？”

我想了想，心里隐隐觉得不安，但又觉得这个题材很好，就点了点头。

巡逻艇临开时，我跳到岸上，想详细问一下那条船的情况，没想到几个刚刚点头的人现在都说不清楚。

问到第四个人时，那是个六十来岁的老太太，她丢了一句：“小心啊，那是‘鬼船’。”就头也不回地走了。

我想提醒一下小张，让他晚上慎重一点，多叫几个人多做点准备，但想想这种话说出来，难免显得自己这个“那老师”有些胆怯，就终于没说出口。

晚上十二点，我坐的士赶往浦东。计程器上的价格不停地向上翻，我心里苦笑，照来回的出租车费算，恐怕比我的稿费都来得多。

到了今天上午上船的地方，一下的士，就听到巡逻艇的马达声突突地响，小张已经先到了。

我跳上船，这才发现，船上就我和小张两个人。

我跑到驾驶室问：“就我们两个人？”

小张说：“是啊，那么晚，不好意思叫其他人，两个人足够了。”

足够？我心里打了个大大的问号，但也不好多说。

巡逻艇开足了马力向前开，河道狭窄，两岸的河水随着船涌起来，再慢慢退下去，四周没有任何其他的声音。

到了白天那汉子所处的河段，我使足了眼力四下看去，却一条船也没看见。

那个家伙在吹牛，我这样想着，心里反而松了口气。

船又往前开了一段，还是什么也没有，小张低骂一声，只得原地掉头返回。

我正在为这次深夜采访暗暗叫冤的时候，视野里忽然出现了不该有的东西。

在我们回去的路上，就在传说中有“鬼船”的那一段河道，静静地泊着一艘船。

而在不到五分钟之前，我们刚刚经过这里，那时，这里什么都没有。

巡逻艇的探照灯把灯光射向了那里。没错，船身用黑帆布包得严严实实，活像一艘乌篷船，静悄悄地随着河水一上一下。

“这条船什么时候冒出来的？”我问。

小张摇摇头，说：“靠上去再说。”

“砰”的一声闷响，两条船靠在了一起，我忽然发现，这艘船不是水泥船，是一艘木船。

小张用缆绳把两条船固定住，我发现他的手在微微发抖，但是脸上却没有恐惧的神色，反而掠过一丝本不该在此时此地出现的神情。如果我没看错的话，那好像是一种期盼。

我不由得暗自佩服小张的胆色，深吸了口气，跃上了这艘忽然出现的“幽灵船”。

甲板微微一荡，小张也随后跳了上来。

当我向船舱望去时，不由得愣住了。

那船舱竟然不是敞开着的，而是装了两扇木门，木门紧闭，似乎还贴着封条。

两扇门的门缝里，没有透出一丝光。

“里面有人吗？”我大声叫。

里面寂然无声。

我刚想上前拔插销，小张却摆了摆手，说：“算了，我们直接把这条船拖走吧。”

巡逻艇把木船拖到集中销毁的地方一扔，今天晚上的任务就完成了，对我来说，今晚几乎没有什么收获，而第二天写报道的时候，也没提这件事。

此事本该就此结束。

几天后，报道见报，发在版面的显要位置。我觉得应该给浦东城管监察大队寄一份报纸过去，却不知那里的地址，就打了个电话找小张问一下。

出乎意料的是，那头回答说小张已经辞职了。

我很惊讶，问他是什么时候的事，他报了个日子，就是我去采访的次日。

一个前一天晚上还半夜加班的人，居然会辞职？

我虽然觉得很疑惑，但和小张也不太熟，也就没打算深问下去，但对方又说了一句："大概是怕处分吧，第二天只看见一封辞职信，人就失踪了。"

我问："处分？"

"他晚上私自把巡逻艇开出去，还不开回来，就让巡逻艇停在河里没人看管，这种事可大可小的。"

我脑袋里"嗡"的一声，原来那天他竟是私自行动，怪不得只有他一个人。

"白天我采访的时候，听他说晚上要去拖船，会不会……"我试探地问了一句。

"不可能，他拖船拖到哪里去？"

"你们不是有集中销毁的地方？"

"也没见有多出来的船啊，我们来一条登记一条的，谁知道他晚上去干吗了。"

我心里奇怪，明明记得把船拖到销毁的地方的，不过已经不记得那里怎么走了。我又问了去那儿的具体地点，准备去看一下。

放下电话，我越想越觉得蹊跷。看来这一切都和那条船有关。我忽然有了一个很诡异的念头，小张半年前才进入监察大队工作，"鬼

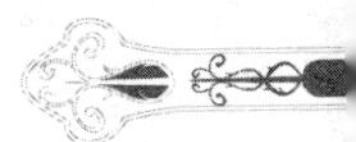

船”事件后就立刻辞职，说不定，小张就是冲着那条船去的。可如果是这样的话，那天晚上为什么还要叫上我呢？

如果那条船还没被销毁的话，我一定要进去看一看。

在浦东一个不知名的小河道的一条支流里，几十条待销毁的船排成长龙。我沿着河岸向前走，却始终没有看到那条船。说实话，我对这里全无印象，毕竟那次来的时候是晚上，什么也看不清。

长龙的尽头是几个工人正在用挂着巨大铁锤的吊车砸船，被砸碎的船会就近埋起来。

“没有，从来都没有这样的一艘船，我们晚上有人值班，你说的那天晚上，这儿根本就没来过新的船。”一个工人对我说。

我只觉得背脊上一股寒意直窜上来。我努力想回忆起那天晚上把船拖过来时的情形，但却什么细节也想不起来了。

怎么会这样？

我觉得自己掉进了一个大谜团里，大脑一片混乱。

那一定不是一条普通的船，也许，那真的是“鬼船”。

我想到了那个六十多岁的老太太，她一定见过“鬼船”，那儿的居民，也许大多数都见过“鬼船”。

当天下午，我费了老大工夫，找到了那个地方。我一定要把事情搞清楚，我不喜欢被蒙在鼓里的感觉。

“最近几天夜里，都不见那艘船了。”一个三十多岁的精壮汉子对我说，“也许它到别的地方去了。”

“为什么你们叫它‘鬼船’呢？”我问。

汉子抬眼看了看我，缓缓说：“如果一艘船，当你想靠上去的时候，就消失不见了，你说它是什么？”

我张大了嘴，发不出声音。

汉子苦笑了一声："原先我也不信这个邪，有一天晚上，就大着胆子把船靠过去，离那船还有三四米的样子，连上面那扇木门都看得清清楚楚，就那么一眨眼，船就不见了，连水花也没溅起一点来。"

"真的？"

"那还有假，不知有多少人试过，没一个人能靠近。"

原本想把事情弄清楚的，却得到了更加离奇的消息。既然以前没人能靠近，为什么那天晚上我们却上去了，难道是因为小张？

我只知道他姓张，连叫什么都不知道，这下，连一点头绪都没了。

既然解决不了，搞不清楚，我决心把这件事忘掉，回到家里我蒙头大睡，直到次日日上三竿。

我这个人，要决心忘掉一件事是很容易的，工作这么忙，三天两头往外面跑采访，而且又不是第一次经历怪异事件，也就不再放在心上。

事情过了近半年，天气已经渐渐转凉，有一次我受邀参加了一场新闻发布会。这是一家不知名的小酒厂召开的，为的是他们的一种新酒上市。

看了他们的新闻统发稿我才知道，原来这种新酒，竟然与那瓶在长江三峡出土的千年古酒，有着莫大的关系。

这家小厂，不知通过什么渠道，搞到了几克那瓶子里的酒，他们从那几克酒中分离出了一种独特的菌群，与现在任何白酒中的菌群都有所不同，而这种新酒就是以这种独特菌群为基础，按古法酿成的，据称与那瓶子里的古酒一模一样，口感香醇无比。

虽然心中没有全信，但我却对这种酒产生了很大的兴趣。主办方

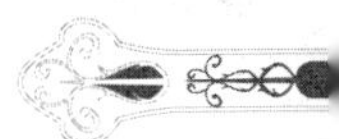

想得很周到，新闻发布会结束之后，就是一个品酒会，让我们这些媒体记者先喝为快。

十几张大圆桌排开，桌上放着别致的酒具，酒香在整个大堂中蔓延开来，令人闻之欲醉。只要懂一点酒的人都知道，这一定是好酒。

在酒厂董事长漫长的致辞之后，终于等到了可以举杯畅饮的时刻。我先浅浅品了品，只舌尖轻轻一点，一股迷人的醇香已经充溢于喉齿间，当下再也忍不住，一仰脖，把一杯酒一干而尽。

酒一下肚，胸中立刻一片温热，转了几转，随即变得火烫，精神为之一振，说不出的畅快。

杯子一空，立刻就有人给我加满了。看我气势十足地一干而尽，早有人过来给我敬酒。我也不客气，又干了一杯。

说也奇怪，胸口的热流竟一路向上涌，直冲得我脸上也热乎乎的，心里不由得暗自嘀咕，这酒还真是烈啊。

不过烈归烈，味道却是从未尝过的好。千年古酒，果然名不虚传。

我夹了几口菜，手里握起了加满酒的酒杯，打算再浅饮几口，正要举杯时，脑子里却“轰”的一声，震得我当场就呆在了那里。

就感到那酒的热力在脑子里翻江倒海，不由自主地想起记忆中的所有片段，就好像电光石火间这二十几年的经历又重温了一遍，原先模糊的记忆竟一瞬间变得十分清晰。毫无准备之间，一扇原本隐藏着的记忆大门猛然打开。

这种土法特制的酒放了千年，里面的细菌酵母在悠悠时光中缓慢变化，结果，竟然可以恢复一个人忘却的记忆。后来我问了几个一起喝酒的记者，他们却都没有什么异常的感觉，看来，也许这种酒只会对我这种记忆遭到强制封闭的情况起作用。

无论如何，这时我已经知道了真相。

那天晚上，在我虚假记忆之后的真相。

所以，我必须重新把那晚发生的事叙述一遍。

那一天晚上，当巡逻艇逐渐靠向“鬼船”的时候，我明显地感觉到身边小张的异常。

那纯粹是一种直觉，四周一片漆黑，我没有办法看清楚小张的表情，可是我觉得他很紧张。

记忆的分歧是从两艘船“砰”地靠在一起时开始的。

“你先上去。”小张用急促的声音对我说。

我跳上了那条乌篷船，船身摇了摇，里面还是没有声响，看来是没人住。

当我回头望向小张的时候，却一怔，探照灯的余光打在他的脸上，那是一种难以抑制的期盼兴奋的神情，整个人好似都在微微抖动。

还没等我开口，小张就跳了上来。

“谢谢你。”小张对我说。

我愣住，为什么在这个时候，他会以这么诚挚的神情语气对我说这句话，谢我什么？

小张从衣服里摸出一个小巧的金属制品，“嘀”的一声轻响，这个方形物体上浮出一幅立体三维图像。

如果我没看错的话，那是一幅坐标图，我们现在所处的地方，就是这张坐标图的中心。

到了这个时候，我冷静了下来。多次历险之后，我知道当异常情况出现的时候，只有先冷静下来，才能找到对策。小张眼中闪过一丝惊讶，却忽然问了我一个奇怪的问题：“你看过苏逸平的小说吗？”

苏逸平是一位新兴的科幻小说家，他的作品，网上可以找到很多，我自然也看过，所以点头。

“那么，你就该知道他所说的网状时空理论。”

所谓的网状时空理论，其实是曾经被很多科幻小说家演绎过的一种对时空的推测，大抵是说，除了我们这个世界外，还存在着许多平行世界，在其他的世界中，也有地球，有太阳，有银河系，但是，两个世界之间却又不尽相同。

这种不相同，源于一种叫时空裂变的构想，就如同细胞分裂，一而二，二而四，乃至无穷。所以，所有的平行时空，也许都有一个原时空，而原时空在某一时候，因为某种原因又分裂出一个新的时空，新的世界。

说得通俗一点，张三横穿马路，被车撞死了，但还有另一种情况，那辆车猛扭方向盘，结果和另一辆车相撞，死了一堆人，张三却没事。所以，就分裂出另一个张三仍存活的世界，新的世界与旧的世界只有微小的区别，但千百年后，由张三而产生的星星之火就会造成两个世界间巨大的不同。

但这种裂变是时时刻刻都在产生，还是在特殊的情况下才会产生，谁也说不清楚。

我把关于网状时空理论的论述在脑中回忆了一遍，然后又点了点头。

“我可以告诉你，这种推测在相当的程度上，是真实的。”小张神情严肃地对我说。

在这样的时间、这样的地点听到这样的话，再看到小张手上那个奇怪的仪器，我再也不能控制自己诧异的神情。

小张笑了：“和你说话，真的不用很费力。我不是这个世界的人，两年前，也就是我们的公元 2097 年，我所在的世界，终于发现了平行世界之间的通道。”他用手一指那扇紧闭的舱门。

我不由得失笑：“这会是平行世界之间的通道，在这条见鬼的船上？”

“准确地说，这是一个虫洞，是空间的一种异变，但这样的虫洞，不知为什么，无法在虚空中单独存在，而必须依附在一个实体上面。这条船恰好就是这个虫洞的依附体。在我们那里，是一棵参天的古树。只是，无论我们派了多少动物进入虫洞，都没有再回去过，而我是第一个进入虫洞的人，如果我没有回去，这个通道就会永远被封闭。我说谢谢你，是因为有你在这里，我才能接近这个虫洞。”

“我？”我莫名其妙。

“虫洞有其特有的波动频率，任何接近的物体，如果波动频率在虫洞接受的范围内，虫洞就会消失。对人而言，这种频率在出生的那一刻就决定了，这是一种生命的烙印，作为一种生物特征，会在不知不觉中对这个人产生重大影响，事实上，中国古代的生辰八字，就是锁定解析这种烙印的方式。”

我有一种啼笑皆非的感觉：“也就是说，我八字相合，所以才能上船，你借了我的光，虫洞因为我才没有跑，那你当初是怎么过来的？”

小张苦涩地一笑：“当初我自然也相合，可是到了这个世界，虫洞的频率却变了，这就是为什么从没有实验体能回去的原因，如果不是我随身带来的这个仪器能测定每个人的波动频率，也许我永远也回不去了。半年前我在街上遇到你的时候，仪器发出的鸣叫声让我欣喜若狂，我就开始筹划怎么让你带我到这条船上来。”

我只能苦笑，原来那么早就让人算计了。

“可是，这种虫洞的进出口是固定的吗？”

小张摇头："每次出现的地点都有所不同，不过，在这个世界里，都不出上海浦东。"

"那你能确定从这里进去，一定能回到你的世界，还一定是你当初的那个时间？"

小张惨然一笑："这个问题，我已经考虑过很多次了，可我还有其他的选择吗？大不了和现在一样而已。"

我还要再说什么，小张却说："我看，你还是把今晚上的事忘掉比较好。"

我一怔，却被他漆黑的双眼吸引，然后就精神恍惚起来。

现在回想起来，那是一种极为高级的催眠方式，我被强行灌输了另一套记忆。

我就在那里上了岸，没走几步，身后的乌篷船就被一团黄色的光笼罩了，等光雾散去，就只剩下巡逻艇孤零零地浮在水面上。而我，则懵懵懂懂地叫了辆车回了家。

那时，在恍惚中，好像听见小张对我说："在这里的两年，我仔细留心了一下，我的世界和你的世界是在不到一百年前才分裂的，这是对我来说，但对你而言，好像是在 2001 年 9 月 11 日。这一天，你尽量不要去曼哈顿。"

怪不得在前几个月，只要听人说要去纽约，我心里就有一种莫名其妙的排斥感，如果有人请我去，我也一定会拒绝。

"这一天，你尽量不要去曼哈顿。"我现在终于知道，这意味着什么，只是为时已晚。

第四章

早就公开的秘密

Chapter 4

我盯着最后落款的“那多”两个字看了很久，和上次一样，这个本子里的笔迹并不是我的，虽然有些相似，同样是没什么样子的破字，但曾经稍涉过笔迹鉴定，我可以确定地说，这是两个人的笔迹，我的字虽然差，但比这个本子上的要好一些。

把本子合上，我站了起来。蹲着看了很久，身体一下子直起来，眼前一阵发花，腰颈的不适也才显现出来。不过相比这些身体上的问题，刚才一边看一边诸个念头纷至沓来的大脑更是胀痛，我坐在了床沿上，然后顺势仰天躺倒在床上。极度的疲倦袭来，我放弃抵抗闭上眼睛，任由自己沉沉睡去。

以前读书的时候，同学间用“熊一般的力量”“鹰一般的眼睛”或“豹一样的速度”来形容在某方面非常特殊的人，我被分到的称号是“猪一般的睡眠”。因为天塌下来我都能睡着，失眠的记录屈指可数，特别是遇见棘手的事件，别人往往愁到一夜无眠，而我则照样稳稳睡去，醒过来便重燃斗志，着手解决问题。

醒过来的时候，天已经黑了，肚子有些饿，借着窗外别家的灯光抬腕看表，已经七点半。并没有通常睡醒的神清气足，毕竟这是在满是灰尘的老房子里，又是睡在毫无铺垫很硌人的棕棚上，汗津津的背和手臂上全都是印痕。尽管现在已经记不清，但刚才睡着时显然做了许多乱梦，看来即便是睡觉，我的大脑也没有完全休息。

整理并没有完成，但我已经并不准备继续下去，把黑本子放进包里，我连灯也没开，摸黑走出门外，把门关上。

在路边的小面店吃了碗冷面，我一路慢慢走回外滩，微腥的江风吹在脸上，稍解夏夜的闷热。看看身边游览黄浦江夜景的观光客们，我长长地吐了口气，为什么他们的生活这么普通平凡，而我就总遇见这样奇怪的事！

我在旁边的香烟摊买了包“三五”和一个打火机。我是不抽烟的，但到了这种千头万绪莫名困惑的时候，慢慢腾起的烟雾和两指间那星点忽明忽暗的火，能让我的思虑集中安定。

第二篇神秘的《那多手记》出现了，就像第一篇《那多手记》一样，它不会凭空出现。虽然没有任何证据，但我的直觉告诉我，是上次那位破门而入又空手而返的小偷，不同于第一次还可以由赵跃来进行有限的追查，对于这位数月前的闯入者，恐怕我无法查到一点线索。

就内容来说，如果认真对待手记的内容，假设其可能有某种真实成分，那么第一篇手记出现的时间，恰在其记述事件发生之前，而这第二篇手记，所记述的乌篷船事件，则大约发生在 2001 年 6 月至 12 月间，离今天，已经有两年之遥。这样看来，把这两篇《那多手记》送到我手上的那方，并不在乎我看到的时间，换言之，对于乌篷船和失落的一夜这两宗事件，我并不负有类似“阻止”或“达成”之类的使命。如果真要我做什么的话，那我应该在 2001 年 6 月前就看到这个

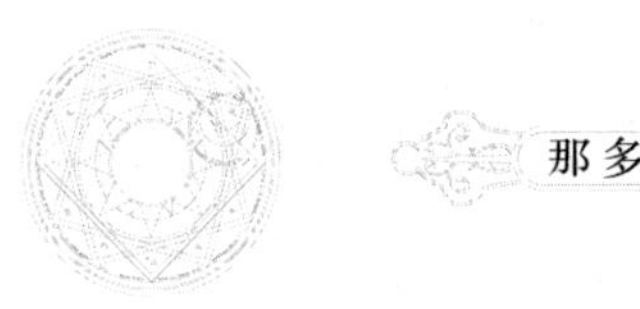

乌篷船故事，以那一方至今所表现出来的计算精密和庞大势力来看，绝不会出这样大的偏差，让那个小偷在几个月前才把东西送进我的老宅。

那么，花费这么大的精力来和我打哑谜，是为了什么？是什么样的原因，让那一方的势力不与我直接接触，而用几年的时间，送两个本子到我的手上？

或者说，这两篇手记记述了什么并不重要，重要的是看见了这两篇手记？看见以后呢？有没有第三篇手记？如果有，我又要再等几年？

一个接着一个的问题，而我所能做的，大概只有明天打电话到浦东新区城管监察大队水上分队，问一问那个如果存在的话也该在两年前就离职的“小张”的情况。而且我有着预感，我终将一无所获。谜底是不会就这样揭开的。

“那多！”

我转头看去，居然是叶瞳。关于她的身份我已经在《坏种子》里作过介绍，回到上海以后，这个整天胡思乱想的女孩丝毫没有任何改善，反而因为亲身经历过那样子的大事件，开始对许多其实非常正常的事情生出各种乱七八糟的猜测。几乎每次和我打电话或碰到我，都喋喋不休地说着自己的新猜想，并且缠着问我最近有没有什么惊爆的内幕，常常让我不胜其烦。现在看见快步向这里走来的她，我的眉毛已经下意识地皱了起来。

跟在叶瞳后面的是一位微露尴尬笑容的男士。当叶瞳飞快地在我耳边说了一句后，我就很能体谅那位男士的心情了。

“真是麻烦，老妈又安排相亲了，好像我嫁不掉似的。”

叶瞳的父亲早死，母亲是汉族人，所以上次的族内聚会没有参加。

而作为一个单亲母亲，看到自己女儿年岁渐长，还没有一个固定的男友，心情可想而知。叶瞳的相亲宴，已经摆过不知几回。只看叶瞳这次的表现，就可以知道叶妈妈为什么徒劳无功了。

对面那个男人一定想不到相亲还能相到这么漂亮的女孩，估计正在努力讨好中，却不料在外滩这种经典的情人约会场所，追求的对象忽然甩开自己冲到另一个男人身前去，更夸张的是，居然一边耳语一边对自己指指点点……

“咦，你居然在抽烟！”叶瞳惊讶地看着我手上夹的香烟，长长的烟灰应声落地。她盯着我看了看，回头对那位男士说：“不好意思张先生，我有些事情，下次再打你电话吧。”

“那，我的电话……”那位张先生显然郁闷至极。

“你的电话我母亲有，回去我会问她要的，那么，再见了。”叶瞳以令我瞠目结舌的方式，把可怜的张先生打发走了。

“终于走了，真是个不懂看山水的男人。”

“你每次都这样？”我苦笑着问。

“那倒也不至于，毕竟我是一个有着良好教养的淑女。”叶瞳神情自若地说着，我仔细地看着她的脸，却没有发现丝毫红起来的迹象。

烟不知不觉已经燃到了末端，我的手指被烫了一下，烟蒂落在地上，我伸脚踩熄。这是不文明的行为，但看着这里的地面，也不多我一根烟蒂，我把烟蒂踢到一边的下水口，算是为环保做出些微贡献。叶瞳饶有兴趣地看着我把烟蒂处理掉，然后露出一个美丽的笑容：“说吧，碰到什么事了？”

“没事。”我下意识地否认。

“蒙谁呢，没事你点烟？”

我再次苦笑，在这样熟悉的朋友面前，狡辩是徒劳的，你只能选择说或是不说。而在麻烦的叶瞳面前，我好像只剩下一种选择。

我们已经在外滩的长堤上来回走了好几遍，我的腿越来越酸，叶瞳的眼睛越来越亮。终于，我把乌篷船的故事讲完，然后双手一摊，说："到目前为止，就是这样了。"

"果然是让人费解的事件……可是，我怎么觉得，这个乌篷船和前一个失落的……失落的……"

"失落的一夜。"我接上去。

"嗯，失落的一夜，这两个故事，我好像在哪里听过似的。"叶瞳的嘴唇抿成薄薄的一线，努力地回想。

"听过，在哪里听过？"我精神一振。

"有些熟悉，是……是……"叶瞳咬了半天嘴唇，向我做了个无可奈何的表情，"实在是想不起来。"

我失望至极斜眼看着叶瞳："你不会是做梦梦见的吧。"

"这……倒是很有可能，许多人都做过预见性的梦。"叶瞳认真地说。

"是，是。"真是拿她没有办法。

我和叶瞳并肩站在一个半圆形向外凸出的观江平台上，手扶花岗岩江堤矮墙眺望，两岸的辉煌灯火照不亮黄浦江上的暮色。我知道身边默默站立的叶瞳一定在努力地思索整个事件，就像我曾经做过的那样。但我其实却在发呆。

睡了一觉以后精神确实好很多，但有些事情不是有精神就能想清楚搞明白的。我的好奇心和探索心应该算是很强的，但那只是依稀看到前面路在何方时才会发挥出来的。而如今四周一片迷雾，往哪个方向前进都有着深深的无力感，并且毫无意义。

江上传来汽笛声，叶瞳忽然转头问我："乌篷船故事里的小张，是从另一个世界来的吧，上次你不是号称也到过另一个世界吗？"

我反应过来，她是说我和林翠的铁牛之旅，但那是不同的。这个问题我自然早已经想过，此时只好从发呆的状态脱离出来，向叶瞳解释。

"乌篷船故事里的小张，的确和我那时遇见的林翠有相似之处，两个人都是从异世界来的，而且那两个异世界，似乎也都能称作'平行世界'，和我们现在所处的世界，有着千丝万缕的联系，因为都是从我们这个世界分裂出去的。世界之间的通道，都是类似'虫洞'的东西，但是，两者还是有着许多不同。"

"小张世界，嗯，我这样区分你该能听懂吧……"

叶瞳"嘁"了一声，极为不屑："说下去，说下去。"

"小张世界和我们世界的分裂，是偶然的，是从'9•11'这样重大事件那里开始分裂，而林翠世界和我们世界是同步进行的，通过铁牛所营造出的虫洞相互穿行，实现的是空间跨越，不会影响到时间，而由于两个世界是同步的，所以在异世界也会有另一个那多，在我们的世界也会有一个林翠，当林翠从异世界突然降临到我们世界时，这个世界的林翠就被替代了，名叫林翠的灵魂，只会存在一个。而小张从他的世界来，却同时跨越了近百年的时间，所以在这个世界上原本并没有小张这个人，也就不存在灵魂被替代的问题。"

叶瞳以手托颌，很认真地消化我所说的，缓缓道："真相只有一个。"

我立刻笑出声来，这分明是《名侦探柯南》里的台词。

叶瞳两眼一瞪，我笑容一敛。

“真相只有一个，所以，要么是你说谎，要么乌篷船的故事纯属虚构，以我对你的了解……”叶瞳上下打量着我，似乎要确认什么，“虽然不是什么好东西，不过，嗯，多半还是那个乌篷船的故事问题大一些。”

“不能这样说。”我微微摇头。

“不能因为两个故事里，对平行世界或者说网状世界的解释不同，就断定其中必然有一方蓄意造假。我自己的经历，当然早已原原本本地告诉过你，没必要故意说谎，可是别忘记，对那些不可思议的现象的解释，都是我的推测，尽管那已经是我所能做出的最合理的推测，但推测终归只是推测；而乌篷船故事里的小张，尽管他说得很明白，也不是他的推测，而是立足于小张世界里科学的结论，但科学的结论，你觉得就都是正确的吗？”

我盯着叶瞳，她想了想，也摇了摇头。

“就是这样，科学也在不断发展中，旧的结论不断被推翻，古往今来，曾经的真理铁律在后世看来往往十分可笑，这样的例子太多了。科学是有局限的。”

“更何况，”我犹豫了一下，“以我个人到现在的所见所闻，要是有一天，有人对我说真相并不只有一个，我也不会轻易否定。”

和叶瞳的讨论就这样无果而终。任她的想象力再如何丰富，在目前这样的情况下，也没办法得出合理的结论。

我回到住处洗了个澡，开始在网上东游西荡。明天打通电话验证一下是否有小张这个人，要是不出意料的话，应该不会有什么有用的信息，这样，我就只好再继续原本的鸵鸟政策，静待事情的再次发展。

看了几篇纯粹瞎掰的网络悬幻小说后，时间已近十二点。我上床睡觉。虽然傍晚已经睡过，但对于拥有“猪一般的睡眠”的我来说，完全不是问题。

我很快进入迷糊状态，然后电话铃就尖叫起来。

我睁开眼睛，盯着床头柜上的电话机看了五秒钟，伸手拎起听筒。

“我知道了，知道了！”

嚣张的声音让我立刻把听筒拿离耳边。

好像是叶瞳，我还很糨糊的大脑开始缓慢转动起来。我把听筒再次放到耳边，但很小心地没有贴在耳朵上，果然叶瞳的声音还是很清楚地从那头传过来，显然她正处于兴奋状态。

“还嘲笑我是做梦梦见的，去死吧你，我已经搞清楚我是从什么地方听到这两个故事的了。”

“什么地方？”我的大脑已经完全清醒过来。

“哼，哼。”

“哼你个头啊哼，说。”

“叫声好听的。”叶瞳还真拽上了。

“阿姨。”

“啪嗒。”她居然把电话挂了。

我郁闷了很久，终于想通自己收到的是《那多手记》不是《叶瞳手记》，再怎么说要有倒霉的事也会落在我头上，和她叶大小姐没有半分关系，实在没有硬起来的本钱，只好拨通叶瞳的电话。

“喂。”

“嗯？”那边传来尾音拖得很长的质疑声。

我清了清喉咙：“前凸后翘宇宙无敌霹雳美少女上天入地最青春的叶瞳小姐，能告诉我你到底是从哪里听到这两个故事的吗？”

叶瞳差点笑岔气，乐了半天，要不是她大概用手捂住了嘴的话，一定会吓到她妈妈。

“是从我表妹那里听来的。”

“你表妹，她是何方神圣？”叶瞳的回答和我的想象距离颇远。

“我表妹今年读高一，一听见什么奇怪的事就会跑来告诉我，也不知她的小脑袋瓜里想些什么。”

我心里想这不是和你一样吗，嘴里当然不敢讲出来。

“这两个故事就是表妹告诉我的，而她是从一本名叫《萌芽》的青年文学杂志上看到的。”

“《萌芽》？”我知道这本杂志，这是目前中国最畅销的面向青少年市场的文学刊物，几年来风头最健的一些少年作家大半出道于这本杂志。可是，《失落的一夜》和《乌篷船》这两篇《那多手记》，居然已经在这本杂志上登出来过？这到底是怎么回事？

“就是《萌芽》，刚才我已经向她打电话确认过了，她还帮我查了一下，是登在 2001 年第 9 期和 2001 年第 12 期上。负责的编辑叫韦林。”

“谢谢你。”我郑重地道谢。虽然现在还想不明白是怎么回事，但这显然是一条重要的线索。

“明天带我一起去。”

“什么？”

“别告诉我明天你不会去《萌芽》杂志社查个究竟。”

“我记得你这个记者还是要坐班的吧。”叶瞳是一本内部刊物的记者，不像我们这些正式记者一样自由，外出采访需要向领导报告后才能出行。

“我可以请假。”

“别闹了，我向你保证，一有进展立刻向你汇报。”我实在不想把叶瞳拖进来，倒不是怕她坏事，而是这件事现在看起来诡异难测，很难说背后会隐藏多大的危险，而且摆明了是冲着我来的，没必要把朋友拉进来一起冒险。但这话不能对她明说，否则以这倔丫头的个性，就怎么都甩不掉了。

“你保证？”看来叶瞳的领导管得真的很严。

“我保证。”

接下来要再次入睡就颇费周折。我不怀疑叶瞳的话，她不可能无聊到如此骗我。但是，原本这么曲折才送到我手里的两篇《那多手记》，照理，其中记述的故事该是极度的隐秘，现在居然在一本杂志上堂而皇之地刊登出来。更离谱的是，那一篇《〈那多手记〉之乌篷船》，居然那么早就登到了《萌芽》上，比我看到的时间早了九个月。那么容易就能看到的文章，为什么还要辛苦地送给我，难道说是吃定我不看《萌芽》的？

反过来，如果说以这样的方式让我看到，是为了引起我的重视，那么堂而皇之地登在这本月销量高达五十万册的杂志里，又为的是什么？

第二天上午九点我就到了《萌芽》杂志社。我很少醒得这样早，在这样的时间，杂志社的记者大厅里一定还空无一人，连灯都没开呢。

地址是报社里跑出版条线的记者告诉我的，原来和上海市作家协会是一幢楼。距巨鹿路靠近陕西路的地方，一幢富丽的洋房沧桑地立在那里，毫无疑问，在1949年以前的老上海，这必定是某位大亨的住所。而现在，入口处几株翠竹昭示着如今住客的别样身份。

看门人告诉我，《萌芽》杂志社在这幢洋房的二楼。走到洋房的内

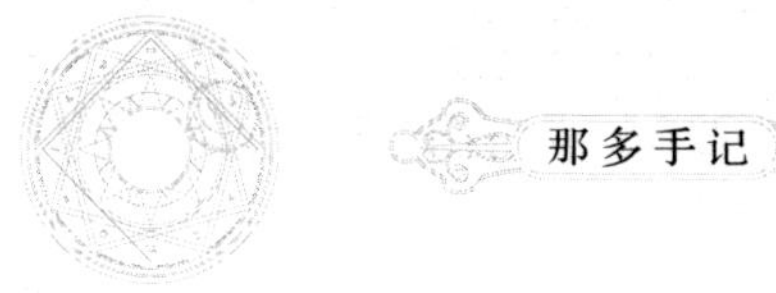

部，我的心脏就剧烈地跳了一下。

这是相当有气势的格局，大堂里水晶吊灯从极高的顶上垂下，灯光在水晶的折射下辉煌地照着蜿蜒盘旋的楼梯。楼梯两边是有着漂亮彩色玻璃的窗户，扶手上有着精美的雕刻。形容这些毫无意义，因为我不会被这些吓倒的。

当记者几年，还不至于会被这里的装饰格局迷住，只是觉得不错而已。但是当我一跨进门，竟然有一阵惊悸在心头浮起，一瞬间，我甚至有眼前这个偌大空间一缩一放的诡异错觉，让我不由自主地往后退了一步。

但这样的感觉转瞬即逝，眼前一切正常。

开始了吗？我在心里暗暗问自己。看来这一次我来对了。

顺着楼梯走上二楼，长长的楼道里很安静，只有一间办公室的门开着。我敲门进去，一位女士告诉我，杂志社的编辑们还没有上班，大约要再等半小时。

二楼楼梯旁有一扇通向露台的门，露台很大，摆了一副斑驳的石桌椅，楼下的大树把露台遮了一半，我用手摸了摸石凳，有灰，看来并没有天天打扫，好在我穿牛仔裤，也不管许多，就坐上去静静等待。

太阳尚未完全发挥出热力，顶上的树冠遮住了阳光却没挡住吹来的凉风，四下里一片安静。在这里工作，还真是悠闲。

楼道里渐渐有了人声，来去的脚步也频繁起来，我看看表，已过九点半了。

问明了韦林的办公室，我走到长廊的尽头。门半掩着，我敲了敲，然后推开。

“请问韦林在吗？”一个低头看稿的三十多岁的男人应声仰起

了脸。

“你好，我是《晨星报》记者那多，有些事想请你帮忙。”我把名片递过去，我想报出职业应该会比普通读者的身份更有利些，何况我根本就不看这本杂志，我已经过了年纪，且从不是文学青年，虽然自己偶尔也写《那多手记》，但那只是一种记录和备忘而已。

“那多？”韦林站起来，“你终于出现了，找了你好久。”

我苦笑，我想他是认错了人。

“我是那多没错，不过，却不是给你们投稿的那个那多。”

“啊，不好意思。”韦林略略有些尴尬，“那个姓本就很少见，所以我以为是同一个人，居然会有两个叫那多的，真是巧。”说着他替我拉了把椅子。

“是很巧，而且，我就是为了那个那多来的。”我直接挑明了来意。

为了不被当成神经病，我当然没有说出真正的原因。很多时候我需要这样，从教训中得到的经验总是令人印象深刻。

其实我对韦林说出的理由再正常不过。整个上海的媒体圈，我还没听说过有第二个姓那的，更不用说那个不知从哪里冒出来的“那多”的工作情况竟然和我如此相似，而登在《萌芽》上的小说里，虽然没有明说“那多”的工作单位就是《晨星报》，但字里行间却与《晨星报》有着诸多相似。这么多的疑点，我完全有理由怀疑，这是一个认识我的人冒用了我的名字，这对我的工作生活产生了很大的困扰。

“竟然会是这样。”韦林有些惊讶，“想想也真是，如果和你这么像，名字又一样，任何认识你的朋友看到这样的小说，一定会确信是你写的，好在这几篇都是科幻小说，要是纪实性的对你的影响就大了。”

“就算是科幻也很麻烦啊，像我们这样的职业，写文章追求的是事实的精确无误，要是报社领导看见这些署名‘那多’的奇奇怪怪的小说，不知会有什么想法呢，能告诉我这个‘那多’的联系方式吗，我想和他谈谈。“

韦林双手一摊：“到现在我们都没和他联系上。”

这并不是个令我特别惊讶的答案，但我相信一定可以从韦林这里获得一些关键的信息。

“大概在 2001 年 3 月份，我收到了三篇来稿，当时看下来，觉得可读性非常强，就陆续用了，但来稿里没附地址，我以为是作者忘了。6 月份登了第一篇以后，以为作者会主动和杂志社联系，结果没有。第二篇登了也没联系。后来我们在自己杂志的网站上发声明寻找作者，发第三篇的时候也附了希望作者主动和杂志社联系的编辑附语，结果到现在还是一点消息都没有……”

“三篇？你是说《萌芽》上登过三篇小说，我以为只有两篇，第三篇是什么时候登的？”我想要的信息开始出现了。

“去年最后一期，叫《〈那多手记〉之乌篷船》。”韦林回答。

我意识到自己犯了一个低级错误，为什么《萌芽》杂志登小说的顺序一定要和我收到黑本子的顺序一样？

“啊，那一篇我看到了，我还看到一篇《〈那多手记〉之失落的一夜》，还有一篇是？”

“是《〈那多手记〉之来自太古》，发在 2001 年 7 月份那一期上。”

“你们这里还找得到吗？我挺想看看的。”

“你等等。”韦林站起来向门外走去，忽然又折回来，帮我倒了杯茶。

“真不好意思，说了这么久连茶都忘记倒，那本杂志我要到库里找一找，你可能要稍等一会儿。”

“太麻烦你了。”我向他致谢。

大约过了一刻钟，韦林拿着一本杂志走进来，找这本两年前的旧杂志费了他点工夫，额头上已经沁出微汗。他翻到某一页，然后递给我。

“就是这篇。”他说。

《〈那多手记〉之来自太古》！这是一篇我从未见过的手记，第三篇手记！

我略略翻了翻，现在看显然不是个好时机。

“你们这里有复印机吗？”我问。

“不用，这本就送给你了。”

“对了，既然这三篇手记是同时寄到杂志社的，为什么第三篇隔了一年多才发？”

韦林笑了：“前两篇发表以后，领导觉得这样的小说太过……”他的声音小了许多，“……觉得我们这里又不是《科幻世界》，还是要多发一些文学性强的作品，不过到了去年，杂志的办刊方针有了调整，要向通俗化市场转化，前两篇的反响又不错，所以第三篇又发出来了。”

我理解地点点头，领导变来变去，确实让下面很难做，自己报社里这样的事情可太多了，今天说这个报道没有新闻点，不能大做，明天看到其他报纸做了一整版，马上要求跟着做。

在《萌芽》杂志社能得到的收获大概仅限于此了，对《萌芽》杂志来说，怎么把这三笔稿费发出去依旧毫无头绪。我谢过韦林，把那本杂志放进包里，起身告辞。

就在站起来的刹那，没有任何征兆地，我被笼罩在突如其来的诡

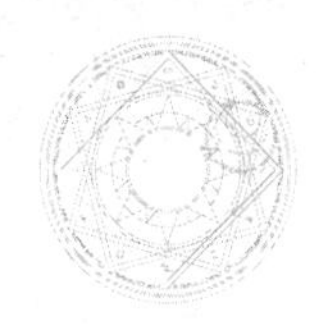

异感觉中。我很难把当时确切的情况形容出来，世界在瞬息之间变得不同起来，我陷入巨大的恐慌里，我确定被一股力量牢牢抓住了，而屋内其他人就连近在咫尺的韦林也一无所觉。

我的心跳得极慢，“通通”，仿佛自己的时间流逝和外界全然不同，自己站起的动作也慢下来，就像电影中的慢动作一样，但心底里，我却感到极度的危险已经降临到我的头上。就是在恐怖的人洞中，我都没有过这种大难临头的感觉。

我感到自己正在从眼前的世界中抽离出来，我明明还站在这间《萌芽》杂志社的办公室里，韦林正在站起来要和我握手告别，可我却觉得我们之间的距离越来越远，窗口射进来的炙烈阳光正在暗下来，整个世界都在褪色，我就像站在一张老照片里的人！

我失控的手碰倒了桌上的笔筒，这个别致的金属笔筒在我刚进来的时候还吸引过我的目光，现在却被我的手带着掉下桌子。我眼睁睁地看着这个笔筒翻滚下去，里面的笔飞散出来，慢慢地，慢慢地，一支钢笔触碰到地面，弹开，然后是一支自来水笔，紧接着是一支铅笔，然后是整个笔筒，还留在笔筒里的笔一下子从筒里撞飞出去……

是的，那些笔一下子撞飞出去，我的知觉在这一刻恢复正常，世界的色彩回来了，我站起来的腿恰好伸直，速度的不协调感消失了，笔筒撞在地上让人吓一跳的“当”的大响，也传到我的耳朵里。

我浑身虚软，刚站起的腿一阵无力，又坐回座位上。

对韦林来说，我只是站起来的时候，手不小心碰倒了笔筒。而对我来说，已经在生死线走了一遭？

此前，我在面对死亡最近的时刻，都没有过这样糟糕的感觉，刚才我要面对的，是死亡，还是其他未知的境遇？

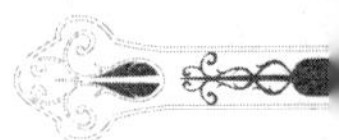

冷汗从我的脸上流下来，我想对韦林说些什么，但我发现我的嘴在发抖。我知道要是现在勉强再站起来，一定会出丑，只好坐在椅子上，弯下腰去收拾笔筒。不过从韦林的角度看，我现在的样子应该已经有些奇怪了。

“对不起，对不起，太不小心了。”我很快把笔捡起来，好在它们都散得不太远。

“没关系，不过你的脸色不太好，有什么问题吗？”韦林好心地问。

“没什么，我该走了。”我恢复得很快，经历过一些事的我，很快让自己平静下来。但刚才的感觉，仍让我的心悸盘在胸口。

我摸着扶手走下楼，走到上海夏天猛烈的阳光中，看了一眼背后矗立的大洋楼，快步走出作家协会大院。

叫了辆出租车直接回报社。看着车窗外喧嚣的城市，我想自己暂时是安全了。但适才的变故让我完全摸不着头脑，我不知道那是怎么回事，不知道那是一种怎样的力量，也不知道为什么会对我下手。所以，以后会怎样，我有些无措。

不，应该还是有线索的。是不是我快要接近事情的核心了呢？这样的异象，和这三篇《那多手记》是有关联的吧。

从打开《晨星报》报社的柜子，看见第一篇《那多手记》，到现在已经过去两年，这个让我一直摸不着头脑的悬案，就要露出它狰狞的真容了！

我全力打开，努力回想两年来与这件事情相关的点点滴滴。

“事情开始了，不努力的话，我一定会被那股力量吞噬。”我对自己说。我的直觉在坏事上总是相当有准确性。同时，我庆幸自己没把叶瞳拖进来，这是明智的选择。

韦林是同时收到三篇手记的，而我只收到两篇，并且时间有先后，方式也不同。为什么会有这样的差别？如果是从同一点发出的，至少，时间应该是一致的，没道理寄给杂志社是三篇一起，而寄给我却陆续间隔好长的时间。

如果基于自己的推论，即所有的《那多手记》都是同时寄出的，那为什么最终送达我手上却相隔了这么久！而且，那一份《〈那多手记〉之来自太古》，我为什么没有收到？还是说，根本就只寄出两篇给我？

无解。不管我正推，反推，最后的结果都是悖论，自相矛盾的结论。

还有关键，还有我没掌握到的关键！

坐在报社自己的位子上，我拿出那本 2001 年 7 月出版的《萌芽》，开始仔细地阅读《〈那多手记〉之来自太古》。

这是一个很精彩的故事，在精彩程度上，远胜过我看到的前两篇手记。

第五章

第三篇手记

Chapter 5

《那多手记》之来自太古

挖菜窖挖出一个“怪物” 外有薄膜状如动物大脑

本报讯，日前，平房区居民王杰向记者展示了一块白色的像动物大脑一样的物体。它的质感和硬度有些像橡胶，外面覆盖着一层有弹性的薄膜。

据王杰介绍，此物是几天前他的朋友在双城农村挖菜窖时发现的。物体外面有一层有弹性的透明薄膜，物体的下方有两根像根须一样的东西。这个物体的硬度就像橡胶一样，上面的物质像动物的大脑一样排列着。此物长约17厘米，高10余厘米，宽度约10厘米。

2001/6/15 哈尔滨日报

那天我到报社的时候，大约是上午11点钟。新闻部里空空荡荡，就我一个人。我知道自己来得太早了，一般大家都会在下午到新闻部，三四点钟的时候是最热闹的。只是我待在家里也没事，又没采访安排，就晃到单位来了。

我正在专心玩敲砖块的时候，电话铃响了。

我拿起听筒，总机告诉我有个人要找记者，谁都行，是哈尔滨长途。就接到我这里来了。

我说“好”。

电话那头传来一个很年轻的男人声音，外地口音。

“您好，请问您是记者吗？”

“是啊。”

“怎么称呼？”

“那多。叶赫那拉氏的那，多少的多。有事吗？”

那边沉默了一会儿，似乎在考虑该怎么说：“我叫王亮，下周我会出差来上海，我手上有个东西，我想……您是不是有办法搞清楚那到底是什么东西？”

我没听明白，他自己的东西，自己却搞不清楚是什么，这是什么意思？

王亮可能知道我搞不明白，说：“您把您的传真号告诉我，我传份东西来，您就清楚了。”

我告诉他传真号，他挂了电话，说待会儿再打过来。

一分钟后，我在传真机旁，看到了王亮的传真，那是6月15日《哈尔滨日报》社会新闻版的传真复印件，内容就是本文开头的那篇报道。

我立刻就明白了王亮所说的“东西”是什么了，应该就是报道里的大脑状怪物。我曾经看到过很多这类报道，但很多是虚假新闻，也有很多是当事人搞错了，还有一小部分从此没了下文，报道中的不明生物就此杳无音信。没想到，我自己可能就有机会看到实物。

当王亮再次打来电话时，交谈起来就方便多了。我了解到王亮是哈尔滨一家名叫“荣杰”的贸易公司的营销部门经理，也是一个飞碟等超自然现象的爱好者。他花了五百块钱，从王杰那里买下了这个“怪物”，想送到有关部门好好研究。可是哈尔滨没有合适的地方，所以他想借来上海出差的机会，看看上海有没有肯对这个怪物进行研究的机构。

如果王亮不是恰好打到了我们报社寻求帮助，如果那天不是我恰好在报社，如果不是我有梁应物这样一位同学，如果我不知道梁应物的另一重身份，那么接下来的一系列匪夷所思的怪异事件就不会发生。

可是这一连串偶然凑到一起，就使我在不知不觉中成了一项惊天动地而又诡异万分的事件的促成者及见证人，并且几乎因此危及生命。

第二个星期的星期二，我在上海虹桥国际机场的候机厅里等候王亮。

与我一起等候的是一名瘦高、戴着一副眼镜的年轻人，他就是我的高中同学梁应物。

梁应物对生物科学有着极大的热情，同时天分极高，从复旦生物化学系毕业后就留校当了助教。同时令一般人无法想象的是，由于梁应物出生于巨富之家，居然在大学时代就在家里辟出一间房当实验室，其中的设备就是比起复旦的专业实验室也不逊色，他时常可以为一个课题在自己的实验室里待上三天不出来。

而我身为梁应物的好友，更得知了他不为人知的第二重身份：X机构研究员。

所谓X机构到底叫什么名字，梁应物不肯告诉我，我只知道这是一个半军事化的秘密机构，专门研究非正常生物现象，所有的研究成果和研究过程一律保密，直接向上汇报。梁应物由于其生物方面的天分，得以进入这个机构。对于这个机构的研究内容，我只能自己想象，梁应物有时对我说，如果把X机构的一些成果公之于世，必然会引发不安和恐慌，甚至会危及国家安全，所以是绝密的。通常他说到这里

就住口，惹得我好奇心发作，心痒难熬。

当然我并不希望梁应物把这个大脑状怪物搞到X机构去研究，那样的话所有的研究结果我就无法得知，王亮就更不会知道。我要梁应物在自己的实验室研究，同时借助他在X机构里工作的经验，告诉我这到底是什么，也许，这会是一个大新闻。当然，也许什么都不是。

王亮将会把那个怪物寄放在我这里，这个好奇心和我一样重的人并不要什么代价，他唯一希望的回报就是如果研究有什么结果，可以告诉他。

我的手机响了起来，是王亮，他到了。简单地说明了自己所处的位置后，我们很快就见面了。

王亮身材很高大，一副威猛的样子，双目黑而有神。他手上拖着一个大的旅行箱，看来那个"怪物"就在箱子里。

我向他介绍了梁应物，当然，我只提了他助教的身份。

王亮礼貌性地与梁应物打了招呼，我看出他眼中的疑惑，也许在他的想象中，我应该带一位著名的专家来。

我笑了笑，说："我这位朋友，可是这方面的天才哦，而且，这种研究是需要好奇心和想象力的，也许年轻人会比较合适。"

王亮以爽朗的大笑表示他同意我的意见，看来他是个很好打交道的人。

我们驱车直奔梁应物的家，那是曲阳小区的一处多层住宅楼，梁应物在三楼买了两套相邻的两室一厅的房子，打通后合二为一，新搬进去没多久，我也是第一次去。

我本来想，梁应物这小子一个人住那么大的房子，果然奢侈。到了才知道，他居然把其中的一套两室一厅能敲掉的墙全部敲掉，成了一个面积达八十平方米的实验室。而不知道梁应物有家庭实验室的王

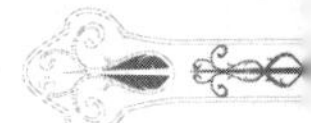

亮更是看呆了眼，摸着那一台台仪器喃喃自语。看来这方面他远比我识货，知道这些东西价值不菲，这下子他对梁应物充满了信任，脸上像是要放出光来，“咔嚓”一声，手脚麻利地把旅行箱打开了。

旅行箱内除了所有生活用品外，还醒目地放置着一个小木箱。王亮把木箱抱到台子上，打开上面的小锁，一个用保鲜膜包着的从未见过的怪异生物出现在了眼前。

这辈子我都没见过这么恶心的生物，身体的形状和鼻涕虫有些相似，是长圆形的，乳白色。上面充满了沟沟壑壑，就像一个脱了壳的大脑，身体下面露出两根长而细的须，估计足有一米长。简单来说，就像是一条放大了的鼻涕虫和人脑的合体，再加上乌贼的须，不过须上没有吸盘。这个东西放在那里，给人的感觉是软乎乎的，好像马上就要塌下来似的。

我用手试探性地隔着薄膜摸了一下，再仔细一看，才发现其实表面像人的皮肤一样覆有一层极薄的透明膜，把那满是皱纹的脑状身体包着，摸上去的感觉很平滑。我又用力按了一下，手指略微下陷，一放松表面又恢复原状，看来弹性很好。

总之，这怎么也不像是人工的产物，而且据王亮说，挖出这怪物的人当时为挖菜窖用专门的挖土机挖下去足有五米多深，打算罢手的时候，才发现这东西向上竖起的须，又向下挖了一米多，才把这东西完全挖出来。那样深度的土层，至少也有数百年没动过了，就算是人工产物，也绝对是个大新闻。

梁应物的脸上却看不出多少惊异之色，这家伙的涵养功夫比我深得多。我心里忽然一动，想到他在 X 机构里不知看到过多少匪夷所思的生物，所以才不会随便就大惊小怪的吧。

王亮问梁应物：“你要多少时间？”

梁应物说："很难说，我想，至少也要一个星期，才可以对这东西的构造有一个概念。如果结构很复杂奇特的话，可能就要更多的时间。"

王亮点头，说："反正，有结果的话，你们就通知我。"

我是和王亮一同离开的，都是往西区去，所以同路。

我忽然想到一个问题："我记得报道里说这东西的硬度和橡胶相仿，只说薄膜比较有弹性，我刚才按了一下，比起橡胶好像还是要软一点。"

王亮赧然一笑，说："来以前我用水洗了一下，结果就软了一点。"

我点头说："看这东西的样子，活着的时候多半是水生生物。"

谈话到这里就结束了，没有继续下去，我和王亮分道扬镳。接下去的一段时间，我因为一个系列采访，忙得不可开交，其间还去了南京一次，根本没时间关心梁应物那里的进程。当然我也完全不可能料想到，正是水，使这个大脑状怪物起了令人难以想象的变化。

去梁应物家一个多星期以后，一个偶然的发现，使我又重新想起这件事，并立刻赶到了梁应物家里。

那是在单位里，同事问我一个很生僻的字，我不知道，我建议他去翻翻《辞海》，办公室里就有一本。

他找到《辞海》查的时候，我也站在旁边看。他从部首查到这个字的页码，正在翻的时候，我忽然叫停。

在他刚刚飞快翻过去的一页中，我看到了一幅让我心里一跳的图。

费了好大工夫我才找到那一页，我笑了。没错，就是那幅图，画得简直和那脑状怪物一样，由于印刷简单，这幅图只画出了形象，没有画身体上的大脑纹路，但身体的形状及那两条长须是一模一样的。

我看了看它的名字：欧姆巴原虫。当我往下看到词条解释时，我知道错了。

这是一种远古的生物，是地球刚刚开始有生命时在海洋里出现的一种单细胞生物，和三叶虫一样，早已绝种。毫无疑问，这种微型虫小到肉眼看不见，而它背上也绝不会有脑状纹路。

然而我还是决定去找梁应物，这个世界奇怪事多得很，说不定这欧姆巴原虫和脑状怪物真有什么关联。更重要的是，我现在非常想知道梁应物的研究进行得怎么样了。

电话打过去的时候，梁应物在家。我在电话里就问现在情况怎样，他说电话里说不清楚，让我过去再说。

我这个人，把事情忘记的时候可以忘得一干二净，想起来的时候耽搁一会儿都感到不舒服。一出报社大门我就招了辆的士直奔曲阳而去。

梁应物开门的时候我吓了一跳。他两眼通红，嘴里叼了根香烟，头发乱成一团。

我说："你几天没睡了？"

梁应物头也不回地径自往实验室走去，说："两天。"

我惊讶地问："你不用上班了？"

梁应物说："我请假了，你怎么废话这么多？"手一指，又说，"你不是来看这东西的吗？"

我顺着梁应物的手看去，就见那怪物躺在实验台上，旁边又是试剂又是显微镜，还有一大堆看不懂的仪器，乱七八糟。

我说："咦，还完整无缺啊，我以为已经被你大卸八块研究了呢。"

梁应物"哼"了一声，不屑与我这等什么都不懂的人还嘴。

我问："研究怎么样了，我今天翻《辞海》看到一种和这玩意儿很像的虫，叫作欧……欧……"

"欧什么欧，是欧姆巴原虫。"

我大吃一惊："你已经知道了。"

梁应物找了张椅子坐下来，说："废话，你以为这么多天我在干什么。"

我说："这么说来，这东西真的和那欧姆巴原虫有关？"

梁应物的表情严肃起来，缓缓地说："不是有关，这就是欧姆巴原虫。"

我笑了，说："别唬我了，欧姆巴原虫才多大啊。"

梁应物望向那怪物，说："这不是一只欧姆巴原虫，而是不知多少亿万只欧姆巴原虫的合体。"

"珊瑚！"我脱口而出，"你是说，和珊瑚虫一样？"

梁应物点头说："是和珊瑚有些像，我切了一小块它的触须下来分析才发现的。那绿豆大小一块东西，里面就聚集了无以计数的欧姆巴原虫，虽然大多已经变形，可我仍然认得出来。"

"变形？"我不解。

梁应物说："就好比一个人少了条腿，或脑袋只剩了一半，但你还知道这是个人。"

我脑中忽然灵光一闪，身体不由得打了个冷战，说："可是，珊瑚虫死了变成珊瑚，那珊瑚的形状是千奇百怪，没有定型的，可这欧姆巴原虫为什么死了聚在一起，会形成一个巨型欧姆巴原虫，难道说，它们是故意的？"

梁应物站了起来，在这个巨型欧姆巴原虫前来回踱步，似乎在思考着难以索解的问题。我并没有开口问他，因为现在我自己的思维也一片混乱。

梁应物忽然停下来，开口说："第一，欧姆巴原虫早已经消失上亿年，从切片分析，这东西形成时间却不长，不会超过百年，甚至可能就

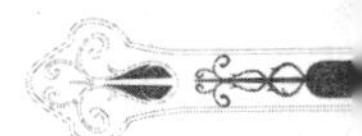

是近几年的事，为什么消失的水生物种会再次出现，而且出现地点在双城郊区的地底下？第二，欧姆巴原虫的构造和珊瑚虫不同，不可能自然聚在一起形成合体，是什么力量使它们彼此吸引？第三，如果是突变所致，那突变源是什么？第四，为什么合体是一只巨型欧姆巴原虫，为什么会出现脑状纹？第五，这些欧姆巴原虫已经死了，应该会逐渐分解，可为什么放到现在一点都没起变化，是什么能量使它们维持现状？”

梁应物说完顿了一顿，又用低沉的声音说：“这所有的一切，我都不知道。”

虽然我不懂生物，但也越听越是心惊，忍不住说：“你研究了这么久，研究出了这些没办法回答的问题吗？”

梁应物苦笑着说：“这个东西非比寻常，超出我预估太多，我就算见多识广，但这样子的情况，也从未见过。我想，应该把它交上去。”

我愣了一下，这才想到梁应物是指要把它移交X机构，说：“这样一来，就算有结果也要保密了，王亮不会愿意的。”

梁应物说：“我可以把大致的结果透露给王亮，不过东西肯定是拿不回来了。”

我说：“那我要和王亮说一声。”

梁应物说：“这个东西身上有太多不解之谜，科研价值极高，而且，我对它不太了解，连它是否真的死了都把握不定，所以交给X机构是最好的方案。”

我吃了一惊，说：“你的意思是说，它可能还活着。”

说到这里，我心里忽然一动，想起王亮上次和我说的话，一把抓起这只巨型欧姆巴原虫，说：“我有个办法，说不定有些效果。”

我跑到水槽边，打开自来水龙头，来回冲洗着手里这充满了未知

的物体。

梁应物说："你在搞什么？"

我说："王亮说，用水冲它会变软的。"

说话的时候，我已经感到手里的物体变软了，不仅软，还有些滑。

我的心怦怦直跳，心里考虑着是不是要把它放下，却忽然觉得手里的物体微微一动，滑出了我的手掌，跌落在水槽里。

我吓了一跳，大叫："动了，它动了。"

梁应物连忙凑近来，却看见正躺在水槽里被水猛冲的巨型欧姆巴原虫起了令人难以相信的变化。

只见在水流的冲刷下，它的身体迅速变小，就像一块肥皂在水里融化，速度却更要快上百倍，等我想起来把水龙头关掉的时候，水槽里已经什么都没有了。

我和梁应物面面相觑，遍体生寒。

梁应物猛然转身，拿来一块玻璃片，取了一点水槽里的残水滴在玻璃片上，放到高倍显微镜下。

许久，他抬起头，眼中泛起血丝，哑声对我说："水里没有欧姆巴原虫，一条也没有了。"

我喃喃道："是啊，全都被水冲到下水道里去了。"

梁应物摇头说："你不明白这种生物是没有智力的，运动能力也很弱，如此巨量的欧姆巴原虫理应不可能完全被刚才的水带走。"

我脑子里一团糟，不明白梁应物的意思，问："那是为什么？"

梁应物一字一句地说："原因只有一个，就是它们都是有意识地朝下水道处运动，而且运动能力比以前大大增强。"

我脑子里"嗡"的一声，说："你是说，它是有智慧的。"

梁应物沉默不语，脸色难看至极，半晌才迸出一句："下水道的废水是通海的，它们原本就该生活在海洋里。"

我不知道是怎么回到家的，坐在沙发上好一会儿才回过神来，抓起电话打给王亮。王亮听了事情的经过，一时也说不出话来。的确，这件事实在是超乎人类的想象，听到这种事情还能谈笑自如的，怕只有倪匡小说里的卫斯理了。

怪物没了，我想要的大新闻自然也写不出来，现在经历的事虽然离奇，却丝毫没有任何可资证实的新闻事实，当小说写出来还可以，新闻的话，编辑那一关就先通不过。所以这件事，我对报社绝口不提，倒是梁应物就此事写了份报告给 X 机构。

我以为这件事到此结束，谁知世事难料。

大约一个月过后，我接到一项出海采访的任务。

今年四月，在上海的近海发生了一件大事，当时媒体曾对此做过报道，然而上海人却大多没有从这些报道中看出一丝潜在的威胁。

这件事，就是韩国"大勇轮"事件。

关于这个事件的详细经过，我想还是引用一段中国新闻网的报道比较清楚。

中新网北京 5 月 24 日消息：4 月 17 日上午，韩国散货船"大勇轮"从日本开往中国宁波途中，在长江口外鸡骨礁附近中国领海海内与从上海开往印度的香港万吨级散货船"大望轮"在浓雾中发生碰撞，"大勇轮"装载的两千吨化学品苯乙烯中有七百零一吨泄漏入海，造成了附近海域和大气的污染。

此事经过调查，被确认为世界上发生的最大一宗苯乙烯泄漏事故。中国有关部门已向肇事人员要求"国家赔偿"，金额高达八百万美元。

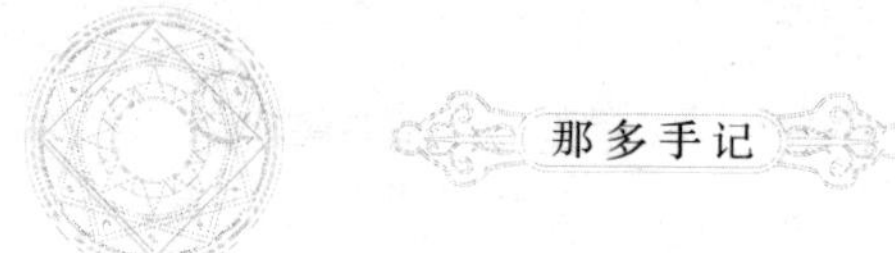

由于苯是一种相当难分解的化学成分，而且很易沉淀。“大勇轮”事件发生后，中国方面解决的办法是用围油栏把出事海域漂浮在海面上的苯乙烯聚拢在一起，然后定期喷洒分解剂，目前围起来的范围有十几平方公里。由于苯那难缠的特性，要完全分解，据最乐观的估计，也要数十年之久。

当时这一事件，我也去采访过，一位参与其事的环保专家对我说，苯乙烯有极强的渗透性，对长江口海域的生态将造成相当大的危害，而那一带正好是许多鱼类的产卵区，一年四季都有包括鳗鱼、带鱼在内的大量鱼群，每天海面上都有无数的渔船。所以，很可能会有鱼因此而变异，就是出现二头怪鱼也不足为奇。而人如果吃多了有苯乙烯沉淀的鱼，将会对身体产生危害。

然而见报的文章，这部分内容被删去了，原因是怕引起市民恐慌。

由于我与海事局的关系不错，所以这次他们透露给我一个独家的新闻线索。那就是原先范围达十几平方公里的苯乙烯，正在急速消失中。一个星期前，已经只剩下三平方公里多一点，而两天前海事局的船再去看的时候，竟已不足两个足球场大。

这简直已经到了科学无法解释的地步，世界上苯乙烯泄漏事故并不止这一宗，尽管其他的规模都比这次小，但毫无例外地，到目前为止，当地都在尽力而缓慢地进行分解工作，从来没有出现过短时间内苯乙烯迅速消失的事件。之所以用“消失”这个词，是因为单靠分解是绝不可能有此效果的。

今天，海事局将再次派船去看情况，除了海事局的人外，还有一位环保专家随行取样检测。然而奇怪的是，这位环保专家却不是海事局或者环保局的，身份十分神秘。海事局负责与我联系的小张悄悄对我说，本来今天不能出海，因为今年第七号台风“菲特”正在急速靠

近中，出海会有危险，但这个不知什么来头的环保专家坚持越早去越好，不能等，上面居然也同意了。

小张好心地问我："这次出海有危险的，你是不是不要去了？等他们回来再采访好了。"

我当然拒绝了，这种采访不到现场怎么行，我笑着对他说："没关系，我游泳不错，掉到海里也能撑到救援来。"

当我登上海事局巡逻艇的时候，才发现那个环保专家居然就是梁应物。

梁应物看到我也有些意外，我把他拉到一边，问："你怎么来的？"

梁应物表情异常严肃，说了句让我大吃一惊的话："这件事，我估计与欧姆巴原虫有关。"

我啼笑皆非，虽然上回那欧姆巴原虫是进了下水道，但就算它们经过污水处理还不死，回到大海，把它们与这次的苯乙烯消失事件联系起来，也太扯了吧。

梁应物看出我在想什么，说："这段时间，我跑了一趟东北。我了解到，在挖出那东西前不久，那块地方下过一场'毒雨'，很多人因此而被送进医院，许多鸡鸭死亡，经检查是苯乙烯中毒。"

我的表情渐渐严肃起来，不过，我还是听不出这和那欧姆巴原虫有什么关系。

船已经开动了，朝长江口迅速前进。

梁应物接着说："苯的渗透性很强，可以深入地下十几米。我做了一个大胆的推测，太古的一次剧烈地层变动使得沧海变桑田，而原先生活在海里的欧姆巴原虫在剧烈变动中处于近似冬眠的封存状态，在某一个特定条件下，它们可能醒来恢复活力。这样的例子，我曾经听

说过。而这一次，可能苯就是这个特定条件，它不仅使欧姆巴原虫醒来，而且使它产生基因突变。我在那个怪物的最初发现者的菜窖里证实了我的猜想，那块土壤里完全没有苯乙烯的成分，而且以那个菜窖为中心，周围大约五十米的一圈，都是这样。我在另一处地方打了一个深洞，就是在地下二十米的地方，也能检测出苯乙烯的微量残存。”

这时候，船已经开到长江口，很快就将到达目的地。天色晦暗，云层厚重，压得人透不过气来。

我深吸了口气，问：“你是说，苯乙烯造成了欧姆巴原虫的突变，而欧姆巴原虫以苯乙烯为食物，这就是这次苯乙烯消失的原因？”

梁应物没有直接回答我的问题：“回来以后我和机构里的一些研究员讨论，结论是变异后的欧姆巴原虫可能已经是一个新物种了，对这个新物种的一切特性，我们一无所知，这太危险了。而我认为这次的苯乙烯消失与此有关，还有一个原因。”

此时目的地已经不远，其他海事局的人都倚着甲板上的护栏眺望前方，他们大概以为我正在采访环保专家，却不知道我们正在谈着多么耸人听闻的事。

“我查了近一段时间全国卫星气象图。‘大勇轮’出事几天后，暖湿气流在这里形成，无疑这种气流含有大量从海面上挥发的苯乙烯。暖湿气流一路往北，并在东北大量降雨，其中就包括那场毒雨。”

梁应物看了看天，说：“这次苯乙烯消失的速度非常惊人，所以我们没法等，如果等台风过去，那苯乙烯就会消失殆尽，很可能我就无法找到欧姆巴原虫的踪迹了，机构很重视这件事，所以就出面和海事局照会了一下。”

“可是这次去，你又怎能确定一定可以查到那怪物的下落？”

“我有一种预感，我一定会再次碰到它。”

“到了。”我听到有人在喊。

我和梁应物走到船头，放眼望去，前面是一大堆黄黑相间的厚重漂浮物，散发着令人难以忍受的气味。

我想那就是苯乙烯了，粗略估计一下面积，大约有一个半足球场大小，果然比两天前又缩小了。

“糟糕！”梁应物脱口而出。

“怎么了？”我问。

“按照前一段时间的吞噬速度，现在的面积绝不会大于一百平方米，怎么会还有那么多，难道说……”

我注意到梁应物用了“吞噬”这个词，不由得一愣，转头一看，梁应物的额上竟渗出汗珠，心里也不由得惶急起来，忙追问：“吞噬速度减慢怎么了？”

“那说明那个生物并不是以苯乙烯为食物，很可能，苯乙烯只是在它完全变异完成前需要的物质。”

“你的意思是，它已经完全变异？”

梁应物望着那一摊静静浮在海面上的苯乙烯，说：“恐怕是的。”

这时候，我感到船猛然一倾，忙四下打量，发现巡逻艇正在急速掉头，耳边传来惊叫：“台风来了。”

虽然是中午，可是天竟然迅速黑了下来，只一会儿工夫，已经黑得如同入夜一般。越来越大的风中隐约传来轰轰的巨响，原先波浪不大的海面动荡起来。我的心脏急速跳动，再看梁应物，一样的面色惨白。

忽然一个绝望的声音大叫：“看……看后面。”

我回头看，心里顿时如同挨了一记重锤，眼前一黑。一道足有十

几层楼高的巨浪正向我们的小艇急速逼近。

我知道这浪要是打上来船非翻不可，可能当场就被船撞死，一拉梁应物，大声说："跳。"

两个人拉着手跳下船，落进海里，等到抬起头吸气的时候，滔天巨浪已在眼前。

我已经记不得是第几次被巨浪打进水里，这一次挣扎着上来的时候，已经精疲力尽。

我和梁应物的手仍然紧紧抓住仪器，彼此就像抓了一根救命木头一样不肯放开，然而我不确定我还能抓多久。我能听到梁应物重重的喘气声，他的情况绝不会比我好多少。我这才知道我回答小张说我会游泳是一件多么可笑的事情，在这种情况下，会不会游泳又有什么区别，而且也绝不会有不要命的救援船来救我们。

又一个巨浪卷来，我不知道这一次我还能不能再次浮上来。

然而，当巨浪劈头盖脸地罩在我头上的时候，我惊异地发现我居然没有被这股力量卷下水底。

因为我的脚下居然踩到了实物。

巨浪把我们卷出好远，但脚下始终能踩到很坚实的东西。

那不是土的感觉。

我和梁应物不约而同地低头看。

什么都看不见，一片海水的蓝色。

但我双脚确实踩着地，而且，我感觉到我正在上升。

等到巨浪过去，我发现我们竟然已经高出海面。我不知道我现在究竟有多高，因为放眼望去，尽是那蓝色的物体，天色依然昏暗，穷极目力，竟然望不到头。

梁应物喃喃道："地球上竟然有……竟然有这么庞大的生物。"

我蹲下去用手摸，感觉滑润，的确非常像生物的表皮。可是，怎么可能有这样的生物？和它比起来，传说中的大海蟒、章鱼王都成了不值一哂的玩物。

我忽然想起了庄子的《逍遥游》："北冥有鱼，其名为鲲，鲲之大不知其几千里也。"

此时狂风依然，我和梁应物站不稳，不禁坐了下来。就在这个时候，那仿佛无边无际的海蓝色生物竟然像变色龙一样开始改变颜色。

蓝色渐渐淡去，终于变成晶莹的白色，而在那宛如透明的白色下面，我看到了一种如同大脑般的褶皱纹。

"是它！"我和梁应物同时惊呼。

难道这就是完全变异后的欧姆巴？如果能继续称它为欧姆巴的话……原虫这两个字是一定得去掉了。

我注意到脚下那脑状纹并没有因为它体形的巨大而显得粗大，依然如人脑般细密且深。如果这真是大脑的话，那欧姆巴的智慧岂非难以想象！

我和梁应物坐在这个庞然巨物上，无疑，这个生物正在飞速地移动着，因为没多久，我们就脱离了风暴的范围，阳光又开始照射在我的头上，照射在欧姆巴晶莹的背上。

我忽然觉得身体有些下陷，手一用力，竟然陷进欧姆巴的背里，放眼望去，欧姆巴原先平滑的白色背部，已经开始下陷扭曲。

这是一个似曾相识的情形，我脱口而出："它又融化了。"

话音刚落，身体下面一空，我和梁应物从几十米高的地方摔下海里，溅起一大片水花。

我注意到这一带的海水有些混浊，但很快就恢复清澈的蓝色。

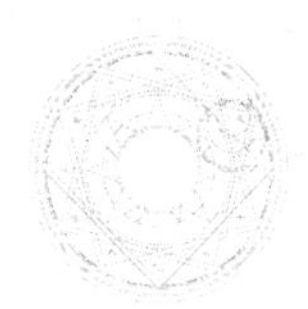

“看。”梁应物手一指。

远远的前方，正驶来一艘游轮。

这件事结束以后，梁应物给X机构写了一份详尽的报告。我看了几眼，里面说到欧姆巴是一种能够通过未知方式随时组合的生物群。分散的时候，可能只是单细胞生物，而组合起来的时候，可以比航空母舰更大上千倍，并且可能有惊人的智慧。而现在这种生物已完全变异，不再需要苯乙烯，至于其以什么为食，则是未知。

梁应物私下告诉我，生物界有很多昆虫，其个体无智慧可言，但群体生活时，却会形成一种群体智慧，使个体分工合作，让种族生存下去，这是千百万年进化的产物。而欧姆巴的智慧和群体智慧很像，只不过要更高级得多。

后来我把这件事告诉王亮，他竟然叹息当时自己不在那艘巡逻艇上，真是个不知死活的家伙。他对我说，欧姆巴把我们救起来是报恩，毕竟当初让它回到大海的是我们。我想这很有可能，而同船的其他人目前还是失踪人口。

一次化工品泄漏竟然在千里之外造就了这样一种生物，最后又回到发源地完全变异，任何有想象力的人都始料未及。两个星期后别人请我去三甲港海滨浴场游泳，我望着一望无际的大海，想到每一滴海水里都可能存在着欧姆巴，不由得不寒而栗。

还有一件事，当时把我们救上来的游轮，其声纳系统没有探测到前方有任何东西。而梁应物后来又告诉我，当时大气层外的军事监测卫星并没有在这一带发现异常，照理说这么庞大的生物是不可能逃过这些鹰眼的。这使得机构对他的报告表示怀疑。

第六章

夜半深渊

Chapter 6

这一篇手记里，最让我惊讶的不是所谓的海中霸王欧姆巴，而是梁应物。三篇神秘手记中，目前为止可以肯定确有其人的，一个是第一篇手记中的“冯立德”，也就是现实中的徐先，尽管名字不同，但此二人应为一人无疑，可能是为了避讳所以改了名字；第二个就是梁应物。奇怪的是，这位高中好友却未被改名，难道徐先要避讳，梁应物却不用？更奇怪的是，梁应物明明是复旦生物工程系毕业，毕业后又留洋镀了层金，拿到了哈佛生命科学博士和斯坦福核子物理硕士，其间只花了不到四年时间。而这篇手记里却说他是复旦生物化学系毕业，且毕业就留校。如果说这算是一种对当事人的掩饰，那么这篇手记居然大胆到把梁应物的X机构研究员的身份曝光，还写清楚梁应物的名字，对其履历的处理又有什么意义？

另外，梁应物的家里很有钱是没错，但他在曲阳附近有房子吗？我怎么不知道？

不对劲的地方实在太多。到目前为止，我相信这三篇手记的出现必然有其背后的用意，那么对其中记载的特异之处，也就不能等闲视之，猜不透用意，不等于没有用意。难道说，这件事还会牵扯到梁应物？

念及此，我毫不犹豫地拨通了梁应物的电话，从收到第一篇手记起，我就和梁应物不断聊起这件事，只是后来长时间没有进展，这家伙自己的事又极多，他也逐渐不再关注。而现在有了新进展，又与他有关，当然要把他叫来一起分析，在这方面，他的眼界比我广，思路比我清楚，知道的内幕比我多，我唯一能胜过他的，大概只有想象力了。更何况，这篇手记居然把X机构的存在公之于世，登这篇手记的时候，《萌芽》的销量远不如现在大，X机构多半不知道，现在我倒很好奇X机构对此会有何反应，如果能让X机构介入调查此事，凭这个神秘地下机构的庞大势力，怎么都不可能劳而无功。

手机关机，家里是留言电话，学校里说他请了一星期假。看来梁应物又“出任务”了。这世界看似每天都在正常运转，然而背后的暗流涌动，不是梁应物这类直面真相的人，是决计感受不到的。

我给梁应物留了言，要他一收到就联系我。

我用食指轻轻敲击着电脑台，发出有节奏的“哒哒”声。

现在，我能做什么？事件进展到目前的程度，我不可能再像从前一样坐着等待，我一定得做些什么。

“那多，今天有什么稿子？”编辑陆川走到我旁边问。

“啊，没，现在还没有。”对于写稿，我现在一点心情也没有。

“靠，看你的样子还以为你在写稿呢，唉，那待会儿的小编前会我就惨了，一个选题都报不出，一起吃饭吗？”

“不用了，我叫饭上来。”

把陆川打发走，我重新扫视眼前的《〈那多手记〉之来自太古》。

哈尔滨荣杰贸易公司？

营销部经理王亮……

第一篇《〈那多手记〉之失落的一夜》中的徐先已经移居国外，第二篇《〈那多手记〉之乌篷船》中的小张虽然没有联系过，但如按手记中所述，他在某个人的帮助下踏上了《鬼船》，那自然已经永远从这个世界上消失了，那个人当然不是我，因为我没被小张“盯上”，也没有参与那次新闻采访。

那么这篇手记中的王亮呢？

我拿起电话，先拨哈尔滨的区号0451，再拨114电话号码问讯台。

“请问查什么电话号码？”

“哈尔滨荣杰贸易公司。”

“请稍等。”

究竟是“对不起该单位没有登记”，还是……

几秒钟后，听筒里传来与刚才不同的标准语音，我听到“请记录”的“请”字时嘴角就情不自禁地露出笑容。

“请记录，6×××××3。”

我记下号码，抬腕看看时间，已过十二点，现在打过去可能没人。

“哪位叫的饭？”等了许久的外卖终于来了。

“这里这里。”我把外卖员招呼过来，付了钱。这家做的回锅肉盖浇饭还是很不错的。

今天起得太早，吃完饭血液又往胃里去，很自然就困了起来。我往台子上一趴，调整好舒服的姿势，呼呼睡去。

断断续续醒了几次，像这样的睡法只能是浅睡，最后一次醒的感觉差不多了，一看表，下午一点四十分。我狠狠伸了个懒腰，拨通了哈尔滨荣杰贸易公司的电话。

拨零转到了总机小姐处：“请转王亮。”

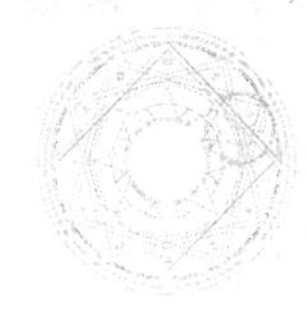

“王亮？对不起，我们这里没有这个人。”

这我已经想到了，有把徐先写成冯立德的例子，这次的王亮可能也是用了化名。

“哦，可能我记错了，请问你们营销部经理是……”

“是王响，我给您转过去。”

“你好，我是王响。”是个大嗓门儿的东北汉子。

“你好，我是上海《晨星报》的记者那多。有件事想向您了解一下。”

我停顿了一下，这样子直接问很冒昧，如果他根本就不是那个王亮，从来没买过那个像大脑的怪物，就一定会觉得我这个记者脑子有问题。好在记者做到现在，冒昧的事情做得多了，脸皮操练得颇厚，微微停顿，就继续开口问：

“请问您两年前是否买过一件奇怪的东西？”

“你是指……”王响没有一口否认，他的口气倒像是收藏有许多奇怪物品，不知道我指的是哪一件似的。

我心里已经有数，看来那篇手记中的相关记载八九不离十：“是一件像大脑的不明物，原本在一个叫王杰的人手里。”

“你……是怎么知道的？”

“那件东西还在你手上吗？我可能知道那是什么东西。”我没有回答王响的问题，因为我还没有想好该扯一个怎样的谎。

“怎么可能，我已经找过许多机构鉴定都没结果。”王响的语气十分惊讶，但声音却压低了，在公司里谈这样的事不合时宜。

“如果方便的话，过两天我去哈尔滨一趟。”这样说，心里实在有些肉痛，尽管当记者的收入不能算是菲薄，可是我总是会为了这样或那样的事情走东跑西，还没法报销，到现在还没存多少钱。这样下去

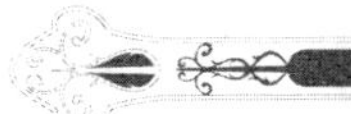

不是办法，以后如果什么事情有X机构来掺一脚，得想办法向他们敲一笔当工作经费。到现在我已经帮他们白干了好几回了。

“……”电话那头一时没了声音，如果王响真如那篇手记所说，是一个好奇心很强又爽气的人，那么我这个忽然冒出来的神秘那多对他来说该是一个不小的诱惑。

“我后天要到江浙一带出差，这样，我可以抽空来一趟上海。”好奇心重的人总是容易相信别人。

这是我最想要的结果，不仅省下了差旅费，不用和报社请假，更重要的是，那块迄今为止仍远未清理干净的东海苯乙烯泄漏区。这是验证欧姆巴的重要一环，要是跑到哈尔滨去试验，欧姆巴是无法回到东海苯乙烯泄漏区的，甚至，固化欧姆巴要是真有智慧，碰到水根本就不会有什么反应。至于欧姆巴最后会变成怎样的怪物，我倒是一点都不担心，这点和那位写《〈那多手记〉之来自太古》的“那多”不同，我觉得这世上怪物本来就很多，在大海中又多了一种强大的智慧生物后，原本的海洋霸主海底人会有怎样的反应。

和王响互留了联系方式，接下来的几天，我在等待中度过。

梁应物还是没联系上，叶瞳找了我几次，我也不瞒她，于是等待的人又多了一个。

家里新装了电视卫星接收器，是私装的，一下子多了一大堆台湾节目，让我这个原本不太看电视节目的人一下子热爱起方匣子，台湾的综艺节目千奇百怪，就是新闻也比我们这里好看得多。台湾灵异学研究比大陆开放得多，什么奇奇怪怪的事都能请到一些不知是真是假的专家，放在台面上大肆讨论。每个星期六晚上十一点，我有档几乎必看的节目，就是东森综合台的《鬼话连篇》，制作方精心挑选一些据说有灵异现象的场所，比如说凶宅等，安排一些大胆的观众在晚上去亲历，然后用摄像机拍下各种异相。此外，还有撞鬼人上台讲述自己的亲身经历，配上音乐，让我这个经历过更凶险诡异境地的人，都泛起凉意。这种对未知事物的恐惧感，是人类与生俱来的。

这个星期六我照样一个人在家看《鬼话连篇》，节目结束已经是深夜十二点。今天冒险队员们去的是一所多年前失火烧死多人的舞厅，和以往一样，冒险队员纷纷在一人独处数分钟后尖声惊叫，安置无人红外线摄像机拍到的影像也是一闪而过的模糊影像。看这样的节目对接下来的睡眠绝对不利，一个人躺在床上关了灯会有无数的念头冒出来。好在明天王响就会到上海，思考着接下来事情会如何发展，刚才看的节目很快就被抛在脑后。

这些天我总是不断地将整个事件在脑中重演，从看见第一篇《那多手记》开始到现在，这样的重演能帮助我更好地把握到事件的中心。整件事拖的时间太长，我把它在脑中浓缩快进，原本各条似乎毫不相干的线索，在这么多次反复地“重放”后，好似隐约开始相互伸出枝蔓，搭到一起。这样说并不十分准确，因为我至今还无法清晰地把脉络理出来，但我已经可以感觉到各条线索之间的确缠绕着透明的蛛丝马迹。

真是见鬼，在这样关键的时刻梁应物居然玩失踪。真是很想借助他的分析能力。

再次回想的时候，我又想到了一点。在三篇手记中，王响和徐先都用了化名，可是梁应物却用了本名，还抖出X机构，这是什么道理？这样明白无误不避讳，是想特别指出什么吗？因为如果说避讳的话，最该隐藏的是X机构，而不是王响和徐先！

明天王响把欧姆巴带来，如果说那玩意儿真的会化为清水消失在

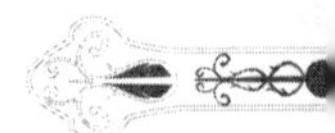

下水道中，进而开始吞噬东海的苯乙烯污染区，接下来该怎么办？我只是证实了三篇手记的真实性，这样不可思议的预见说明了什么？似乎，我还缺少一项推动整个时间前进的动力。

那动力是什么，是真的缺少，还是……不愿去面对？

那天在作家协会大院里遇见的，险些将我吞噬的力量，究竟是什么？

那是一种警告吗？是我发现了什么而对我的警告吗？

这样无声无息，无迹可查，让我陷入深渊而近在咫尺的旁人一无所觉的黑巫术般的力量，我从未遇见过，甚至从未听说过。

那天的经历给我的印象太深刻，几乎灭顶的感觉糟透了，以至于这些天来我下意识地避免去面对它。现在我躺在床上闭上眼睛，开始重温当时的情形。

那是一种整个世界的不真实感，所有鲜艳的颜色在瞬间凋谢，自己的一切感官逐渐失效……

记忆太过深刻，我现在回想起来，甚至有着再次身临其境的感觉，四周的空气压得我无法呼吸。

喘不过气来。

喘不过气来。

整个世界都寂静下来，连空调的低鸣声都听不见了。

我的心脏剧烈地跳动着，我的第六感强烈地向我传递危险的信息。

可是我却动不了了，任凭我再如何挣扎，也指挥不了自己的四肢。

这不是梦魇，而是……那力量再次突袭了我。

不是在作家协会大院，而是在我自己家里，再次把我拖向无底深渊。

逐渐远离这个世界的感觉，再次笼罩我。可是，我却没有任何办法。我一切的抵抗和挣扎都是徒劳的，我完全不知道那天在作家协会

大院里，我是如何逃脱的，我的神志开始一点点淡下去。

“叮铃铃铃铃……”

电话铃忽然响起来。那铃声像利刃，穿过重重阻碍传进我的耳朵。我明显感到，那莫名的力量一下子虚弱下去。我的挣扎开始在四肢上反应出来，我的手和脚能动了，尽管还有着阻力，但我拼命地划动着，试图抓住些什么，又试图驱赶些什么。

铃声不断地响着，那力量开始退潮，我的双手越来越有力，忽然碰到了床头柜，那柜子被我推得整个倒了下去，柜子上的电话、玻璃杯、闹钟和其他一大堆东西都摔在地上，在夜里发出巨大的声响。

那力量仿佛受了惊吓，一下子缩了回去，所有的束缚都消失了，我立刻睁开眼睛，眼前一片黑暗。

摔在地上的电话听筒里有声音传出来，可是我却一点力气都没有。所有的力气都在刚才的挣扎中消耗掉了。

可是心中的危机感仍未过去，难道那力量仍在屋子里盘旋未去？

我正在惊疑不定，猛然听见一声嘶吼。我无法形容这是怎样的一种声音，这声音在房间中一下子响了起来，整个空气都在振动，我从来没听过这样的声音，但却有一种感觉，好像是一头凶兽，发出不甘心的吼叫。

声音渐渐消去，心中的危机感也退去。眼前空间的抖动停歇下来。是的，是空间的抖动，不是最初以为的空气，而是空间，哪怕在黑暗中，我也几乎敢肯定。

我不知在床上躺了多久，地上电话里的“喂喂”声也已经停止。我汗出如浆，浑身虚脱。

稍稍恢复过来的时候，我努力爬起来，开了灯，扶起床头柜，地上一片狼藉。

茶杯已经碎了，幸好里面的水已经被我喝去了大半，从床头柜里掉出的一袋开了封的饼干掉了出来，三四片苏打饼干泡在水里。电话机座也被敲了个裂口，反正不值几个钱。还好，闹钟还在走。

等到把地拖干净，东西都收拾好后，我才想起来翻看来电显示，居然是梁应物的手机号。

拨回去，铃只响了半下，梁应物就接了。

“你怎么样，出什么事了？”梁应物显然猜到刚才我有些变故。

“我现在还好，事……倒是有一些。”我老实回答。我这个人不喜欢逞能，何况就算不发生刚才的事，我也的确需要梁应物的帮助。

“我正在赶过来的途中，等我到了再说吧。”

我不由得有些感动，梁应物这人有时一副公事公办的样子，冷冷淡淡的铁板一块，但要是真把你当了朋友，绝对是两肋插刀的那种。

给梁应物开门的时候，梁应物的视线在我脸上逗留了三秒钟，大概是有些惊讶于我的脸色到现在还没完全恢复过来。

我给自己和梁应物泡了热茶，坐在客厅的布沙发上，从拿到第二篇手记开始到在作家协会大院里的异相，再到刚才的惊魂，完完整整地讲述给梁应物听。

梁应物点起一支烟，在听的过程中一言不发，盯着变化的烟雾，若有所思。

特别是最后我在讲述那股神秘力量再次袭来时，听得尤为认真。

我也知道这是关键所在，是以尽可能详细地把我的感觉讲出来，并且不带任何个人的判断，以免影响到他。说实在话，就算是真让我自己判断，也讲不出什么道理来。

梁应物听完，狠狠地把烟头按灭在烟灰缸里，站起身向我的卧室

走去。

“不介意我参观你的卧室吧？”梁应物说着打开卧室的灯。

我闷哼一声，这小子明知故问。

梁应物打开灯，却没有走进卧室。这当然不是什么考虑到我的隐私，以我和他现在的关系，到目前为止还没有什么真打算瞒着他的东西。他是在观察卧室内的情况。

他正在做一项我自己居然到现在为止都没做过的事：勘查现场，试图找寻那神秘力量的蛛丝马迹。

我不是不知道这样做的重要性，之所以在梁应物来之前没有做，是因为我有一种直觉，那力量是真正来无影去无踪的，这样层次的事后观案，是绝对不可能有什么发现的。

“还在看什么，第一现场早被我破坏了。”我苦笑着说。

我的卧室陈设一目了然，大概十平方米的屋子里，一张六尺大床占了一半空间，之外还放了一个五斗橱、一个衣橱和一个床头柜，留给人走动的空间是个L字形的狭长区域，现在地上还湿漉漉的，床单则凌乱不堪，是我刚才在床上挣扎留下的痕迹。

卧室两边的窗都关着，因为开着空调，刚才我连卧室和客厅之间的门都关了。梁应物走到窗前，细细地查看，然后把头转向我，我做了一个“我没动过一直如此”的表情。

“你恢复过来的时候，门也是关着的？没有听到关门的声音？”梁应物问。

我双手一摊，以示作答。

“看起来刚才没有人来过。”梁应物说。

“确切地说，没有任何已知的大型生物在刚才进到我的卧室。”

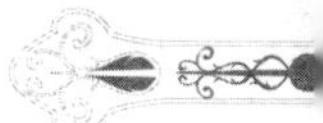

“如果这力量和我在作家协会大院遇见的是同一种，那么当时办公室里那几个人都没事，只有我感觉到了，今天在这里会被你发现什么才是怪事。不过，我本以为离开大院就没事，没想到它竟然可以不受地域限制。”我补充道。

梁应物坐回客厅沙发，再次点燃一支烟。

我倚着卧室门框站着，看着梁应物，稍一犹豫，又说：“当然，还有一种可能不能排除，那就是我的精神出了问题，这一切都是我的幻觉。”

梁应物抬眼看我，对视良久，他终于摇了摇头。

“不会的，你经历过这么多事，精神坚毅超过常人良多，怎么可能会莫名其妙出问题，更何况……”梁应物掏出他的手机，按了几个按键：“你知道，我的手机是 X 机构特制的，看似普通的市场流通产品，其实有些其他的便利功能。”

一阵怪异的声响突然从梁应物的手机中传出，我猛然震了一下，那分明就是刚才房间中最后突然响起的声音，尽管音量小了很多，也没有那种充斥室内空间的压迫力，但这嘶吼声是一点点也没有错的。

“我，也听见了。”梁应物一字一句地说。

一时间，我们两个人都再无话语，室内陷入了短暂的沉默。

我隐隐觉得，梁应物似乎有什么话想说，以我对他的了解，他现在虽然看上去毫无反应，似乎正在思索，但其实，他正在犹豫着什么。

“你觉得，这声音像什么？”梁应物打破了沉默。

那种有些扁平的震颤声，我从来没有听过，照理梁应物也不可能听过，任何平平凡凡生活的人都不会听过这样怪异的声音，但梁应物不是平凡人，他是 X 机构的研究员，他这样问，是否代表了……

“你……听过？”我试探着问。

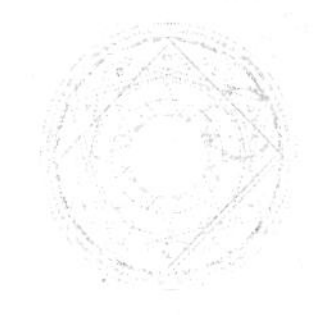

“我还不太确定。”梁应物站了起来，看样子竟然已经准备告辞。

“这个声音，我需要回去核对一下，如果真的和我所想的一样，我立刻告诉你。”

这时候，我自然知道，他所谓的“回去”，是回到哪里去。而且，这个猜测必定涉及X机构中的机密，使梁应物不能就这样轻易地告诉我。梁应物对于自己的职业有着超乎寻常的责任感，哪怕是对好朋友，也不会随意乱说话。

在快要走出门的时候，梁应物忽然转身对我说：“你说第一次你在《萌芽》杂志社办公室碰到这股力量，最后挣脱出来的契机，是金属笔筒突然掉到了地上；而这一次，电话铃声一响，这股力量就明显地减弱了。两次的共通点，都是忽然有巨大的响声出现。所以，如果你随身带着能轻易发出巨大响声的东西，下一次再次遭遇时，会有用也说不定。”

这究竟是梁应物根据我前两次的情况做出的猜测，还是他心里已经大约有数，知道那是什么东西，而透露给我的有效解决方法？他没有给我追问的机会，就匆匆离去了。

躺回床上，要再次睡着却变得不那么容易。或许有些害怕那恐怖的力量在睡梦中将我无声扼杀，闭着眼睛躺了一会儿，又半强迫地睁开眼睛，扫视四周，黑暗的室内空间沉默着，沉默着。

各种各样的问题在我脑中来回交错，我从来不在睡觉时想事情，可现在那些念头不受控制地从脑子里冒出来。

将现有的线索进行大胆的推测，似乎已经有一些端倪。

那些古怪的“手记”署上我的名字，并且以这样奇怪的方式送到我手里，很显然，是要引起我对这些“手记”的关注。而有王亮这个人，也有脑状怪物在他手中，那么可以设定《〈那多手记〉之来自太

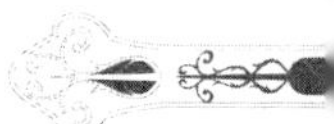

古》并非空穴来风，若此推测成立，则可同推到《〈那多手记〉之乌篷船》及《〈那多手记〉之失落的一夜》上。而明天我和王响会面，对那个脑状怪物欧姆巴进行测试，很可能如手记中记载，这些欧姆巴会在水中复活并消失在下水道中，回归大海。恐怕东海上那些苯乙烯也有迅速消失的可能。这样，我就将手记中的记载变成了现实。

假设让我看到三篇《那多手记》的用意，是借我之手，将其中的记载变成现实，那么我遭遇的神秘力量，则可视为阻力，这股力量如此可怕，或许就是那有着庞大势力的神秘组织这样小心从事的原因。同时，这也可以解释，为什么我看到第一、第二篇手记时没事，就要发现第三篇手记时才突然对我展开阻击。因为只有这第三篇手记中记载的，我才有可能将其变为现实。

这是否又可视为那股力量的能力？

但难解的谜团依然存在。

一、如果手记里记载的真那么重要，那个把手记传递给我的神秘组织为什么不去做，非我不可吗？就算是那个乌篷船的故事，要找个八字合的人，也不一定就我一个吧。把其他两个故事变成现实就更容易了，对他们来说是举手之劳。就算神秘力量再强，那个组织总不见得连几个死士都找不到吧。

二、收到前两篇手记后我没什么动作，现在也没法进行补救，这是否已经造成了什么不良后果？比如说，对那个神秘力量的制约减少了？

三、三篇手记看起来一点关系也没有，硬说完成三篇手记可以制约神秘力量的话，欧姆巴的力量算一个，鎏金塔里关着的妖灵算一个，乌篷船又是怎么回事，难道还期待把小张送回异世界，叫他再从异世界带回能制服神秘力量的先进技术不成？

这些谜团在我脑海中转了一圈又一圈，不解决这些问题，我之前的推测全都是白费。

这么多难解的问题，可能预示着，我的推测有着大漏洞。要是能知道神秘力量到底是什么就好了。

一直到天快亮，我才迷迷糊糊地睡着。好在我睡得比较安心，王响要到傍晚才到上海，我可以睡到中午都没问题。至于报社嘛……管他的，下午去晃一下就不发稿了，少我一个报纸还不是照出。

生活总是充满变数，我被电话吵醒的时候，闹钟显示只有八点钟。

“我想我知道那是什么东西了。电话里不方便说，我来接你，一会儿就到，你在楼下等我。”

我一翻身从床上爬起来，梁应物说“一会儿”就不会给我很长时间。冲进厕所洗漱，穿衣服的时候突然想起梁应物昨晚离开时说的话。

可以发出巨大响声的东西？眼睛在家里扫了一遍，只有床上的小闹钟合适。我把闹钟时间调到现在，然后把调整时间的指针的转柄拔起来，让闹钟不再走动，最后拔下闹铃开关。这样，我只要把转柄再按回去，闹钟正常走动，就会一下子闹铃大作。

闹钟虽小，但还是让我换了几条裤子才找到一条口袋够大的。如果放到包里，真有事起来，我能来得及打开包拿闹钟才怪。

几口喝完当早饭的牛奶跑到楼下的时候，一辆黑色的奥迪车已经停在了门口。两声短促的喇叭声适时响起，我拉开前车门钻进去，梁应物就坐在驾驶座上。

“我们那里，有一位老先生想要见你。那个……东西，主要是他负责研究，我前段时间只是参与了一下。由他来对你解说，会比较清楚。”说话间，奥迪车缓缓驶出小区。

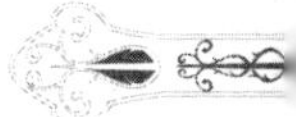

注意到梁应物在说神秘力量的时候犹豫了一下，我相信他已经清楚那是什么了，但他却选择暂时有所保留，等那位“老先生”来告诉我，显然那位“老先生”在机构中的位阶要高于梁应物。据我所知，梁应物在机构中已经不是最下层的小卒，这样说来，“老先生”显然是位不可小觑的人物。

“就这样带我去吗？不需要蒙眼睛什么的？”我半开玩笑半认真地问梁应物。在这之前我从来没去过 X 机构，我甚至不知道它在上海的总部在什么区。

“不需要。”梁应物回答。

我正在奇怪，梁应物怎么看也不像是为了交情可以做到这种地步的人，可以随便把人带回如此隐秘的 X 机构……不过梁应物接下来的话让我打消疑虑。

“我只是带你去胡老师的家里，并不是去 X 机构。”

我不由得微微有些失望，就算是让我蒙着眼睛去 X 机构见识一番也好啊。

“哦，他姓胡吗？”听出梁应物的语气里居然带着些微的敬意，我不由得有点好奇。坐在我旁边的这个家伙可是倨傲得很呢，别看在学校里当老师装出一副和蔼的模样，心里其实是个很不好接近的人，若想让他钦佩，得有真材实料才行。

“是的，到了你就知道。”

听口气，似乎我还认识。

和梁应物有一搭没一搭地说着话，奥迪车在高架上一路飞驰到莘庄，拐进一片别墅区。

在一幢欧式独立别墅前停好车，我和梁应物走到古铜色半圆形的大门口，梁应物按下了门铃。

第七章 过年

Chapter 7

一位穿着汗衫的矮个老者打开门，我想他应该有些年纪了，但神情间却有不输年轻人的活力，一双眼睛更是放出光般地盯着我，让我不太自在。

好像有点面熟，姓胡，是谁呢？

“那多吧，等你很久了，我是胡雪城，请进请进。”

我和胡雪城握了一下手，这才反应过来，站在我面前的居然是中国量子物理界的泰斗级人物。

这位中科院的资深院士，不仅在中国科学界有极高的声誉，也是中国量子物理界仅有的几位世界级科学家之一。而且，近几年他在学术领域十分活跃，发表的几篇涉及时间、空间形成新观点的论文，广受关注。

这样一位重量级科学家，居然也是 X 机构的成员？

转念一想，这很正常，X 机构直面诸多现代科学无法解释的问题，其研究员所需要的知识，当然必须是当今世界最顶尖的。就拿梁应物来说，身上几个吓人的学位头衔也不是混出来的，说不定过几年也会写出一篇震惊世界的论文出来呢。而且，待在 X 机构这种地方，真可

谓是“见多识广”，受到的启发必然很大。

同时，我也留意到胡雪城的左手戴了一只白手套，十分显眼。可能是受了什么伤吧。

偌大的三层别墅看起来好像只有胡雪城一个人。许多房间的门都关着，而且没有声音从里面传出来。胡雪城直接把我们引到了三楼，那是一间格局类似会客室的房间，中间有一张长方形的大写字桌。窗帘是拉上的，开着灯。胡雪城在我们进来后随手把房门关上，坐在写字桌的一边，并示意我们在旁边坐下。

“很意外吧，我也是 X 机构的一员。”胡雪城笑问。

“还好。”

“我倒忘了，你见过的，不一定比我少呢。”

虽然胡雪城说得有些隐晦，不过我还是知道他指什么，像我这种一天到晚被卷进这样或那样的是是非非，比方说这一次要人命的神秘力量，和这些比起来，他的另一种身份并不算一件多令人震惊的事。

“这儿是我在上海的住所，有些研究，这里也有些规模不大的设备可以使用。刚才你看到一些房间的门都关着，是因为那些实验室要进去的话手续比较麻烦，室内的环境需要保持一定的稳定。”胡雪城大概看到我刚才的几眼，所以解释了一下。

而梁应物现在坐在一边一言不发，看起来把所有的事都交给了胡雪城。

实验室的话，那这房子的结构一定经过了相当程度的改造才行，不用说一定是 X 机构的手笔了。

“听应物说，这两年你碰到了件相当困扰的事，特别在最近？”胡雪城终于说到了正题。这基本上属于明知故问，他和梁应物昨天晚上

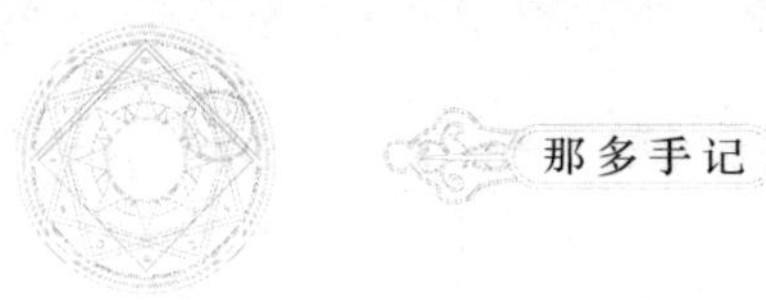

一定为了我的事没睡觉，那么长的时间里梁应物还不把什么都和他说了。

“是的，我想梁应物都和您说过了吧。”我简单地回答，同时暗示他可以直截了当一些。

这个时候，我注意到一个细节，胡雪城戴着白手套的左手中指，正在有节奏地敲击着桌面，回想起来，刚才进门我注意到这只戴手套的手时，中指好像也是有节奏地叩着大腿。

胡雪城看到我的眼睛望向他的左手，微微笑了一下，却并没有做什么掩饰，也没有停止敲击桌面的动作，更没有解释。

反倒是从进门到刚才一直没有说话的梁应物开口问我：“那多，你还记不记得，前年的夏天，我们一起去神农架？”

“怎么会不记得，难道这还和幻术有关？”我被梁应物的话弄得摸不着头脑，从时间上说起来，在去神农架前不久，我正好收到了第一篇《那多手记》。之后就去了神农架，进入险些出不来凶险万分的人洞，也认识到了今天越来越让我看不清的路云。

“和幻术没什么关系，只是，那一次在去神农架的途中，我曾经和你提过……”

话说到这里，梁应物的脸上忽然显出惊骇之色，胡雪城的脸色也变了。

又来了。

那股神秘力量，第三次降临。这一次，不再是只有我一个人被它笼罩，在场的三个人，统统在一瞬间陷入难以自控的旋涡。

尽管我已经有了两次的经验，但这一次的势头要比前两次狂猛得多，前两次我还能小幅度地活动，而现在，除了我的大脑，我几乎连

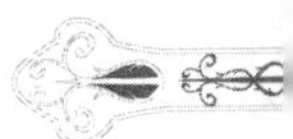

转动眼珠都办不到，更不用说伸手到裤袋里去拨响闹钟了。

一切再次褪去颜色，一眨眼，我眼前的两人和这间屋子，就如一张老照片般，和我离得那么远，那么远。

我将要被带去哪里？另一个世界，还是，归于永恒的寂静？

这一次，怕是逃不过了吧？

无形的凶戾气息将我包围着，那力量似乎有着极度的愤怒，它已经失手两次，这一次，它已经下定决心，不让我逃过第三次。

蓦然间，巨大的轰鸣声把这个房间淹没，声浪直刺进我的耳膜，让我几乎晕眩。那神秘力量似乎不像前两次，一触即退，而是苦苦支撑着，似乎一定要把我们拖入深渊才肯罢休。

我真正知道什么叫度日如年，根本不需要度日，现在一秒钟对我来说，都是几乎长到永恒的等待。

等待这忽然出现的巨大声浪与神秘力量之间的博弈，究竟谁胜谁负。

一声嘶吼。即使满耳已经是轰鸣，这个让整个空间都震颤的声音还是传到了我耳中，或者，它是直接传到我脑中的。这声音似乎和这世上所有的声波都不同，没什么能掩盖掉。然而，这嘶吼中却充满了绝望，我能感觉到，发出吼声的一方是多么的不甘。它终于败退了，败退了。

房间的中央，隐约出现了一团不断变化着形状的物体。说物体并不准确，而是在我面前的空间，看不见、摸不着的空气中，出现了一个洞。一个有生命的洞，一个有生命，却好似在最后挣扎着的洞。而这个洞似乎努力地抵抗着四周隆隆的声浪，大概过了三四秒钟的样子，一下子消失不见。

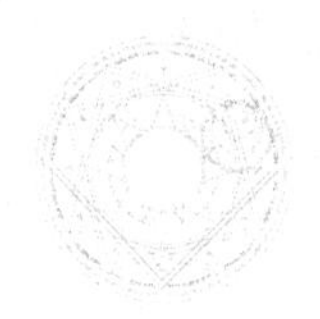

我们三个人全都瘫坐在椅子上，大汗淋漓。轰响声不知什么时候已经停止了，但耳朵里仍有一阵阵的余音不绝。

良久，胡雪城嘶哑地说：“原来，这就是‘年’啊，终于见识了。”

“年”？我顿时想到，那次神农架之行的途中，曾经和梁应物聊起“年”，梁应物说，他曾经接触过一宗与一种名叫“年”的生物有关的事件，而这种中国古老传说中的年兽，竟然和时间有所关联，但梁应物没有透露更深入的内容。难道说，这神秘力量就来自年兽？

“如果不是您早有准备，我们今天就被吞噬了。”梁应物说。

胡雪城苦笑了几声，脱下白手套扔在了一边。

我看着白手套，联想到胡雪城之前的动作，一下子明白了其中的奥妙。

胡雪城料到了今天可能有危险，所以在手套里预装了某种电波发射装置，而刚才胡雪城有节奏的敲击，其实是发出平安的讯号，一旦停止敲击超过预定时间，房间里隐藏的音响就会发出那种巨大的声响。而被神秘力量控制时，自然就没法再用手指继续发出平安信号，于是铃声大作，救了我们三人性命。

这样周密的安排，说明胡雪城对于那年兽有着相当的了解。

这时候，我们几个人大约都有些口干舌燥。胡雪城起身，给我们一人倒了一杯凉水，他自己一口气喝了半杯，这才开口。

“昨天梁应物把手机里的录音放给我听，我对照了声音的频率，又听到了你前两次的遭遇，基本确定你是碰到了年兽，担心今天找你来和你讨论发生在你身上的事，会再次引出年兽，这才布置了一番，幸好，幸好。”

我从裤子口袋里掏出那个小闹钟，放在桌上，嘿然一笑：“我本

来还准备了个防身法宝，没想到真碰上了动都动不了。倒是梁应物你，还有胡老，是怎么知道这个年兽的弱点的，还有，年兽究竟是什么东西？”

“我在几年之前，就碰到过有关年兽的案子，那一次，应物也参加了。不过，那件案子的详细情况与你无关，我也不方便说。那一次，虽然未能一窥年兽的全貌，但也终于让我们知道，这世上竟然真有‘年’这样的生物，而那之后，我展开对‘年’的研究，一些事实加上一些推断，总算对‘年’有了大概的了解。你也见多识广，在你的印象中，‘年’是什么？”胡雪城居然反问了我一句。

我在脑中整理了一下资料，回答：“以前倒是看过相关的民间故事，传说以前有一种野兽叫‘年’，这种野兽会偷吃地里的庄稼，所以农民在‘年’来的时候，要敲锣打鼓，把‘年’吓走，才能保住上一年的收成。后来，从敲锣打鼓演变成了放爆竹。”说到这里，我心里一怔。敲锣打鼓和放爆竹，难道这就是对付年兽的方法？

“就是如此。”胡雪城重重叩击了一下桌子，“我本以为，所谓的年兽，和《山海经》中的大多数生物一样，是古老中国的神话传说，但是万万想不到，‘年’居然真的存在。”

“而更让我想不到的是，‘年’的生存方式，实在是，实在是……”胡雪城一时间竟好似想不出形容词来表述，无疑，“年”是一种极为离奇的生物。

“生存方式？是怎样的？”想起刚才那个空洞，和“年”所展现出的力量，我不由得好奇心大增。

“根据我的推测，‘年’是生活在，在……”胡雪城语气犹疑，显然他要说的话，让他自己都感到难以置信。他看了一眼梁应物，梁应物点了点头，接过话来说：

“‘年’，不同于已知所有包括人甚至外星人在内的生物，如果说人的生存环境是以空间为基本面，以时间为主轴的话，那么‘年’的生存环境，则是以时间为基本面，以空间为主轴。甚至可以这样说，虽然迄今为止没有发现‘年’有逆转时间的能力，但它几乎就是一种生活在时间中的生物！”

“生活在……时间中的生物？”即使我对新事物的接受能力再强，此刻也不由得张口结舌，愣在那里。

梁应物不等我想明白，又扔出了一个更重磅的炸弹：“生活在时间中，所以一般我们无法看见它，对它来说，形体是没有空间概念的。而‘年’有一种可怕的本能，生活在空间中的生物，它们的食物也在空间中。而生活在时间中的‘年’，它的食物则来源于时间。”

“食物？来源于时间？它以时间为食物吗？”

胡雪城摇了摇头：“这样说不对，准确来说，‘年’的食物是……割裂的某一段时间。”

我一脸茫然：“割裂的某一段时间，那是什么？”

“在一般人的印象中，时间就是时间，时间在广度上似乎是不可分割的，比如说，就以现在的时间来说，在我们所处的这一点，和在地球另一端的美国白宫，抑或和火星上的某处，是统一的，不分彼此。时间就像一整个庞然大物，笼罩着全宇宙，自顾自地缓缓前进。”

我开始明白胡雪城的意思，他刚才所说的不可分割，不是“今年”“去年”这种纵向的时间分割，而是把时间看作类似的空间，来进行平面化的分割。

“那您的意思是说，事实上并不是这样？”

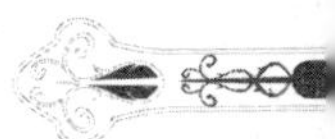

“至少对于‘年’来说，不是这样。‘年’可以把时间分裂开来，一口吞掉。”

我皱着眉头，努力想象那是什么样子。

“比方说，这个屋子里从两个小时前到现在。把这两个小时看作一盘菜的话，‘年’可以一口吞掉。”梁应物说。

“把这个屋子吞掉，屋子里的一切，包括我们？”

“不要从空间上来理解，而要从时间流上来理解。”

我的脑子涨起来：“不管什么空间时间，被它吃掉的话，那么原来这间屋子里的一切会怎么样？没有了吗？”

“你把大饼咬一口，大饼会缺一个角，尽管其实那一个角没有消失，而是到了你的肚子里，最后被你排泄出来，但那个大饼终究是缺了一块。但时间不能缺一块。年兽吃掉一块时间，会自动再补上去。”

“自动补上去，那和没吃又什么区别？”

“当然有区别，大饼和粪便有没有区别？”

我愣愣地望着梁应物：“你是说，‘年’吃掉一块时间，再立刻排出相同的时间，就像玩拼图游戏？”

梁应物点头：“可是，重新拼上去的那一块时间，和原先的那一块，一定会有微妙的不同。”

“不同？你是说，如果以这个屋子为空间单位，‘年’吞掉了过去两小时，再吐出来，哦，再排出来的话，我们可能都不在了？”

梁应物摇头：“那样就是空间的差别了，不会有这样明显的区别。而是……”梁应物拿起眼前的杯子，喝了一口水：“再排出来的时候，刚才的我，未必会喝那口水。”

“那你还是你，我还是我吗？”

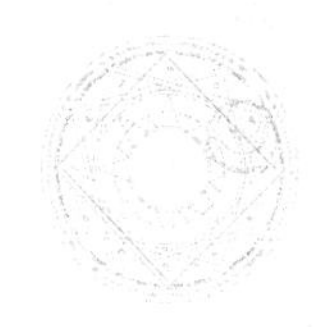

梁应物看了一眼胡雪城，慢慢摇了摇头，说：“不知道。”

胡雪城说：“其实时间的分割没有你想象的那么简单。不会说就是这么一幢房子，这样机械地来切割。我也没有完全搞清，但是，这样的情况有可能发生，以这幢房子为中心，方圆一百公里空间内的所有东西，上溯一百年，以人为例，这一百年间，有的人当然会离开这一百公里，会在其他的地方活动，或者，在六十二年前，我还没有出生，但是我们的父母，他们也不在这一百公里范围内，但是这所有的一切，‘年’都可以吞食，它可以选择性地，只吞我的父母而不吞我的叔叔，牵涉到底有多广，取决于它的能力以及它的胃口。你刚才的问题，如果‘年’吞了我的父母，再排出一块来，那么可以肯定地说，我就不再是我。”

“你是说，你的父母不一定最后成为夫妻，自然就生不出你。”

胡雪城想了想，还是摇头：“如果有那样的‘年’，一定早死了。‘年’最大的弱点，不是怕巨大的响声，巨大的响声只能让它受惊吓，把它逼退，而不能对它产生实质性的伤害。可是，如果被‘年’吞下去的那块时间和排出来的那块时间有明显的区别，而这种区别，明显到让这块时间内或时间外的智慧生命发现的话，就会引起‘年’这种存在于时间中，连生命组成也可能是时间的生物，体内时间发生紊乱，这样的紊乱足以致命。所以，‘年’必须要设法让自己排出去的那块时间和原先那块时间差别不大。由于‘年’本身存在于时间中，所以是没有寿命这个说法的，存活时间越久的‘年’，其修补排出那块时间的技巧就越高超，因为技巧拙劣的，早已经被时间的反噬消灭了。而一头‘年’的能力再高，也不可能准确到……你知道，精子和卵子的结合是多少亿分之一的偶然啊。”

“这样说来，古代中国竟已经有人发现了这种生物的存在，他们敲锣打鼓把‘年’惊走，是因为如果‘年’把他们在内的时间吞了，他们以往的辛勤劳作就全无意义了，因为‘年’排出来的那块时间里，他们可能什么也没干，或者更加倍地劳动。总之，一切就不在人的控制之中了，甚至，人不再是以前的人。天，再厉害的凶禽猛兽也没法和‘年’相比。”想到三次几乎被‘年’当作食物吃掉，我的汗又冒了出来。

梁应物似乎看出了我的不安：“不用担心，如果我猜得没错，这只‘年’已经死了。”

“死了？不是说，巨大的响声无法对它产生危害吗？”我嘴里这么说着，忽然想到，要一只“年”死去的必要条件。联想到三篇《那多手记》，瞬间全身涌起一阵冷战，根根汗毛都仿佛竖了起来。

“你是说，那三篇《那多手记》，的确是那多写的？”

胡雪城和梁应物对视了一眼，脸上浮起赞赏之色：“没想到我和应物讨论了几小时的结论，你一下子就推断出来了。”

是了，那三篇手记，是一个名叫那多的记者写的，而那个记者已经被“年”吞食掉了，而现在的我，只是被“年”排出来的，被“年”排出来的……

看到我的脸色变得难看，梁应物也露出了奇异的神色：“其实，被排出来的，大概不止你。”

我猛地抬头看他。

“我，胡老师，我想，还有许多人。”

胡雪城微微点了点头。

“‘年’这种生物，自从被发现存在之后，机构对此高度重视，因

为这样的生命形式，远远超出了之前我们对生物的想象，而我也花了很多的心力，希望可以了解更多有关年兽的情况，进而，让人类在对时间、空间和我们生存世界上的了解更进一步。‘年’这种情况，只要能够有稍微详细一些的了解，我相信在相关领域就可以取得突破性的进展，这不是诺贝尔物理学奖的问题，而会是人类物理学有史以来最伟大的发现。”

我深有感触地点了点头，面对这样在时间中自如游弋，一吸一吐间就能改变世界的生物，欧姆巴就显得太普通了。

“可是，与‘年’走得越近，研究越深入，我就越心惊。一些证据让我们有理由相信，在远古时代，曾有许多‘年’存在，那时与‘年’共存的，是诸多现在在神话中的生物，《山海经》中记载的大部分生物，都曾经在这个地球上生活过。但是现在，这些生物已经完全找不到一丝痕迹，甚至在绝大多数人类的记忆和记载中，已经消失无踪。这很可能是‘年’的杰作。我甚至怀疑，年有一种让世界趋于负熵的本能。”

“负熵？”这是个似有耳闻的名词。

“宇宙中的能量每时每刻都在不可逆转地耗散，任何孤立系统都会伴随着能量的耗散而趋于无序。这就是热力学第二定律。简单地说，这个世界正在混沌化、无序化，这被称为增熵。增熵是绝对的，但对于某些局部来说，则有负熵，即越来越规律化的趋势出现。比如生物的进化，是由低级到高级，人类的进化，也是从无序到有序。但这种有序、负熵无法改变整个宇宙的增熵，因为如果要达到负熵，在这过程中，会产生的增熵要数倍于负熵。但是，我发现‘年’所吞噬的时间流，其中往往包含了大量的增熵，‘年’仿佛要让这个世界不断规律

化，一切不和谐的因素都会被吞食掉，而替换上的是一段又一段再正常不过的地球生物发展史及人类发展史。”

“你的意思是，‘年’把那些《山海经》中记载的怪兽，它们存在的历史，都给吞食了？”我听得目瞪口呆。像胡雪城这样严肃的科学家，居然做出这种像叶瞳会做出的推测。

“是的，而且不仅《山海经》中记载的怪兽，你知道，各民族都曾有着各自的传说，我想，‘年’不会只盯着古老中国的异相。当然，这样一个伟大的工程，不可能由一头‘年’来完成。而且，这样巨大的改变，很难不让人发现，随着人类的文明越来越进步，人的智商越来越高，‘年’被发现的机会也越来越大，所以大量‘年’受时间流的反噬而死亡，至今，世界上恐怕不会还有多少头‘年’在活动了。”

“而且，这种负熵化的本能吞食，不禁让我们开始怀疑热力学第二定律。这个宇宙究竟会是一直增熵直到最终的热寂，还是在我们看不到的另一面，有一些力量，可以做到绝对的负熵，从而使这个宇宙处于微妙的平衡状态。”梁应物补充说。

胡雪城对这个说法并没有反对，说明这位中国最顶尖的物理学家，和梁应物一样，对热力学第二定律有了挑战之心。

“如果我们这种假定存在，‘年’有着优先吞食特异事物的本能，而X机构又是经常接触特异事件的组织，现在X机构又在着手调查‘年’，这……不由得让我们产生了一些担心。”

“担心……是担心自己会被吞食吗？”我问。

梁应物点了点头：“是的，就像刚才那样。”

我打了一个冷战。

“因为这样的顾虑，所以，X机构的高层最近决定，放弃对

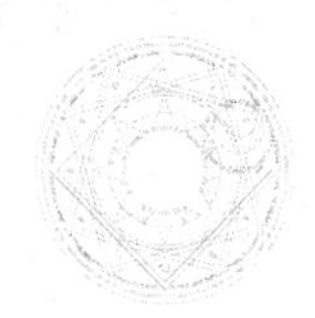

‘年’的追查，停止一切相关研究活动。要知道，能从远古生存到今天的‘年’，它的吞食能力，或许一口就能把这个机构都卷进去还绰绰有余。”

我点头表示同意。经过了几次惊魂不定，我对“年”的可怕之处深有体会，能不碰还是不碰的好。

“可是，在我看来，我们考虑得太简单了。或许，这已经是第二次考虑了。”

“第二次考虑？”我不明白胡雪城的意思。

“第一次考虑，就是……”

还没等胡雪城说完，我已经想到，脱口而出：“是被‘年’吞噬之前的考虑，现在‘年’排出一段新的历史，我们这些生存在新历史、新时间流里的人，又做出了一次考虑。”

胡雪城郑重地点了点头：“他们……或者说，我们终究还是没有避过。”

我微微闭起眼睛，想象着，在那一个被“年”吞食的时间流中，X机构、胡雪城、梁应物，还有一个名叫那多，经常遭遇奇异事件的记者，在面对年兽的威胁时，是多么的惶恐和无助，最终，他们被年兽吞食，那一段和他们相关的时间、历史就这样不见了。新出现的历史中，有同样名叫那多、梁应物、胡雪城的人。

“但是，当他们最终发现，‘年’对人的威胁再也躲不过时，就想出了一个复仇的方法。”梁应物一字一句地说。这样说的时候，他的脸色黯然，是想起了那一个梁应物吗？

“复仇的方法，你是说，那三篇《那多手记》？”

“是的，X机构以整个机构的实力，和‘年’玩了一场博弈。由于

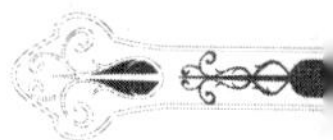

那时‘年’一定也威胁到了你那多，而你又是一个有着如此好奇心的人，所以，基于能生存到今天的‘年’，必然懂得如何使排出的时间流与吞食的时间流尽可能相似这个推测，他们有了一个计划。我想，我大致可以猜到是怎么干的。”

“‘年’不能吞噬掉整个人类社会，所以，为了使其他人不发觉，替换上去的那段时间流里，一定也有我那多、梁应物和胡雪城老师，几个人的身份不会有太大的变化。X 机构或许会有一些改变，比如规模可能缩小，处理的不可思议事件可能减少，但机构不可能消失，否则影响太广。”我顺着梁应物的思路一边想一边说。

“没错。人不会消失，但遇见的事情会不同，特别是，如果‘年’会本能地消灭特异事件，那么那多在那时遇见的，第二个那多就未必会遇见。只要想办法让第二个那多发现异状，从而再次发现‘年’，就会引起时间流的紊乱，从而杀死这只年兽。”

那个如隔世的世界，那前世的那多、梁应物、胡雪城所想出的计划，在我脑中渐渐清晰起来。

“而要把信息传递给重生后的那多是不容易的，这甚至是个不可能的任务。但是，你那位记者朋友赵跃的调查，为我们揭开了这个谜团。这是个相当精彩的方法。通过许多人传递，一个个陌生人之间，逐一把信息传下去，只要这根链条足够长，长到牵扯出年兽无法吞食的庞大社会群，就自然脱出了年兽吞食的范围。而一段时间以后，当这几篇手记再次传回那多手中时，此那多已非彼那多了。赵跃的调查在姚舒和石磊之间断了线，也就是说，那就是年兽的吞食范围，而给《萌芽》杂志的投稿，也一定是同样的方法，为的是双保险。”

“可是，既然三篇手记是同时发出的，为何我收到的时间会不

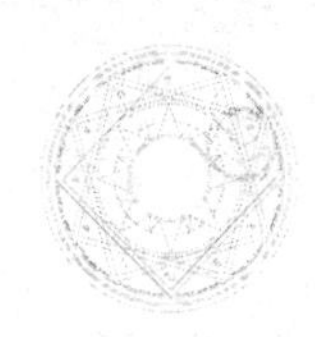

同？”我提出了疑问。

“我想，那可能是当手记从老的时间流传到新的时间流时，那交错的一瞬间，在时间上发生了跳跃，所以在时间上产生了先后，甚至，三篇手记你只收到两篇，另一篇不知所踪了。”

“可是，为什么不索性写一封信，告诉我是怎么回事，而要用这么迂回的方式呢？”我问。

“要是有一封莫名其妙的信件直接告诉你世界上有‘年’，还会吞食时间又排出时间，你会相信吗？”梁应物反问。

我想了想，摇头。要是收到这封信，就算是再有好奇心，也会当成垃圾扔掉。这实在是太不可思议了。

这样想来，我已经可以理解，为什么年兽第一次出现是在《萌芽》杂志社。那是我解开真相的关键一步，这头年兽也知道这一点，所以想把我直接吞食，永绝后患。而刚才，则已经是最后的反扑，临死前的最终努力，所以才有那样不甘心的吼声。

一头不知存活了多少悠长岁月，自如穿行于时间洪流中的生灵，就这样被人类消灭了。

尾声

那天晚上，本来该是我和王响见面，解决欧姆巴之谜。但却被梁应物要求，由X机构接手。我没有什么好坚持的，和王响通了电话，由梁应物去接他。

任何案宗进了X机构，如果没有特殊情况，原本是对外人一律保密的。不过由于我也算是参与者之一，和梁应物关系又甚好，后来还是从他口中得知，X机构为欧姆巴原虫设了一个局，把固态欧姆巴放在水槽里，放水后欧姆巴果然自动激活，变成液态通过下水道直向东海而去。只是那根下水道是机构特设的管道，在大约一公里远的地方设了一道阀门，把那些欧姆巴全部活捉。

没有机会完全变异的欧姆巴，耍起阴谋诡计来，到底不是人类的对手。说到底，X机构再怎么也不能让这样一个巨大的潜在威胁有发展壮大的机会。而东海上的那一大块苯乙烯污染就慢慢消化吧。

只是我心里还存着一丝疑虑，X机构这样让欧姆巴自己激活，再抓回来，一定是要再进行某种研究，这样的研究，对于另一种生物来说，必然是毫无善意的。万一真有哪一天，被这不知有多少亿的欧姆巴其中之一逃出了实验室，当它成长为海洋霸主的时候，其对人类的满腔愤怒要怎样宣泄呢？

这整个故事，我也完完整整地告诉了叶瞳，算是履行了承诺，而且，她自己在遭遇“坏种子”事件的那次，也和X机构打过交道，尽管当时是让她不太满意的那种。所以，和她说到X机构，也没有保密的顾虑。叶瞳在听到关于“年”的部分时，眼珠越瞪越大，总爱插嘴提问的她，在过程中微张着嘴一言不发。

其实后来，和叶瞳、梁应物一起反思整个事件，对“年”的特性进行更深入思考的时候，还是会有各种疑虑和想法冒出来。在我们的理解中，“年”是怎样完美地把时间流从整个世界的时间中分隔出去，又替回一块新时间流而不被人发现，实在是非常困难的。因为在现今这个人与人有着千丝万缕联系的社会，牵一发而动全身，一个人的变化，会如水波般荡漾到所有人，根本不可能有完美切割的办法。除非每一个切面，都只有微小的变化，微小到两边都无法察觉的地步，这样一来，边缘微小的变化，演变到中央，就可能会产生相当的不同，要发觉才会相当困难。但即便这样，“年”需要有多大的智能，多缜密的思考，才能让每一丝时间切面都近似完美？这样的能力，当今世界运算能力再高的超级电脑都远远不及。又或者，“年”所采用的方法，已经完全超越了我们的想象，毕竟这生活在时间中的生物，对时间的本质的把握，超越现今人类的认识太多太多。

而被“年”替换出来的那块时间，究竟是怎样创造出来的，也让我们反复讨论过许多次。如果说“年”有这样开天辟地一般的造物能力，实在是让我们无法想象。联想到“铁牛重现”事件中的异世界经历，我提出了一个让梁应物和叶瞳都相当认同的设想，那就是“年”并没有所谓创造时间的能力，它只不过从无数个平行世界中，挑选出一段尽可能相近的时间流拼接到我们的世界中来。也就是说，被“年”吞食进去的人和物并不会死亡或消失，而是到了另一个世界中，继续生活。

那三篇不是我写的《那多手记》，现在已经被我熟读无数遍，牢牢刻在了我的脑海中，就好像我真的经历过这些似的。有时候我会对比写那三篇手记的那多，和我这个那多有什么区别。总结下来，除了前一个那多比我早生一两年，字写得比我差外，性格几乎完全一致，一样地充满好奇，一样地具有冒险精神。如果不是这样，恐怕我也不会有兴趣追查这些《那多手记》的奥秘，那神秘的年兽也不会曝光并终受反噬而死。

这世界上还有没有年兽？虽然我们消灭了一头，会不会有其他的“年”再次注意到我和X机构，从而又一次把我们吞食，让我们跌入未知的深渊？谁都无法预料。但可以肯定的是，我不会为了这样潜在的可能而放弃让我越来越有兴趣，已经欲罢不能的，对这个世界真相的追寻。

（全文完）

神的密码

楔　子

有人爱财，有人爱名，有人爱色。这些我当然也喜欢，但最诱惑我的，是真相——只有少数人知道，把全世界都蒙在鼓里的真相。

——那多

亚洲 5 国遭遇 40 年来最大灾难　超过 3000 人死亡

美联社的最新消息称，印度尼西亚 12 月 26 日发生近 40 年来最强地震。强震引发的海啸席卷亚洲 5 个国家，造成至少 3000 人死亡，其中斯里兰卡 1500 人、印度 1000 人、印度尼西亚 400 人、泰国 120 人、马来西亚 15 人。另有数百人失踪，死亡人数可能还将上升。

中国日报网站消息

海啸后印度海底现古城

南亚大海啸带来灾难，也带来一些意外的发现——一座水下的古城遗址。

印度沿海水底古城马哈巴利普兰所在地是海啸灾区之一，海啸过后，该城镇附近露出三个石结构，上面都刻有精细的动物画像。这是因为海啸过后，覆盖在结构上的沙层被冲走。印度考古研究所高级考古学家萨蒂亚穆蒂说，这些结构可能属于这座建于7世纪的港口城市。

这座古城名为马哈巴利普兰，早就因其古老、雕刻精致的海岸庙宇闻名。这些遗迹被列为联合国世界遗产保护地区，每年都有数以千计的印度教朝圣者和游客前来朝圣和观光。据早期英国旅游作者的记载，该地区还有七座塔，其中六座沉入海底。

萨蒂亚穆蒂在马德拉斯接受美联社电话访问时说："海啸过后，露出一件浅浮雕，似乎是一座寺庙外墙的一部分，或那座古代港口城市的一部分。我们的发掘工作将会揭开更多谜团。"

中新网2月19日电

第一章 马哈巴利普兰预言

Chapter 1

每一篇手记的开始，我都会把新闻放在最前面，作为上海《晨星报》的一名记者，我接触到了这些隐藏在新闻背后的事件，这些新闻就好像一株株藤蔓，顺着它们，我摸到了深藏在地下的、巨大而惊人的果实。于是，我从这些人人都可以在网上查到的新闻开始，有所保留地讲述你们完全无法想象的故事。

这次的藤蔓有两株。

今天，任何一个生活在人类文明世界里的人，都不可能不知道第一株藤蔓，相信就算在一百年后，都会有许多人记得这场浩劫。而第二株藤蔓则弱小得多，它在前者巨大的阴影里生长出来，作为这场浩劫的副产品，或许并没有太多人关心。

我是从新浪网上看到那片从海水中露出的遗迹的，对于这类带着古老神秘色彩的考古发现，出于个人的兴趣，我一向都比较留心，所以很认真地把整篇新闻看完。

仅此而已。对一名记者来说，看绝大多数新闻都一扫而过，或只看个标题就足够了。

所以我当然不可能料想到，不久之后这片遗迹会变成一株小小的

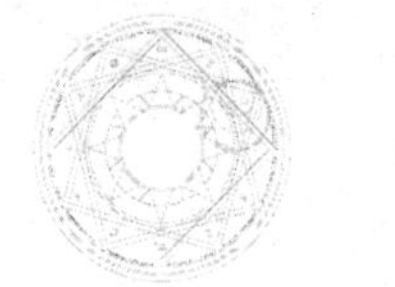

藤蔓，可是我顺着它摸到的并不是果实，而是一把钥匙。

这把钥匙让我意识到了第一株藤蔓，是的，那竟然不仅仅是一场劫难！

写下这些文字的时候，我已经知道了一切。可是我不知道该用怎样的词语来形容……这真相的果实，巨大、庞大、浩大？

我只能试着用对比的方式来表达，与之相比，这场席卷人类世界的海之狂澜，算不了什么，毫不夸张地说，微不足道。

微不足道！

我愿意从头说起，希望你们有些耐心。再狂暴的飓风，它的边缘末端也只能微微吹动衣襟。

2004 年 12 月 26 日的晚上，我点开大洋网新闻的时候，才看到这场让全世界震动的海啸事件，距离海啸发生已经有一段时间了。那天是周日，我没去报社，所以知道得晚了。

那时我看到的数据，就是我在上面列出的第一则新闻里的数据：超过三千人死亡。这已经足够让我在显示器前呆十几秒钟了。这些年来，在一般意义上文明世界里所发生的地震、飓风、洪灾，死者达到三位数的已经算得上大灾难，可是这次竟然有三千人。两个月后，这个数字上升到三十万。

这场让人类再一次意识到自己渺小的灾难，却让我在 2005 年春天有了一次免费海外旅游的机会。

为了加快被海啸重创的国内旅游经济的发展，印度政府组织中国各大报社旅游条线记者印度游，好让他们回来多写稿子，促进旅游业复苏。十天的游程，有多条路线可供有限度选择。所谓有限度选择，即是说不能有些线挤太多记者，而有些地方没人去，目的是促进国内

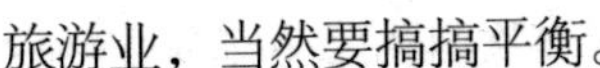

旅游业，当然要搞搞平衡。

旅游版的记者跑不开这么久，所以极其郁闷地把机会上交给了报社，领导决定让报社最辛苦的机动部出名记者，算是借印度政府之手犒劳。至于回来要交差的那篇吹捧稿，是个记者都会。

这份美差最终落到了我的头上，虽然我很想说因为我是机动部最劳苦功高、众望所归的一个，但其实只是我手气好，抓阄抓到了那张写着“印度”的纸片。

和普通旅游不同，这次可供选择的十几条路线，每条只去一到两个景区。印度旅游部门希望我们这些记者把去的地方写深写透，而不是走马观花。

我选择马哈巴利普兰。其实对于没去过印度的我，许多地方都很有吸引力，但前些天那个在退去的海水中出现的遗迹为我的选择投下了最终的砝码。

我知道那些报道里对遗迹用的许多诸如“神秘”“谜题”之类的词语，仅仅只是为了让这则新闻更好看，可我无可救药的神秘情结啊，只这一点点挑逗便已足够。

2 月 23 日，我和众记者在上海浦东国际机场登上飞往印度首都新德里的班机，在新德里我们会根据各自选定的旅游路线转机。我的同行者是《扬子晚报》三十多岁的旅游版编辑王嫱，之前从未谋面的同行，并不热情，飞机上基本处于睡眠状态。

从新德里转马德拉斯，在马德拉斯机场等我们的印度方面陪同叫尼古拉，这个肤色黝黑的微胖男人操着一口流利但不标准的英语。由于我的英语既不流利也不标准，所以交流起来很费神。顺便说一句，王嫱的英语似乎比我更糟糕，所以只好由我这个次糟糕的人出来现眼。

我们会在马德拉斯这座海港城市逗留一天，次日傍晚驱车前往马哈巴利普兰。尼古拉问我们为什么会选择马哈巴利普兰，王嫱的理由是看过朋友拍回的照片很漂亮，而我则说了那个原本深埋在海底的遗迹。

我的理由让尼古拉有些意外，他犹豫了一下，然后提醒我说，因为那个遗迹，在当地的个别老百姓中有些传言，希望我们不要理会。

我当然知道在这种官方语境中"个别"的含义，就细问尼古拉。

"新露出来的石头上的文字使民众产生了误读，一些人认为在一千多年前刻下这些字的人就预言到了不久前的海啸，从而产生了一些不必要的情绪，这实在是太荒唐了。"尼古拉说。

我的眉毛耸动了一下，是预言吗？尼古拉没有说得更详细，不愿说，或者他也并不十分了解。我不知道这里面有多少水分，听起来荒唐得很，可如果只是流言，却连政府都惊动了。

在了解实际情况之前，我没有深想下去，只是对马哈巴利普兰更多了一分热烈的期待，以至于在马德拉斯观光的时候，对那片漂亮的海港都视若无睹，拍照片的劲头和王嫱相差甚远。马德拉斯当然也经历了海啸，不过这座港口城市的设施比普通的旅游景点坚固得多，至少我没有看见海啸留下的痕迹。

第二天，我们在马德拉斯港一家靠海的餐馆里吃过便宜的海鲜大餐后，尼古拉就开着一辆福特车载我们去马哈巴利普兰。王嫱犹在抱怨说应该在马德拉斯多待一天，坐在后座假寐的我，其实心里已经急不可耐了。

我们入住的酒店叫米高梅度假酒店，准四星。尼古拉将在第二天一早带领我们参观一圈马哈巴利普兰，介绍这里的旅游业情况，或许还会给我一份新闻稿，然后他的任务就结束了。如果我们没有特别需

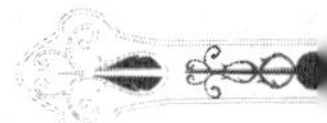

要的话，就可以安静地在这座小镇上度八天假。

王嫱不愿意和我一起去逛夜店，她要早点睡觉为明天储备精力。一座城市的魅力绝不是看看风景就能领略的，当然我不会和初识的王嫱说这些，记下酒店的名字和地址，挎了个背包就出去逛了。

马哈巴利普兰并不大，对于我这样的游旅者来说，晚上值得去的，也就是离酒店不远的几条酒吧街和周边的街区，那里有许多有趣的小铺子。

马哈巴利普兰的旅游设施虽然已经恢复，但观光客依然很少，不然印度政府也不会请我们来。那些酒吧在旺季应该是人声鼎沸，不过现在一家家都有些冷清，在里面喝酒的多是当地人，我走在街上也看不见几个游客，是不是游客一看穿着就知道。

我就这样在街上慢慢地走着，想等到腿酸的时候找一家酒吧坐进去。可是在某一个时刻，我心里忽然生出不对劲的感觉来。

我不知道这种我经常产生的感觉算不算第六感，每次这种感觉出现，一定是周围有什么值得我注意但被我忽略的东西。我曾经专门和梁应物讨论过这个问题，应该是我的潜意识有所觉察，可主观的思维没有跟上。人的潜意识和大脑息息相关，都属于人类勉强能称上一知半解的领域。

我重新认真扫视周围，最终把注意力放在走在我侧前方的一个人身上。

这人一身当地人的打扮，不知是否是夜色的关系，皮肤看上去也挺黑的。在这里，游客和女性比较能引起我的注意，而这个人原本和其他许多身边的当地男子一样，被我的感官自动忽略了。

可是现在，我的脊背一阵发冷。

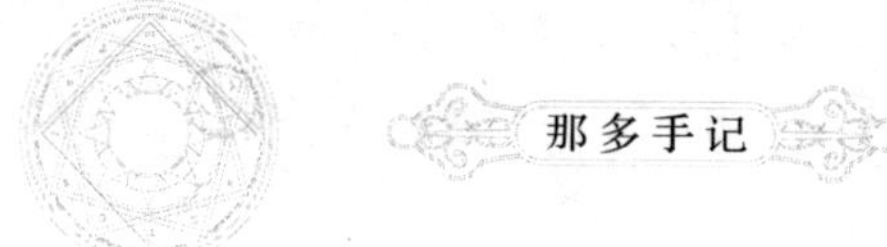

因为他的背影很像我的一位朋友。

那位朋友已经死了。

我慢慢地跟着他，隔着一段距离。我很想快步走上去看看他的脸，但心里又有些害怕。那位朋友就死在我的面前，死得很惨。

他拐进一家酒吧，我站在酒吧门口，盯着闪烁的灯光犹豫了三秒钟，跟了进去。

酒吧里只有四五位酒客，却没有那个人。我想了想，问调酒师有没有看见刚才进来的人。

调酒师往酒吧深处一指。

我顺着调酒师指的方向朝里走，那里有一扇虚掩的门。门后是一条小巷，这是酒吧的后门。

我一只脚刚迈出去，肚子上立刻狠狠挨了一拳，然后天旋地转，被摁翻在地。

“你是谁，干吗跟着我？”那个人用英语低声问。

我的脸被按在地上，嘴唇被牙磕破了，胃还在死命地抽搐。我知道现在的情况糟透了，我必须快点把事情解释清楚，否则天知道会发生什么。

我忍着痛，努力说：“是误会，从背影看，你像我的一位朋友。”我很想多解释一下，但我的英语太差了，一急许多单词全忘了。

“朋友，什么朋友？”语气中很是不屑，显然他并不相信。

我暗自咒骂着自己该死的第六感，看样子是惹到黑道了。

“我在中国的朋友，叫卫先，他已经死了，你的背影像他，我很奇怪……”我努力组织着英文单词，在我说到“卫先”的时候，摁在我脖子上的手震动了一下。

“你叫什么名字？”

我忽然听见了熟悉的普通话，他是中国人？

“那多，我叫那多。”

那只摁着我脖子的手松开了，我挣扎着站起来，捂着肚子抬起头，对面的人站在阴影里，酒吧里的光线把他右边的脸颊微微照亮。

我向后猛地退了一步。怎么回事，死人复活了吗？

在那一瞬间，我真的以为那个半年多前，从上海希尔顿酒店十八楼跳下去的卫先，又活了过来（详见《幽灵旗》）。不过想起卫先曾对我说过的话，我就反应过来，眼前的人一定就是卫先一心一意想要超越的胞弟。

“初次见面，我是卫后。”对面那半张年轻的脸上露出不好意思的笑容，向我伸出手。

回到酒吧，坐在包间里，卫后还在向我道歉。他那几下子手脚可不轻，我的胃还痛着呢。

“我听四叔公说起过你，他对你评价很高，谢谢你对我哥的照顾，刚才真是对不起。”

我需要补充说明一下卫后的职业，他和已经死去的卫先以及背后的庞大家族，都从事着一个古老的行业——盗墓。而他们则自称为历史见证者。的确，以我对卫先的了解，他们在某些专业上要胜过许多成天待在书房里的学者。而卫后在业内被公认为年轻一代中最杰出的一个。

“幽灵旗”事件后，卫家辈分最高的卫不回已经放出话来，那多是卫家的朋友。所以，现在一见面就给了我个下马威的卫后对我十二分的抱歉，问什么他都一一回答。

他果然是冲着新出现的遗迹来的，这个我原本猜到的答案，却让

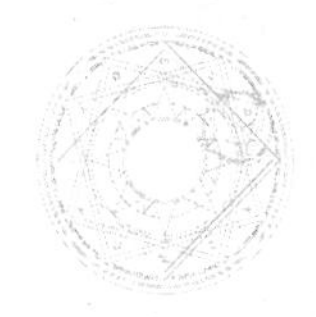

我生出了另一层疑惑。

一个新出现的遗迹，固然可能会随之出土一些有价值的古物。但卫后可不是一个寻常小贼，无论从什么立场讲，他至少可以称得上是一个大盗，而且是一个自视极高的大盗。这样的一个遗迹，竟然会引起他的兴趣？

除非关于这个遗迹，他知道些什么。

我心里这样想着的时候，嘴上的应答就慢了半拍。卫后一笑，主动说出了一段渊源。

“有一位印度的大人物，死了有两千多年吧。我看过他写的一些东西，提到他曾去过一个海边的部落，拜访一位在那里住了一百多年的……”说到这里，卫后略略迟疑了一下，“住了一百多年的‘神’。但他到那个部落的时候，那个‘神’已经死了，部落的长老告诉他，‘神’在死前制作了一件神物，那件神物和‘神’一起，永远埋葬在神庙里了。”

“那座神庙就是我的目标。”顿了一顿，卫后很坦率地说。

我能猜到卫后是通过什么方式看到那位两千多年前印度大人物的记录的，卫后这样说，当然是基本确定这次出现的遗迹就是记载中的那个部落。可他说的“神”，却让我皱起了眉头。

“你说的‘神’，是不是指先知一类的人？”

在愚昧时代，经常会有先知出现，他们或者真的有一些预言的能力，或者只是眼光独到，又或者运气好一些而已。先知在部落里的地位是很高的，通常仅次于‘神’，是‘神’的代言人。可是‘神’……我还从没听说过哪个民间传说里真有‘神’在部落里住了长达一百多年的，最后还死了，那还是‘神’？

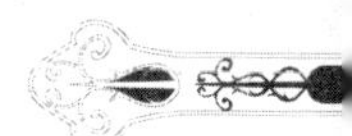

“先知活不了那么久的，不过我这也是一面之词，年代那么久远的事情，我们通常只有一面之词。”

“那‘神’是干什么的？”

通常被称为‘神’的，总有主司的事务，就像维纳斯是爱情之神，阿波罗是太阳之神。我问话的方式有些含混，但卫后还是明白了我问的是什么。

“是智慧神，据说他为部落带来了智慧。”

关于这个突然冒出来的神明，虽然自己并没有可以参照的经历，但曾经看过一大堆科幻小说的我，立刻就发现这实在是非常俗套的外星人造访地球的桥段。来到地球的外星人发现飞行器坏了，所以就只好和当地人住在一起，一直到死，其间传授了些基本知识给当地人，于是就变成了智慧神。

俗套归俗套，如果是真的的话，对于那个临死前制作的神物，我还是相当好奇的。

“对了，我看报道上说，遗迹是一千三百年前的，怎么你说是两千多年前？”

卫后微微一笑：“马哈巴利普兰又称作七寺城，传说这里原本有七座寺庙，但现在你只能看见一座，其他的都沉入海底了，所以这次海水退去遗迹出现，就理所当然地被当作被海水淹掉的其中一座寺庙。因为一般认为只有在帕拉瓦王朝时期，只有那些帕拉瓦国王，才有实力在沿海的城镇建造规模宏大的庙宇和石雕，马哈巴利普兰曾经是康切普兰王国的首都。希望那些考古学家现在已经发现了真相，不过那样的话，他们就要面对另一个难题：谁有这样的实力建造了这些呢？呵呵，在我看到的文献里，巨大的石雕都是那位‘神’的手笔，希望他最后的作品规模不要太大，否则我就要空手而归了。”

居然赶在正统的印度考古学家之前就做出了正确的判断，眼前这位年轻的“历史见证者”果然不负天才之名。

“听说这里的居民在遗迹上发现了一些不可思议的话，和这次海啸有关？”我想起尼古拉告诉我的事。

卫后这回收起了挂在嘴角的笑容：“已经出现的石雕遗迹上，许多地方有用巴利文刻下的文字，真是让人惊讶。在这小镇上竟然还有一位老人认识这种古老的文字，其中出现最多的一段话，翻译过来就是，‘当再看见这一切的时候，你已经历了巨大的灾难，遵循我的脚步，希望你能够认清这个世界’。”

“这真是太让人难以相信了，那个老人的翻译正确吗？据我所知，巴利文如今没几个专家认识了。”如果不是尼古拉打了预防针，我现在说不定会跳起来，怎么可能有人在两千多年前就预言了这场海啸！哪怕他是外星人。

“我看过了，的确是这个意思。”

卫后也懂巴利文？不过，我对他博学的惊讶立刻被那两千多年前的谶言带来的震撼压了下去。

“要我们认清这个世界？通过海啸吗？这简直令人难以相信。”我自言自语，对面的卫后却一言不发。

“你怎么看？”我问他。

卫后耸了耸肩：“对于想不通的事情，我的态度就是不去想。”

我愣住了，说：“像你这么没好奇心的人，还真是少见啊。”

卫后淡淡地说：“好奇心会害死一只猫，像我这样危险的职业，好奇心更是要不得的东西。”说到这里，卫后又笑了，“其实我也不是没

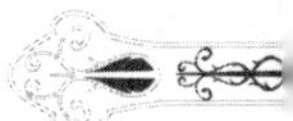

有好奇心，这件事的确诡异，可一点头绪都没有，再怎么想都没用。”

卫后虽然这么说，我却没办法让自己的脑袋停止运转，想不通就不想，哪有这么轻巧的事，这次海啸可是死了三十万人呢。再说，卫后想不通的事，我未必就想不通。说起来有些自大，但我所经历的那些事，不论在开始有多么离奇，最后无一不被我找出了答案，当然，有些时候是答案找上了我。

我决定在马哈巴利普兰的这段时间，好好地调查这个遗迹，现在知道的信息还太少，从明天开始，希望能多找出些可供推断的线索。刚才我就在想，这实在像《圣经》中的那场大洪水。这位古印度的“神”留下的话，初看似乎预言了一场两千年后的海啸，可反过来，如果他并不是在预言呢？耶和华为了洗尽人间的罪恶而降下洪水，而他通过海啸来让人们看清这世界？

或许是为了弥补刚才的失礼，卫后向我发出邀请，如果在我逗留的这段时间里，他能找到那件神物的所在，就一起去探险，基本上那会在海底。我当然欣然答应，我想，那个“神”及他的神庙和他创造的神物，会是我破解谜题的关键。

虽然我还有一些关于那位古印度大人物留下的记载的问题想要问，不过觉察到卫后似乎还有他想要做的事，互留了联系方式后，我很识趣地告辞。卫后只是邀请我最后同行，在那之前，他显然想单独行动。

马哈巴利普兰在海啸中的罹难人数至少有九十九人，如果是在平时，这是个惊人的数字，和海啸遇难总人数比，却算不了什么。整整一个上午，尼古拉不停地向我们介绍着灾后重建的情况，哪里重栽了多少树，哪里的酒店经过修整，海岸庙宇旁的旅游商店又是怎样的焕然一新……碧海蓝天，沙滩和鹅卵石，我所看到的是我一直梦寐以求

的那种旅游胜地，海啸的痕迹似乎真的被抹干净了。尼古拉甚至告诉我们，因为长年旅游而积累下来的垃圾都被海水带走了，现在的沙滩已经恢复到最原始、最干净的状态。

露天的浅浮雕群、有条理分布的寺庙群、人工建造的洞穴群，尽管以最走马观花的速度游览，我和王嫱的相机还是拍个不停。古老印度文明和孟加拉湾的美景交织在一起，这是我见过的最好的人文和自然景观的结合。我相信，就算没有那个迷雾重重的新遗迹，在这里的每一天也会过得非常充实。

下午，我要求尼古拉带我们去那个新遗迹，王嫱也很有兴趣。这个遗迹在不久的将来肯定会成为新的旅游点，所以尽管有那些让人困惑的文字，尼古拉却完全没有理由拒绝我们的要求。相信不久之后，那些刻在岩石上的巴利文会成为导游们大加发挥的解说项目。

车子只开了二十分钟就到达目的地。那片海水退出来的沙滩依然处于开放的状态，我只看见一两个貌似考古人员的印度人在勘察和记录着，其他都是普通的当地居民。

视线内的岩石雕像和浅浮雕有十几处，比当时在网上看到的新闻照片要多得多，应该是最近几天海水向后退去露出来的。有一些是传统的印度宗教题材，比如象、狮子、飞马，还有一些则是石结构建筑的残骸。那些雕刻作品虽然经过了海水长时间的侵蚀，但从轮廓上仍能看出当时有多么精美。

王嫱有些失望，和上午看过的那些海岸庙宇相比，这片遗迹要逊色许多。她倒是主动，问尼古拉他说过的那些文字在哪里。

尼古拉指着浮雕说："几乎所有的雕刻作品上都有那段巴利文，只有那一段，没有发现其他记载，所以你在上面看到的文字符号就是了。"

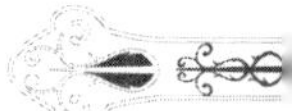

我和王嫱立刻跑到最近的一座睡狮雕刻前细看，果然在睡狮的脚下看到了一行文字符号。

我拍了照片，然后问尼古拉："这些雕刻已经被侵蚀得很厉害了，怎么文字还能分辨？"

尼古拉叫来了一位考古人员，把我的问题转达给他。

"一般来说，这样程度的侵蚀足以把浮雕上的文字完全模糊，之所以现在还能看得这么清楚，是因为当时刻得非常深，这种情况很奇特。联系到这些文字的内容，说这段话的是一位婆罗门教的"神"，传说"神"降临在这个部落很长时间，或许正是想让今天的我们能看到这句话，所以"神"才命令部落的人刻得格外深吧。"

他说到"神"的时候表情十分自然，倒是尼古拉的神情有些尴尬，我猜想这位考古人员是否是印度教信徒。关于这个部落，他倒也不是一无所知。那个"神"现在已经被定性为婆罗门教的"神"，不知道他是从哪里看出来的。据我对婆罗门教的了解，其信奉的神数量众多，并且千奇百怪，是非常庞大的家族。

"原本不是说是帕拉瓦时期的七寺之一吗，你刚才说的部落是什么？"尼古拉显然不了解最新情况，问道。

考古人员此时反倒露出了尴尬的表情，说："我们原来是这样以为，因为雕刻题材比较相近，可是从这几天海水退去而露出的新遗迹看，是比帕拉瓦更早的时期。距今至少有两千到四千五百年，说不定更久。"

尼古拉惊呼了一声："那么早这儿就有人居住吗？我的历史知识里可从来没有这些。"

"我们猜测是一个原本只存在于传说中，和婆罗门教中某位神祇有密切关联的部落，相关资料很少。我们正在加紧从文献中寻找线索，同

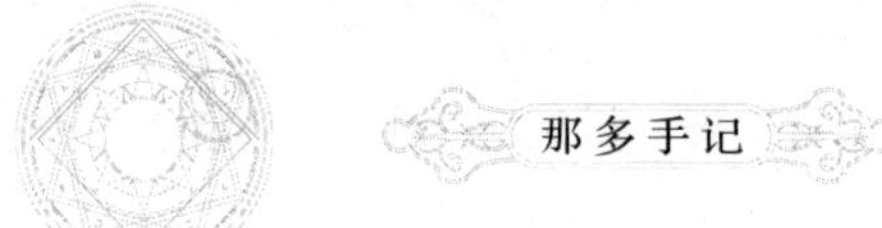

时也希望海水完全退去后有更多的发现，你知道，海岸线每天都在变。”

我给这些雕刻挨个儿拍了照片，还拍了一个雕刻上奇异图案的特写。这些图案是眼前的动物雕刻最异于帕拉瓦时期雕刻的地方，它们存在于那些动物的头或背上。考古人员推测说是这个部落特有的图腾，但说不通的是，这些图案并非完全一致，确实有一些是重复的，但总的来说至少有三个不同的图案。可惜绝大多数图案已经看不清，只有在一头大象的前额，也就是我拍了特写的那里，还留有一幅依稀可辨的图。

那是一幅由一条线和线两边共九个不同符号组成的图案。考古人员承认，从未见过类似的文字或符号，但这应该是有意义的。

整个参观遗迹的过程中，总是有一些老人或妇女在雕刻前或凝立或跪拜，嘴里念念有词，表情严肃而虔诚。

晚上，我在镇里找了个网吧，把这幅特写传到一个 BBS 上。

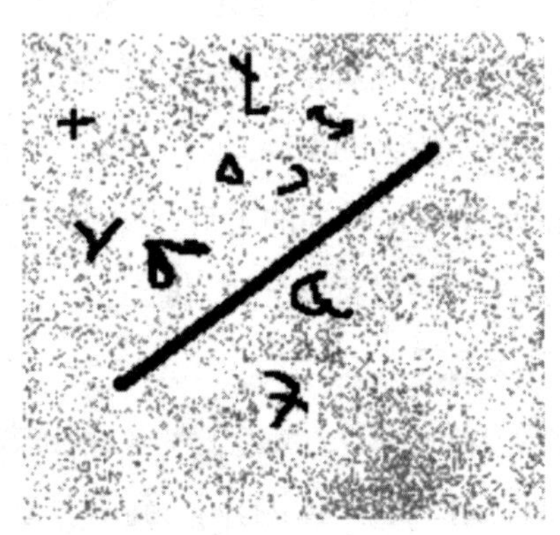

那原本是个相当专业的符号学解码英文网站，在一年多前还相当冷清，自从《达·芬奇密码》在全球热卖，这个网站也热门起来，许多门外汉也上去插一脚，其中就包括我。这种地方从不缺乏专业人士，希望有人能把这幅图破译出来。

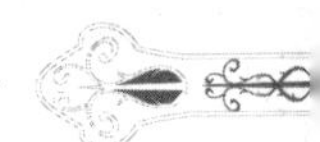

卫后并没有联系我，第二天也没有。那天他给了我一个电话号码，但我想还是等他的消息比较好，毕竟我们并不太熟。

那段巴利文字始终困扰着我。接下来的几天里，我白天游玩，晚上在各个酒吧里和当地人聊天，我能感受到他们的惶然。这段文字把海啸的阴影扩大了十倍，重重地压在他们心上。越来越多的人开始到那片海滩上祈祷，他们认为一定是自己以前做错了什么，神灵才降下这样的惩罚。而他们不知道这是结束，还是开始，他们要付出多少代价，才能做到“神”所说的“认清这个世界”。

经受多年文明熏陶的人本来不会如此轻易地把一切诉诸虚无的神明，但在海啸区，许多亲身经历的人甚至精神崩溃，人们的心理已经变得无比脆弱。现在这个突然出现的遗迹和这段文字，在海啸区灾民心中产生的巨大波澜是普通人难以想象的。

所有海啸经过的地方，至少沙滩都无一例外地退回到数十年前未开发时的状态，但现代文明顽固地在短时间内又把旗子插了回来，如果神所说的“认清这个世界”，是指现代文明的反自然之处，那这次海啸会不会真的只是一个前奏呢？接下来还会发生什么？

躺在米高梅度假酒店舒适大床上的时候，我在自己以往所知的基础上，大胆设想了各种可能。神灵存在吗？神灵的概念是什么？虽然我很清楚现代科学的局限性，但也一直不相信一个造物主般的绝对意志的存在，所以假设那个“神”是某种拥有高度发达文明的生物的话（对于这个设想我其实深感无聊，尽管经历如此多姿多彩，但到目前为止从未见过外星人），与其相信他可以跨越时间的维度准确预言两千多年后的事，还不如说他有能力在特定的时间在地壳上搞场爆炸产生海啸的可能性大。

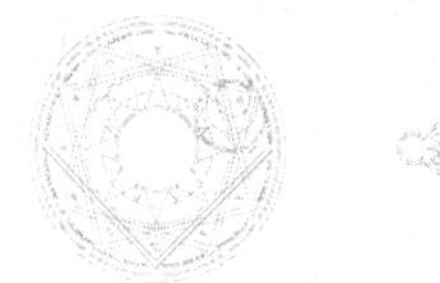

接下来的几天里，我又去了遗迹海滩几次，但沙滩上并没有新的进展，只是多了几尊雕像。王嫱对那里已经没有什么兴趣了，而且她对于海边庙宇和大片的浮雕群也缺乏热情，我看她仍是旅游的心态，而不是度假。在扫荡了马哈巴利普兰的小商品市场后，她开始怀念马德拉斯，抱怨在那里的时间太少。一直陪我们住在米高梅度假酒店的东道主尼古拉非常尽职，和我商量后，决定陪王嫱回马德拉斯玩几天，而我则继续在马哈巴利普兰度假。

BBS上，我的帖子没几个人回复，有好心人表示，如果只有一幅图是不可能破译的，因为可能性太多，我又没写清楚来龙去脉（虽然网上多是离奇的消息，我却不喜欢听风就是雨，而且已经习惯对超自然事件守口如瓶，所以帖子里只有一幅图和对破译的请求），勾不起别人的好奇心，很快帖子就沉到了后面。

王嫱返回马德拉斯的第二天，也是我来到马哈巴利普兰的第五天的晚上，我接到了卫后的电话。

“那片海滩今天有了新发现，我估计你会感兴趣的，你有空明天可以去看看。”他说。

“谢谢，你有线索了吗？”我没问是什么发现，国际电话很贵的，电话里也没法说得多清楚，明天一去就知道了。

“嗯，你什么时候离开？”

我算了下日程：“大后天就要回马德拉斯了吧。”

“或许来得及，我还需要调一些设备过来。”

第二天清早我赶到遗迹的时候，那里的考古人员明显比前两天多了几倍，他们围在很靠近海水的地方，那里有一大块新露出来的石头。

我快步向那里走去，到跟前我发现，那是一块天然的长方形巨石，

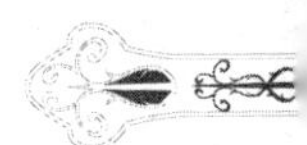

如果没猜错的话，其中的一面上应该有浮雕。巨石被沙子埋住的部分已经挖开，显然是为了让浮雕露出全部内容。这块浮雕受到这样重点照顾，内容应该和我刚才经过的有很大不同。

杰尼看见我，和我打了招呼，他就是我第一次来这里时碰到的那名考古人员，我前几次来的时候都碰见过他，已经相当熟悉了。

“嘿，我想你会对这感兴趣的，这真是惊人的发现，看样子是一组记录当时那位降临到部落里的婆罗门教‘神’日常生活的浮雕。一共有六幅，我想这是印度今年最重大的考古发现之一了，非常有价值，也非常神秘。”杰尼对我说，这位有神论者开口闭口都是神神神的，这些浮雕的出现让他很高兴，因为这为“神”的存在提供了证据。

我微笑着朝他点点头，惦记着他说的“非常神秘”，加快了脚步，走到向海的那面，把目光投注到浮雕上。几个人正在细心地用小刷子刷去嵌在浮雕上的沙，另一些人则在清理底座。

这组浮雕分两排，共六座，这块石头的质地看起来相当紧密，经过了那么多年海水浸泡，六幅图的主体仍然能轻易地看出来。

第一幅图就很好地说明了为什么杰尼会有“非常神秘”之语。雕刻者的水平很高，能很好地传达出要表现的东西，正因为刻得易懂，我才在刚看第一眼时，就发出“这是什么”的低呼。

在这幅图上，一群人匍匐在地，头都高高仰起，每个人都大张着嘴，有的惊讶，有的虔诚。他们朝拜的对象，是一个飞在半空中的人。说他是人其实很勉强，他没有面目，腰部以下没有脚，仿佛是一缕轻烟，手也是虚影。古印度的“神”形象都大异于常人，相比起来，这个还不算是特别凶恶的。虽然这位“神”的形象很玄，但从浮雕的整体风格来看，是写实的，也就是说，确实是有过这样的情形，才会刻

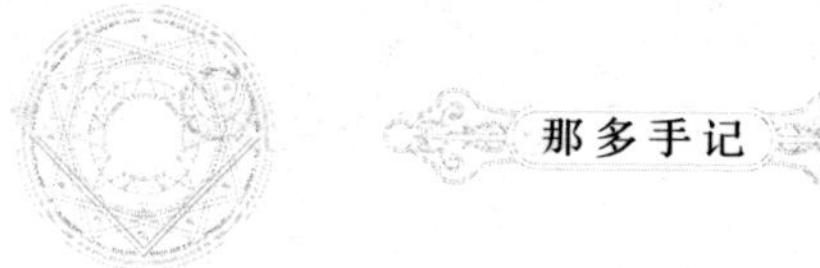

上去。第一幅代表开始，这或许是在述说这位婆罗门教的“神”初次降临时的情景。

我仔细地看画面的每个细部，都没有发现飞碟之类的东西，那位“神”身上也不像穿了个飞行装置。画面上的情景，倒和现在一些寺庙里的佛经故事雕刻有些相像，那些神佛毫无凭借地飞在空中。

第一幅图带来的冲击让我盯着它看了好久，等我把视线移到第二幅图时，发现那位“神”的形象变了，如果画面的中心人物是同一位的话。这个“神”的形象开始向人靠拢，有手有脚，只是面目依然不清。神似乎在指挥人建造房屋搬动石像，但那画里的人一个个都力大无比，几个人正在抬一块看上去以吨计的石块，还有一块石头没有任何支撑，悬在“神”的面前。第三幅图里只有“神”，他好像在地上画些什么。第四幅图很像连接着上一幅，“神”蹲在地上，依然没有脸，但给人的感觉是在思索。我注意到，考古人员正在用刷子刷这两幅图画面外的地方。

“哦，我们觉得那里应该有四幅小图，看起来是第三和第四幅主图的补充，很可能是‘神’经常画或经常思考的。可惜小图刻得不如大图深，已经看不清了。”杰尼走到我身边说。

果然，就算凑上去看，如果不是杰尼的提醒，我很难分辨那上面曾经有过雕刻，还以为只是石头自然的凹凸不平。不过细细看去，其中有一幅的模糊痕迹，我觉得有点熟悉。

我拿起数码相机，调出前几天拍的那张特写，就是我传到网上去的那张，开始对比。

“怎么了？”杰尼问。

“你看，这是不是同一幅？”我指着数码相机显示屏上的特写照片

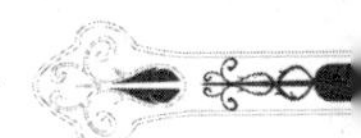

问他。

杰尼眯起眼来回对比了几次，突然用力拍了下我的肩膀，险些把我的数码相机震到地上。

“就是这张，你可帮大忙了，我们怎么就没注意到。”

他飞快地向同伴大喊了几句，我听不太明白，他和我说话的时候语速可没这么快。立刻就有两个人跟着他往回跑，看样子是去对比先前那些被认为是图腾的图去了。

第五幅图是在室内，“神”和一些人在一起，像在开会讨论什么。第六幅图里，“神”明显非常高兴，脸上第一次出现了向上弯起的嘴角和眯起的眼睛，可周围所有的人并没有类似的神态，反而都很悲伤的样子。

这些图代表着什么呢？“神”从空中来，符合“神”的定义。我听说一些古石刻上，“神”穿着疑似飞行装置的东西，还有飞碟，但这里没有；第二幅图里小小地帮助一下当地人，以有神论或外星人造访落后地球的逻辑也很正常。但后面的图就十分古怪，可以看出“神”长时间地被一件事困扰，如果说“神”在这个部落待了一百多年，这些图是“神”在这些年里行为的概括性描绘，那这位“神”被困扰的时间就长得惊人了。如果第六幅图才代表困扰的结束，那么这一百多年的时间里，这位“神”都在困扰吗？至于第六幅图众人的悲伤，或许可以联系卫后所说的话这样推测：“神”解决了困扰，但自己快要死了，所以信徒们如此悲伤。

另外，这些记事图里并没有一幅和对海啸的预言有关啊。

我对着浮雕出了一会儿神，杰尼又跑了回来，他再次拍了拍我的肩膀，不过这次轻了许多。

“你说得没错，是那些图，这样就很好理解，‘神’经常画的图案，

对于信徒来说就有相当的神圣性，这就和图腾差不多了，在进行动物雕刻时，很自然地就刻了上去。为了感谢你的帮助，我告诉你我们在文献里的一些新发现。”

“哦？”我立刻瞪大眼睛望向他。

“不过你别期望太高，只是一点儿资料，来自一位两千多年前苦修者的笔记。这个部落被称为摩罗部落，又叫思考的部落，传说‘神’住在这里，经常和部落的长老讨论，启发他们的智慧，所以摩罗部落出了很多智者。最有名的一位智者，在佛祖释迦牟尼修行的时候，和他进行过讨论，给了佛祖许多启示。据说，神一直在思考这个世界的秘密，最后破解并离开了。”

世界的秘密？我敲着脑袋，想起了那段预言。这两者对应起来了，“神”思考世界的秘密，最后知道了，也希望凡人能知道，所以给后人留言。那么，世界的秘密和海啸是什么关系呢？而且如果把他定义为“神”，“神”不是应该最清楚这个世界吗？就像佛祖悟透了一切才能成佛一样，“神”回过头来思考世界的秘密，这不是自相矛盾吗？如果说那是某个高智慧生物，先不说他是怎么来到地球的，飞行器在哪里，他干吗要在地球上思考这种哲学问题？

我总觉得应该能有大进展，却一时拿捏不住突破口在哪里。

“其实从浮雕来看，‘神’思考的东西就是浮雕旁已经看不清的四幅图。哦，其中一幅已经可以确定了，如果这里面就有世界的秘密，实在是……”

就是那四幅图，我居然还想在了杰尼的后面，那四幅图就是连接海啸和认清世界的关键！这真是惊喜的进展，我坚信这样的推论不会有错。

生活的戏剧性在于，往往你以为会怎么样的时候，实际上什么都没有发生。我们总是高估自己对事情的把握能力。看起来我在解开遗迹之谜上前进了一大步，其实呢？我回去对着那个奇怪的图案看到眼酸，发现自己要从这上面找到突破口的努力是徒劳的。不管那个死在两千多年前的家伙是不是“神”，如果他都要花一百多年的时间才能想通的话，我凭什么以为自己能看出什么道道来呢？

卫后的电话给我带来最后解密的希望，那是在我离开马哈巴利普兰的前一天晚上。卫后租来的摩托车就在酒店外等着我，时间是凌晨 2 点。

在离遗迹沙滩不远的地方，我们登上摩托艇。我曾经以为卫后所说的设备是潜水装备，没想到我看到了一座漂浮在海面上的金属平台，白天它一定不在这里。

平台的中间有个圆洞，下面连着一根粗大的管子。我想我们就要从这里下到海底，看起来卫后在天黑后的短短几小时里已经做好了前期准备。这根管子的出口，应该就是传说中“神”死后就一直封闭的神庙入口吧。

卫后把摩托艇拴在平台边，从口袋里摸出一个遥控装置，按下按钮，随即平台一阵震动。我不禁失笑，原来他用的是暴力手段。想来也是，要在几小时里把这根通向海底的管子接到神庙的入口怎么可能，这么多年下来，那入口不知被沙埋得多深呢。

“我们从神庙顶上下去，你没来的时候我已经炸过几次，太猛的话设备受不了，这回应该炸通了。”他从艇上探出身子，扒着平台用手电筒往下照，又说，“还好这里到海底只有十米深，不然这根管子可承受不了压强，好了，我们可以下去了。”

这根不知什么材料的管子里居然还附着架软梯，最下面通到一个金属的半圆罩，爆炸是在金属罩里发生的。金属罩底部的橡胶物密闭

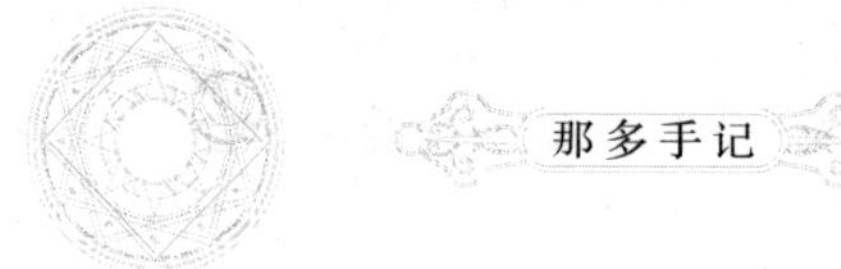

性相当好，没有海水渗进来，而罩里原本的海水都已经流到那个炸出的大洞里去了。

软梯一直放到了洞里，从神庙的天顶上，两个两千多年后的不速之客踏入了这块神的居所。

期望越大，失望越大。直到我微闭着眼，坐在从新德里飞回上海的班机上，都难以相信，如此大费周折进入的那座扁平飞碟状的神庙，里面竟空荡荡的。

我看见了一具骨骸，我不知是否该称那为骨骸，因为实际上只有一个头颅。那很像是灵长类生物的头骨，大小和人相仿，区别在于上面没有本该是鼻子的部分，也没有牙。头骨平放在神庙的中央，仅此而已。难道这是一种只有头的生物，抑或是它的身体部分没有硬骨？没有任何文字或图像雕刻的记载，没有任何高科技的痕迹，甚至找不到可以正常进入的门，这是个完全密闭的建筑，两千年来海水和沙石都未能渗透。

让我哭笑不得的是放在头骨旁的一颗拳头大小的水晶球，这就是“神”在最后的作品，或者这就是他认清世界的方式？从水晶球里？这的确是一种方式，从古至今，人类的预言家们很喜欢水晶这种物质，这位“神”应该能做得更好。如果只是这样的话，真是个让人失望的结果，水晶球可以营造出相当特异的力场，这对我来说并不是闻所未闻的事。

头骨和水晶球都被卫后带走了，卫后本要让我选一样，我拒绝了。原因很简单，我无法向机场的安检解释，也不愿没风度地托卫后带回国后交还给我。

或许“神”从水晶球里看到了这场两千年后的海啸吧，无论怎样，

这次我的印度之行还是比我原来设想的要有趣得多。我舒了口气，睁开眼睛，空姐正在发上海的报纸，我要了份自家的《晨星报》。

看到国际版的时候，一则报道让我脑中电光石火地闪过一个念头。我狠狠地敲了一下自己的脑袋，不远处倒饮料的空姐奇怪地看了我一眼。

报道其实并不新奇，这次海啸，马尔代夫全国被淹，至今大多数国土海水未退，就算海水退去，这个岛国也迟早会被逐年上升的海平面吞没。世界上所有低海拔岛国都面临这个问题，现今的科技甚至可以把这些国家的消失时间表列出来。

今天人类的科技已经可以预言某些地方在不久的将来会被海水吞没，无论那位“神”的真实身份怎样，他当然知道古马哈巴利普兰会被海水吞没，甚至只要是一位地质专家就可以进行类似的预言。而被海水淹没的地方，如果有朝一日重新露出水面，必定是沧海桑田，经历了巨大的变故。这不是多么神奇的预言，而只是一个简单的推理啊。那段巴利文上不是只提到“巨大的灾难”，并没说是海啸吗？如果是预言，何不把海啸清楚地写上呢？

我再次敲打自己的前额，想得太复杂，反而被自己误导了。这位我姑且称为“神”的家伙，希望在几千年后仍有人知道他的存在，就随便做了个预言，就是这样子。虽然也算是超自然事件，但不是我碰到的每个超自然事件都是有阴谋的啊。当地的居民因为海啸造成的精神压力而被误导，我则因为以往的经历，习惯把事情复杂化。唉。

只是当年那位“神”所思考的问题，看来将成为永远的谜了，凭一幅图是不可能解密的，随便调教出来的部落长老就有启发佛祖的智慧，这幅图里不知藏着多么深奥的哲学命题呢。

第二章

神秘的来访者

Chapter 2

虽然没带回头骨和水晶球，但我有自己纪念这段经历的方式。

那幅图被打印出来，装进一个木框里，挂在书房的墙上。日复一日我都能看见它，或许几十年后我也能领悟什么。

我以此作为终结的句点，可在句点画完不久，新的篇章就开始了。

从印度回来不到一周，梁应物的神秘假期结束，重新出现在我面前。这位凭着大学讲师身份当掩护的老同学经常会以各种理由向学校请长假，之所以至今未被开除，是因为他的另一重身份——X 机构研究员。

和他喝咖啡的时候，我没问这次的任务是什么，虽然我对此非常好奇。这家伙涉及工作时严格执行保密条款，十分无趣。以往的经验告诉我，只有在 X 机构的某项研究要把我派上用场的时候，我才有机会接触到一些内幕。

相比他的守口如瓶，我倒是经常会把自己的经历原原本本地告诉他，比如这次的马哈巴利普兰之行。好奇心也是需要有人一起分享的，分享是一件快乐的事。

让我有些困惑的是，刚开始讲述不久，对面这位冷面帅哥的脸色

就变得有些古怪，直到我口干舌燥地把整件事情讲完，他脸上的古怪神情都没有消退。

“怎么这副表情，有什么不对劲吗？”我问。

“你现在的结论是，那位头骨的主人只不过判断出大概的地质演变，所以进行了模糊的预言，这次海啸和他并没有关系？”梁应物缓缓地说。

“是啊，我一开始被迷惑，想得太复杂，应该就只是这样而已。”

“你知不知道它究竟是人，或是外星生物，还是地球上的另一种生物？”梁应物问。

“不知道。”我老实地回答。

“你知不知道他为什么降临到那个部落，又为什么待了那么久？”

“不知道。”

“你知不知道一直困扰他的是什么问题，最后他找到的答案又是什么？”

“不知道。”

“你知不知道他临死前唯一的遗物是否真的只是占星师用的那种水晶球，或者它的使用方式和那些预言家的一模一样？”

“不知道。”回答到这里，我已经有点恼羞成怒，但不知道就是不知道。

“有这么多东西不知道，你怎么能肯定，那些刻下的字只是为了让后人知道他曾经存在过？他说的‘认清这个世界’，究竟是什么意思？”

我愣住了，好像在这么多事情不清楚的情况下就做判断，的确草率了些。不过，被梁应物这样问，我脸上有些挂不住，反驳道：“你问的那些我虽然不知道，但也没有人会知道了。我只能根据现有的线索，进行可能性最大的推断，怎么，对此你有什么意见吗？”

梁应物微微摇了摇头：“其实我也觉得你的推断很有道理，如果换成我，也会这样想的。”

“那你刚才东一句‘你知不知道’，西一句‘你知不知道’是什么意思，故意找我的麻烦吗？”

梁应物又摇了摇头：“虽然我现在也觉得你的结论是有道理的，但我比你多知道一点，所以会有疑惑。”

“哦？”我立刻来了兴趣，“难不成你这次出的任务和马哈巴利普兰的遗迹有关？”

“那倒不是。”梁应物欲言又止，竟然沉默了起来。

我眉头一皱：“怎么话讲一半就缩回去了，又是你们 X 机构的绝密文档，说不得吗？那你刚才就别说，现在来吊我的胃口算怎么回事。”

梁应物苦笑：“好好，既然我说漏嘴，就告诉你算了，好在不是绝密，否则再怎样我都不会透露的。”

我竖起了耳朵。

“去年 12 月 26 日，从苏门答腊西南侧的爪哇海沟深处传出一组高能粒子束，全球有少数几家机构监测到了这一奇特现象。”

高能粒子束？我在脑海里搜索关于这个物理名词的记忆，各种宇宙射线都是高能粒子束吧，可以穿透固体，来自遥远而庞大的各种宇宙天体。地球也能自产高能粒子束吗？没听说过，应该不可能吧。

等等，12 月 26 日，那是……

“就是海啸的同一天？爪哇海沟是……”我问。

“爪哇海沟就是引发海啸的大地震震中，那束高能粒子在地震发生前不到一分钟产生。可是，”梁应物露出些许困惑的神色，“现阶段人类只能用大能量的对撞机产生粒子束，况且实验室里产生的粒子束，能量和我们这次监测到的差得太远了。”

“这么说，高能粒子束不是地球产生的？”

“地球没有任何自然条件能够产生这样的粒子束，反过来说，这束高能粒子的粒子排列和间隔很不自然。”

“不自然？什么意思，怎么个不自然法？”我问。

“苏州园林里的树木自然吗？”

“天天有园艺工人修剪，当然不自然。”我明白，这是梁应物用比喻的方式向我这个外行人解释。

“你是说，这束高能粒子代表着某种意图？”

“现阶段的科学无法解释地球怎么可能产生这样的高能粒子束，如果用排除法，那么这束高能粒子就是非自然产生，非自然产生当然就有某种意图。”

“那是什么意图？”我急切地追问。

梁应物摇了摇头：“如果你从来没有见过鸟，有一天突然看见鸟飞过眼前，会知道它想要干什么吗？”

一个从来没见过鸟的人，刚看见鸟的时候，只会惊讶这是什么，为什么可以飞。判断鸟想干什么，只有成长到鸟类学家的程度才可能想了解。梁应物的意思是，现在人类最杰出的科学家在面对那束高能粒子的时候，能做的也只有惊讶而已。

我对高能粒子所知实在太少，分不清这东西和无线电波有多大的区别，所以就说：“不自然排列的高能粒子，你说会不会是某种通信的手段？”

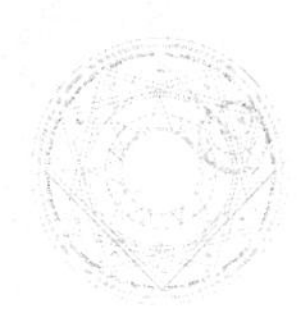

我话音未落，就见梁应物笑了。看来我这个门外汉又犯了某些可笑的错误。

没想到梁应物却说："虽然没有人能进行准确判断，但研究者们还是进行了各种大胆的推测，你说的通信也有人提出来过。"

"那你笑什么？"我没好气地问。

"因为你的推测居然和我一样。"

"啊哈。"我忍不住露出一丝得意之色，梁应物的学问可是我没法比的。

"不过，推测其为通信方式也有很大漏洞。高能粒子虽然携能极高，但速度依然不可能突破光速，和普通无线电波比，弱点明显。如果我们忽略它对人体的伤害，也用高能粒子束通信，以现在全世界的无线电通信每时每刻承载的信息量，耗尽地球的所有能源，大概都很难撑过一秒钟。当然，我们也没那技术。"

"可是，说不定用高能粒子当通信手段有着某些无线电波无法替代的功用，而且随着科技的进步，产生高能粒子所需的能量也一定会随之下降。"在大胆推测的基础上，我认为梁应物说的那些困难并不是什么大问题。

梁应物点头道："你说的当然有可能，但推测毕竟只是推测，就算把它当成通信手段来看，如果没有进一步的资料，就永远无法破译其中的信息。"

我心里忽然一动，问："高能粒子束出现的地区应该已经在勘察了吧，有结果吗？"

"勘察？人类的手还没有伸得那么长。海洋里本来就有许多未解之谜，这束高能粒子产生的那片海域，大地震过后海底早已天翻地覆，

派几艘潜艇去转一圈又能找出什么蛛丝马迹来。这件事最终都没有答案，监测到这束高能粒子的机构，很有默契地没有向公众发布。”

不用说，X 机构就是接到信号的几家机构之一，恐怕其他一些大国也有类似的机构收到了。

这场海啸的背后，到底隐藏着什么？原本以为马哈巴利普兰的预言只是偶然，而此刻，我也和梁应物刚才一样，心里满是狐疑。

“这束高能粒子是发往哪里的？”我想起这件重要的事。

梁应物慢慢喝了一口咖啡，看着我，竖起一根手指。

我顺着那根手指抬起头，穿过咖啡馆矮矮的天花板，那个方向是……

“外太空？”

“是的。”梁应物给了我肯定的答案。

2004 年 12 月 26 日，地球印度洋的深处，强烈地震的前夕，一束高能粒子射向了宇宙深处的某个地方。在那条线路上，没有人类观测到的星球。这有两个可能，第一个可能是，它是通向某一颗行星，遥远星空的不发光行星是很难被画入人类星图的；第二个可能是，那束高能粒子的终点是人类视线难及的宇宙深处。

和梁应物聊天的当晚，我又花了很多时间研究挂在我书房的图。当然是白费工夫，在我看来，这两千多年前的雕刻图案纯粹是鬼画符。

等我快对书房里的图视若无睹时，一通陌生人的电话却让我重新记起马哈巴利普兰的经历。

那时已经是三月底，多灾的印度尼西亚又经历了一场里氏八点五级的大地震，当天连上海都有震感。我一向晚睡晚起，感觉迟钝，所以轻微的震动并不能妨碍我一觉睡到上午十点半。

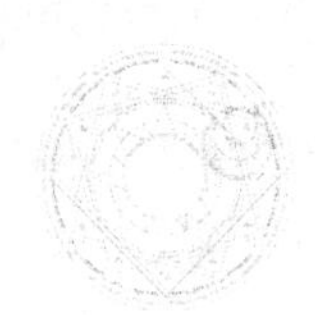

到报社叫了一份外卖，我照例开始浏览各大新闻网站的新闻，看看有什么可以让我做文章的。并不是每次这样做都有收获，在确定没有哪篇上海新闻值得我跟进做深入报道后，我取来部里的热线电话记录本，看看从昨晚到今天上午的市民来电里，有什么线索。自从《晨星报》对市民举报新闻实行高额奖励后，热线电话响起来的频率高了许多，我们社会部记者的稿源也不像从前那么吃紧了。

最近十小时里的来电记录有六页之多，我用铅笔在感兴趣的记录旁做三角记号。一遍看完，共做了七个记号，桌上送来的外卖已经快凉了。我准备先几口把盒饭干掉，再进一步筛选一下。就在这个时候，我桌上的电话响了。

"你好，请问是那多吗？"

一个男人的声音。普通话不太标准，但听不出是哪里的口音。

"是的，您是哪位？"

"这样问似乎有些唐突，不过上个月25日，你是否曾在EYES网站上发过一个帖子？"

我立刻就愣了。

EYES就是那个解码网站的名字，但这个人是怎么找到我的？

我再次回想了一下，确定自己注册EYES的BBS时并没有填写正确的联系方式和真实姓名，在网上免费注册几乎没人会这么干。我填写的唯一真实信息就是国家和城市——中国，上海。还有我并不怎么用的英文名——NADO。无论他是BBS的版主还是用黑客手段看到了我的注册信息，都不可能据此找到我啊。

我还在惊疑不定，电话那头因为我长时间没有声音，再次问了一遍："请问2月25日，你是否在EYES上发过一个帖子，内容是一幅

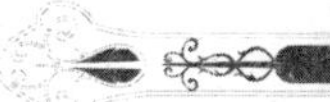

需要解密的图？”

“你是谁，我们认识吗？”我反问道。如果他认识我，还有可能通过 NADO 猜到我的身份，因为这和我名字的拼音非常像。

“不，我们没见过，如果不是那个帖子，我也不会知道你的。”我刚才的问题实际上已经承认我就是发帖者了。

“你是怎么找到我的？”

“哦……这并不是关键，我对那幅图很有兴趣，如果可能的话，我们能否见一面，我有些问题想要向你请教。”

“好的。”我立刻就答应了。这个人虽然希望从我这里得到些什么，但他也一定知道这幅图所代表的东西。在去过马哈巴利普兰的遗迹和知道爪哇海沟的高能粒子束后，这个从天而降的新线索对我有无穷的吸引力。

原本以为永远无解的谜团，突然又有了松动的迹象，哪怕这个人再怎么神秘，甚至还可能有点危险，我都要想办法把事情搞清楚。

有人爱财，有人爱名，有人爱色。这些我当然也喜欢，但最诱惑我的，是真相。知道事情的真相，只有少数人知道，把全世界都蒙在鼓里的真相，能让我产生极大的满足感。这就够了，名、利、色的作用，还不都是让人获得满足吗？

“我们什么时候见面？我随时都可以。”他显得很高兴。

“就今晚吧，你知道衡山路的耕读园吗，那里的包厢很安静，私密性也不错。八点好吗？”

“谢谢你，晚上见。”

挂了电话，我发了好一会儿愣，直到热线电话接线员大声问了好几遍“记录本在谁那里”，才回过神来。这时，我无心再筛选新闻线

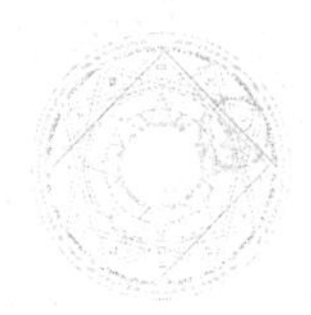

索，随便选了个邻居老头在家里大肆收集破烂，搞得大楼里臭气冲天的投诉，就匆匆出了报社。

采访完毕发了稿，时间是晚上不到六点。我又叫了份外卖，然后打开 IE 浏览器，点进 EYES 的 BBS。

用搜索功能翻出自己的帖子，最后一条回复依然是二十多天前的。这帖子已经算是彻底沉下去了，如果不是有心人像我这样查，绝对看不见这个帖子。

从以前的回帖里判断不出谁对此感兴趣，或许给我打电话的人根本没有回帖，因为他也不想引起别人的注意吧。让这个帖子沉下去，然后单独找到发帖者，是保守秘密的最好方式。

我提前半小时到了耕读园，要了一壶冻顶乌龙，开始安静地等待。八点整，一个穿着长风衣的男人走进了包厢。

这个男人一进来，我心里就生出一股极不舒服的感觉。我上下打量着他，这时节，上海的气温已经开始转暖，穿长风衣固然有些不合时宜，可也不至于让我有这样的感觉啊。

男人脸略圆，相貌普普通通，没有任何特别的地方，就连一双眼睛也平淡无奇，瞳孔有些混浊，顾盼间显得没有精神。我有些失望，但心头的不舒服依然存在。

“你就是那多吧，冒昧来访，你可以叫我张明。”

什么叫“可以叫我张明”？我一边心里嘀咕着，一边站起来，以为他要和我握手，却没见他伸过手来。

我犹豫着是不是要主动伸出手去，可这位张明没有一点反应，两个人对站着，气氛有些尴尬。

“哦，请坐，请坐。”张明做了个“请”的手势，我们终究没有

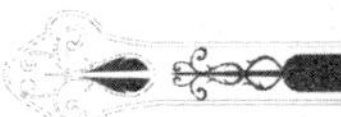

握手。

我有些郁闷，开口问道："张明先生，难道你还有其他的称呼方式吗？"

"那是我的中国名字。"

我意外地再次打量他，怎么看他都不像是外国人，难道是韩国或是日本的？

"你不是中国人？"

张明轻轻点了点头，一般人这时候该进一步自我介绍了，哪国人、本名是什么之类的，可他端坐着，丝毫没有解释的意思。

我的眉毛轻轻皱了皱，怎么好像是我有事要求他一样，什么态度。

"你是怎么找到我的？"心里有点不满，问话的语气也就没那么客气了。

"我看到你的帖子时，距离你发帖已经有一段时间了，而且你注册这个网站的时候，是在一家网吧吧？"

"是的，这和我的问题有什么关系吗？"当初我是在外地出差间隙，泡网吧时发现的这个网站，没想到他连这都调查出来了。我心里很是吃了一惊，脸上却没显出半点来。

"这就是了，我头一次就扑了个空。直到你三天前再次上那个BBS，我才确定你的位置，好在那次你是在家里上的网。"张明说话时脸上也没有任何表情，我却终于忍不住把惊讶显露在脸上。

三天前，我确实上过一次EYES，只匆匆扫了一眼就关了窗口，最多不超过五分钟。就凭这五分钟，眼前的张明居然从IP地址查到我的真实住址，再通过这个住址确认了我的姓名、工作，一通电话打到我单位来。要是桌上的电话没人接听，恐怕他会打我的手机或家

里的电话吧。

一个黑客的技术再高，没有公安部门的数据，可能做到这一步吗？眼前这个普普通通的张明，背后的势力可不小啊。

“那先生能否告诉我，是从哪里看到这幅图的呢？”张明并不在意刚才说的话有多么惊人，单刀直入地开始问他关心的话题。

所谓“关心的话题”也是我的猜测，因为问这句话的时候，不论是语气还是眼神，这位张明先生都没有任何变化，就像在说“今天天气不错”一样，平平淡淡。

这些年我见过的角色够多了，从没看到过像张明这样把“扮猪吃老虎”演绎得如此完美的人。

刚才他已经回答了怎么找到我的这个问题，所以尽管我对他还有诸多疑问，有来有往，但我总得先回答这个问题，才好反问回去。他先前淡然述说的一番话，背后的分量够我好好地掂量一番，不能做得太张狂了。

“在印度的马哈巴利普兰，那里新发现了一批遗迹石刻。这是在那些石刻上发现的，我怀疑有特殊的含义，就放到网站上让大家看看。”

“就看到这一张图吗，还有什么？”

我心里有些不愉快，即便你很强势，我也不是随便哪里冒出来的家伙就能压一头的。不解释自己的意图还问东问西，当自己是长官在询问下属吗？

“没有了，还有几幅图已经看不清楚了。”他如果不讲清来意，我不会再透露其他发现。

“这样啊……那谢谢了。”出乎我的意料，他竟然想就这样走了。

“等等，你不准备解释什么吗？”我把他叫住，脸上忍不住露出怒

色。居然有如此不懂道理的人，连场面话都不说两句，就想拍拍屁股走人？

“真是非常不好意思，但有些事情不适合告诉你。”这明明是句很嚣张的话，张明却说得很诚恳似的。

我本来以为他还有很多事情要问我，是我先告诉他还是他先解释并不重要，不料他知道了我是在印度发现的那张图后，就好像再没有想问的事情了，让我一股火窝在心里。

我不是死缠烂打的人，他这样的态度，我也不会贴上去追问，只得自认晦气。

张明已经站了起来，再次向我道谢，我把不快全都写在了脸上，没有理会。

他走出包厢的时候，我忍不住问道：“你这就准备自己跑去印度吗？”

张明想了一下，然后回答：“是的。”

我重重哼了一声：“过河拆桥，你做得还真彻底啊。”

张明听我这样说，欲行又止，转过身来道：“那先生，我这样做的确有自己的苦衷，一些事情，我觉得你还是不知道的好。”

我又哼了一声，表示不屑。

“这样吧，我去印度如果有发现，又适合你知道，会告诉你的。”

我还是没理他。什么叫适合我知道？多半他会认为什么东西都不适合我知道，这句话说了和没说有差别吗？

最后的结果是连单都要我自己买，虽然是小钱，却更加深了我心中的不爽。嘴里念着这个张明，走到耕读园门口的时候，只见一个两三岁大的小女孩骑在父亲的肩上，号啕大哭。

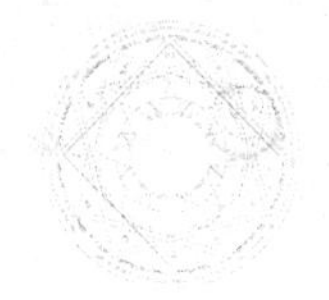

站在门口为客人拉门的侍者见我出来，笑着说：“这个小孩子打到你的朋友，自己却哭得这么起劲。”

我忙问是怎么回事，原来这个骑在父亲肩上的小女孩大概高兴过了头，一路过来两只小手四下乱舞，打到刚从门里出来的张明的脸上。结果被打到的张明没什么反应，停都没停就走了，这小孩却转笑为哭，而且哭起来一发不可收拾。

那父亲把女儿从肩膀上抱下来，一边抓过她的手看，一边训斥：“叫你在上面别乱动，打到别人自己还哭。怎么，痛吗？”

他哄着孩子继续往前走，我又听见他说：“不痛？不痛你哭什么？”

我依然在为张明的无礼生气，并未多在意，直接打车回了家。

第三章

密码现身

Chapter 3

我耸了耸眉毛，让已经撇到一边去的嘴归位。身边这位新手的表现让我心里生出怀疑，自己当初也这样糟糕吗？

昨天傍晚划过上海上空的不明飞行物其实并没引起多少人的关注，我自己就浑然不觉。许多城市都有过，记忆里南京最多。能当场注意到的人极少，大多数民众对此的兴趣都引发自事后媒体的报道。

此类事件大多无解，除非证实当时正好有高空气球或飞行器回收。报道内容也千篇一律，接受采访的天文学家不会讲什么夸张言辞，做出来的新闻通常标题惊悚，内容平平。这次报社的领导冒了点小小的风险（在我看来是如此，很可能会被市委宣传部批评），要求我去采访一位热衷寻找天外文明的天文学家，写出不同于别家报纸的报道。

这样的天文学家算是学界孤鸟，近年来学术气氛虽比几十年前宽松些，但身边跟着飞的也还是没多几只，中国尤其如此。

上海倒正好有一只孤鸟，这个叫叶添锦的中国天文协会理事寻求到一家境外基金会的支持，研究条件好得让国内主流天文学家们眼红。

我和叶添锦打过几次交道，本来以为可以笃定地喝喝茶聊聊天，却临时新来了几名实习生，而我被指派当其中一位的指导老师。

这位新闻系大三的上海女生很有表现欲，用一种居高临下的姿态连珠炮般问了叶添锦一串问题，问得既不在点子上，也不会根据叶添锦的回答追问，完全没有互动，还自以为主导着局面。

我悄悄向叶添锦做了个无可奈何的手势，适时地插几句进去，否则回去我怕连她的稿子都不知道怎么改。

采访结束，我让实习生自己先回去。她有点不太乐意的样子，真是骄傲得莫名其妙，长得也没好看到哪里去啊。

叶添锦笑呵呵地重新帮我泡了杯茶，这次是今年的新龙井，光闻味道就清逸得让人舒心。

“这是什么？”我指着他的电脑上正一幅幅变动的屏保问。我就是为这才特意留下来的。

“是旅行者一号最新发回给美国太空总署的一组图。”

“旅行者一号？”我奇怪地问，“居然还能收到它的信号？”

“旅行者一号的表现好得令人吃惊，它们在向地球不断发回数据时，也同时在测试着人类飞行器的极限。这真是个奇迹，从1979年发射至今，已经迈入第二十六个年头了。目前它飞到了太阳系边缘，虽然传回的资料断断续续，照片也越来越模糊，但乐观地估计，未来十年里我们还可以和它保持联系。这组是太阳系的照片，人类第一次比较完整地直接拍摄到自己生存的星系。原照不太清楚，这是经过处理的。我觉得很有意思，拿来做了屏保。”

叶添锦见我紧盯着屏幕，笑道：“漂亮吧，喜欢的话回头我传给你一份。”

“我是对其中的一张感兴趣，刚才匆匆看过一眼。嗯，不是这一张，嗯……”

叶添锦动了动鼠标，屏幕恢复到桌面状态。他点进保存屏保图片的文件夹，一幅一幅给我看：“你看是哪幅？”

总共有二十多幅图，他点到第九幅的时候，我叫起来：“就是这幅！”

“你觉得这幅特别漂亮？”叶添锦说。

“不是漂不漂亮，是……是……”刚才只看了一眼，我就觉得这幅太阳系的星图和我书房挂的那幅图很像，如果把那些符号换成星星的话。可是现在再看，又觉得有些地方不像。几个符号的位置和这张图里的几颗行星差不多，不过总的来说，无法使两幅图重合。

我失望地叹了口气，随后把那幅图画给叶添锦看。

每天回到家，一抬头就可以看到这幅图，我相信现在画出来的和原图不会差到哪里去，当然我把那些奇怪的符号都替换成了圆点。

“这是什么？”叶添锦问。

“是我偶然看到的一幅图，不知是什么含义，你有没有觉得和电脑里的这幅有点像？”

叶添锦对照了一下：“是有点像，那又怎样？你随便画几个点，都可以在天上的星图里找到对应的地方。”

我被他说得一愣，没错，天空上亿万颗星星，连各种动物的形象都可以附会上去，何况是几个随手画出的点。

叶添锦又看了眼我画的图案，道：“再说，太阳系九大行星加上太阳，一共十颗，你这上面只有九颗。嗯，新发现的夸奥尔就不给你算进去了，毕竟这颗太阳系第十行星争议太多。”

我被他说得垂头丧气，本来还以为找到线索，结果空欢喜一场。

叶添锦看我颇为沮丧，安慰我道：“我也不是说你这幅图就绝对不是太阳系的星图，如果冥王星是今天被发现的，就不会被认为是第九大行星了。一些学者只承认太阳系有八颗行星，说不定这就是他们的某幅太阳系模拟图呢，你是从哪里找来的？”

我摆摆手：“是在印度一个古遗迹上找到的。”

叶添锦失笑道：“那你怎么会联想到太阳系星图？我也知道一些原始部落的古天文记载准确得惊人，但在没有走出太阳系之前，他们是不可能观测到太阳系本身的啊。”

我叹了口气：“我这是没法子瞎想呢。不过，你刚才说的冥王星有争议是怎么回事？”

“喝茶喝茶，都凉了。”叶添锦招呼着，自己喝了口茶，说，“关于太阳系短周期彗星的发源地，天文学家库伯推测在太阳系边缘有一个环太阳条状区域，从 1992 年起，这个地区有一万多颗小行星被发现，库伯带也被证实存在。夸奥尔就位于库伯带，所以许多人，包括我也认为这只不过是库伯带中一颗较大的小行星，或许有更多更大的小行星未被发现。冥王星是 1930 年被发现的，也在库伯带里，只不过那时库伯带的概念还未被提出，如果是今天，多半也和夸奥尔一样，被大多数天文学家认为是库伯带小行星群中的一员。那样的话，太阳系不就只有八大行星了吗？”

“库伯带？”我心里一动，刚才我把那些符号都转化为圆点，而图中的那道线也省略未画，难道那条线代表库伯带？

我把那条线补上，问：“那现在呢，如果补上这条代表库伯带的线，你看看。”

叶添锦苦笑道：“你补不补都没有意义，每一刻星球的位置都在变化，而在太阳系外有无数个观测角度，我可以用电脑推算出亿万张太

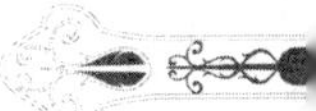

阳系各个角度各个时候的星图，找出和你这张相似的有什么稀奇。”

“喂。”我看着叶添锦，露出一丝坏笑。

“干什么？”

“你不是有光脑二号的使用权吗？最近有没有空？”

光脑二号是位于上海张江高科技园区的超级计算机，排名全球第九，两年前投入使用。那家支持叶添锦的基金会买下了光脑二号每年一定额度的使用资源，供叶添锦进行天文计算。

“最近倒是没有大量的计算工作，你问这干什么？”

“我回去把那幅图的原图传给你，你能不能帮着计算一下，是否有可能和太阳系某一时间的星图完全重合？”

我在提出这个要求的时候，未尝不知道把期望寄托于此过于离奇，但找到一个怀疑方向后，就不可控制地想要知道答案。

叶添锦被我这个要求吓到了，他大张着嘴道：“你知不知道用光脑二号有多贵，虽然不用我花钱，但用在这上面太浪费了。而且有无数个观测角度，莫说我只有一小部分，就算我有光脑二号全额使用资源，要全部对照一遍也不是一天两天的事。”

我心里一动，说：“如果我能提供一个观测角度呢？”

“那样的话还比较简单，咦……我欠过你什么吗，干吗要帮你这个无聊的大忙？”

我心里衡量了一番，决定出卖梁应物。

“我告诉你一个绝密的消息，换你帮我一次，怎么样？”

“什么绝密的消息，和我有关系吗？”

我知道叶添锦已经被我勾起好奇心，这方面他和我很相似，否则也不会致力于寻找地外文明。

“算是和天文学有关吧，不过我肯定 99.9% 的天文学家都不会知道。”

“说来听听。”叶添锦一副无所谓的样子。

“去年 12 月 26 日发生了什么，你知道吗？”

“哈，你要和我说印度洋海啸吗？你不会告诉我哪颗超新星大爆炸引起了海啸吧？”

叶添锦一副好笑的样子，倒让我放下心来。这说明他的确不知道高能粒子的事，看来在天文学界这也还是个秘密。

“你一定知道高能粒子吧，你说什么条件下宇宙里会产生高能粒子？”

“这个问题向来是个谜，宇宙中有大量的高能粒子束，大多数学者相信恒星死亡期时，离子云……”

“地球会产生吗？”我打断他的介绍问。

“那怎么可能！”

鱼上钩了。我笑眯眯地把梁应物告诉我的消息转述出来，看着叶添锦的嘴越张越大。

“这是真的吗，你不会在糊弄我吧？”

“当然是真的，我从特殊的渠道知道的。”

“好吧，告诉我那个角度。”

“不忙，我会和那幅图一起传给你。”事实上，我现在也不知道那是个什么角度。

回去后，我给梁应物打了通电话，请他查一下那束高能粒子的发射角度，然后告诉我。这完全是当时灵机一动的联想，事后我也开始不确定起来，两者之间真的有关系吗？

抱着死马当活马医的态度，我把图和角度通过电子邮件发给了叶添锦，当然我告诉他，图上的符号请他自动替换掉。

随着时间的推移，我越来越觉得把两者连在一起的推想荒唐得可笑，那是没有任何立足点的想象，一时冲动，让我欠下叶添锦一个大人情，只怕还会从此落下笑柄。

三天后，我接到了叶添锦的电话。这不禁让我感叹灵感的奇妙。

“光脑二号找到了。”叶添锦第一句话就没头没脑的，但我知道他在说什么，一下子从座位上站起。

“真的重合了？”

“是的，就在你提供的角度上。如果那个方向有人观测太阳系，忽略冥王星，每隔五百三十六年，就会出现这样的图案。最近一次是九十一年前。不过我想，这是不是巧合啊，原图的那些符号都很大，而真正星图中行星的大小按比例来说是极小的，我想还是存在巧合的可能。”

“太好了！”我一拳擂在桌子上，把办公室里的其他人吓了一跳。

“终于有线索了，太谢谢你了。”我连声道谢。

挂了叶添锦的电话，我立刻把此消息通知了梁应物。

“你想借用X机构的力量？”梁应物弹落烟灰，刚听见叶添锦计算结果时脸上的那缕惊异已经不见，此时询问的语气中带着些戏谑。

“是的，虽然现在有了线索，但凭我一个人空想是不可能解开谜团的，只有靠X机构的实力才有可能。”

“就为了满足你的好奇心？”

我一时语塞，对这件事我的确无比好奇，可X机构当然不会因为这个原因就提供帮助。

梁应物见我被他问住，又道："我想，你可能对X机构的认知有些偏差。虽然这基本上是个研究现阶段科学架构外奇异事件的机构，但世界上千奇百怪的事情多着呢，每一件都足够让研究员们想破脑袋，所以如果不是正好符合研究的主攻方向，一般只会记录在案。所以，我代我们档案部的同事感谢你为他们增加了一个案例。"

"一般只会记录在案？那怎样才算不一般？"

"如果会对国家乃至整个人类可能产生严重影响的，当然会受到重视。你这能算吗？一个死了两千多年的外星生物留了张奇怪的图案，就算真是太阳系星图又怎么样，有科研价值吗？有实用价值吗？"

"当然有！"我嚷嚷起来。

梁应物认为我在硬撑，笑道："哦？那你说来听听。"

我本来并不理直气壮，被他一激，脑筋急速转动，偏要讲出些不一般的理由。

"那是不是外星人先不去管它，我们来倒推。地球不可能自然产生高能粒子束，所以2004年12月26日爪哇海沟内的高能粒子束就是人为产生的。我们假设高能粒子的作用是通信，那么就代表那个方向上有一个繁衍出高智慧生物的星球。我在马哈巴利普兰遗迹里取得的图案，和高能粒子束射角方向观测到的太阳系星图相同，虽然叶添锦说石刻图上符号覆盖范围过大，存在巧合可能，但这个可能性是很低的。你说是不是？"

梁应物听我真的有条有理地开始分析，脸色也沉了下来，顺着我的思路，他应该想到了我要说的，这时点头道："可以先不当作巧合。"

这样说的意思，就是虽然理论上存在巧合可能，但概率太低，在进行负责任的探讨时，就要首先排除巧合，认真对待，才是最稳妥的

方式。

“有理由做出推断，那位印度‘神’和制造高能粒子束的生物有很深的联系。甚至可以认为，它们是同一类智慧生物。爪哇海沟高能粒子束产生后，立刻就发生大地震，这不能不让人怀疑地震是否是自然发生的。许多地质学家认为，地震是大陆板块挤压造成的，但更多的地质学者对这种说法持怀疑态度。之所以没有人质疑，是因为没有比这更合理的说法。换言之，这次大地震来得太突然，本身就颇让人意外。”

接着我的话，梁应物说：“而马哈巴利普兰的遗迹里也有大灾难之说，和这次海啸相呼应。所以你现在已经开始怀疑自己先前的推断，而觉得预言里的灾难就是特指这次海啸。”

“是的。”我点头，和聪明人说话就是不累。

“你的想法是，这场大地震是人为产生的，并且已经预谋了两千多年。虽然意图尚不明确，但地震已经造成了大海啸，引起人类的巨大伤亡，而从马哈巴利普兰遗迹的预言来看，这可能并不是结束。如果没有找到所谓世界的真相，这种人为的灾难会再次重演。”

“那你现在还觉得这是可以放进档案室里尘封的一般事件吗？”我看着梁应物，缓缓问道。

梁应物沉默良久，道：“我会汇报上去。”

“要是你们有什么行动的话，别扔下我，至少我还是有脑子帮着参谋一下的。”我补了一句，这才是我的意图。

“这并不是由我说了算。”提到这种事情，梁应物的反应总是那么讨厌。

我知道，如果X机构真的介入，自己恐怕就得靠边站。但这件事情隐藏了巨大的危机，没有由国家机器提供强力资助的X机构，别说妥善解决，就是有了线索都难以追查下去。

这个时候，梁应物却叹了口气。

“你知道吗？我有一种预感。”

“你也有预感，你这个理智型的家伙也会有预感？说吧，你预感到了什么？”

“这件事情越往深入想，越觉得离奇。我怕就算 X 机构介入调查，也未必顶用。X 机构里的悬案多得是。”

“你这么没信心吗？”

梁应物屈指一声声地敲着桌子：“这幅是星图，那么遗迹上另几幅也都可能是星图，但不一定是太阳系的……”

“应该是太阳系的。”我插嘴道，“虽然那几幅图看不清楚，不过能勉强分辨出几个图上的符号和这幅上的符号一样。符号代表的是星球，所以那几幅应该都是太阳系的星图。”

“就算都是太阳系的星图，还是无法解释为什么这几幅图会让那个印度古‘神’苦思冥想，除非……”

梁应物似乎一下子想到什么，我忙问：“除非什么？”

“除非他并不是外星来客，并不知道这其实就是太阳系的星图。要知道，古时人们对这个世界有着许多猜测，比方说天圆地方，比方说陆地是驮在一只巨龟背上的。所以要说这幅太阳系的星图可以解释世界的本质，也能说得过去。那个人不知从哪里得到了这些图，知道这些图揭示了世界的本质，却弄不清究竟，所以苦苦思索。”

我苦笑道：“那可不是个人啊，我见过他的骨骸，从没见过地球上什么生物的骨头是这样的。”

“你没见过的地球生物多着呢。”梁应物低声道。

“你这说法漏洞太大，那生物最后是怎么想清楚的？水晶球的作用是什么？他是怎么预言到海啸的？”

“不，要是按我的推论，他和海啸并没有关系，和发出高能粒子束的家伙也没有关系。他只是偶然得到了那几幅图，最后是不是想清楚了，我们也不能确定，或许只是他自以为找到了答案而已。”

梁应物的这个推测又回到了我最初的判断，但我并不满意，皱眉道：“你的推论是建立在巧合上的。你不是习惯把巧合的可能性排除吗？”

梁应物喃喃道：“如果不是巧合，那么，什么样的事情要预谋两千年，什么样的真相要用海啸来寻找？我完全不认为X机构介入后，这些问题就会迎刃而解。”

我竖起手指摇了摇：“话不能这样说，如果我能从卫后那里要来头骨或水晶球，交给你们研究呢？我本来就可以拥有其中一个，现在回头去要，卫后一定会给我。”

梁应物脸上露出喜色：“那样的话当然不同，特别是水晶球，如果里面另有奥秘的话，我们有最好的研究设备。”

“头骨也有用处的，你们可以和物种库里的生物进行比对，说不定会有收获。物种库，你们应该有那样的东西吧。”

梁应物默然。

“那种生物在部落的记载里就活了好几百年，而其总寿命一定更长。如果爪哇海沟那个也是同一种生物，说不定地球上还有第三、第四个隐藏着。你有没有想过，可能它们的寿命长到足以让它们从两千多年前一直活到现在，甚至更长。你所谓的预谋两千年，只是它们用一生中的某段时光进行的工作。没准儿你看到头骨后，突然发现那很

像和你们有密切关系的某位能人异士。”

听到我最后那句话，梁应物也笑了，说：“但愿这样简单吧。”

“真是这样的话也不简单啊。我知道刚才说的这些你并没听进去多少，事实上可能性也不太高。但有件事我没和你说，要是你们真的介入，那会是非常有用的线索。”

接着，我就把张明的事说了一遍。

“他不会是一个人，背后一定有庞大的组织。这样的组织，X机构会一无所知吗？相信你们稍加调查，就可以把这个组织揪出来。我奈何不了他，你们就不同了。嘿嘿，就算只是他一个人，我相信你们也能找出他来。”

和梁应物谈话后的第二天上午，一个中年人敲开了我家的门。在我的描述下，张明普普通通的脸很快就在他的画板上出现了。而我和张明打交道的每一个细节，都至少反复向他说了三遍，他在本子上密密麻麻地记录下来。

这个中年人并没有多说什么，该问的问完了，就礼貌地告辞。我心里明白，X机构介入了。

然而，我在联络卫后的时候出了问题，他留给我的手机号码打过去始终关机。我只好打电话给卫不回，这才知道卫后到拉斯维加斯狂赌去了，上次我一点都没看出他竟然是个赌鬼，赌起来没有十天八天不会收手，连手机都不带。想想有点好笑，这么大的赌性，却从事盗墓这项需要无比谨慎的职业，还闯出这么大的名气。

卫家当然有紧急联络方式可以找到卫后，但我并不差这几天时间，借头骨和水晶球的事就先搁下了。

每一天我都等着梁应物那里有好消息传来，我很好奇张明的来历。

足足等了一个星期，从梁应物那里传来的消息让我惊讶得张大了嘴。

不论张明是什么来历，我都不会这么惊讶。

因为X机构的调查结果是一片空白。

查不到这个人的入境出境记录，没有任何一班从中国飞印度的飞机上有这样一个人。他背后的势力也没露出半点痕迹，不知道他是用何种方法查到了我的资料，甚至中国电信的内部信息里，完全没有他和我的通话记录，换言之，他并没有用中国电信网络和我通话。如果不是耕读园的服务生也看见了张明，调查此事的专员几乎认为张明是个我幻想出来的人物，并不存在于现实中。

X机构的调查之细致，最后竟然把当天经过耕读园门口的那对父女都找到了。女孩当时突然哭泣的原因是：摸到了恐怖的东西！

女孩曾无意中碰到张明的脸，那怪异的触感完全不像是人的脸，所以才放声大哭。

由于女孩年纪太小，所以也没能说出确切的感受，只是说“和看上去不一样”。我由此想到，那天见面时，张明不和我握手，是否是这个原因。

如果我和他握手，不知那只手握在手里，是怎样的感觉。

所以，这场耗费大量人力、物力的调查，只有一句结论：张明不是普通人，不排除他不是人类的可能。

这样诡异的结论，也只有X机构才做得出。

原本以为最有希望的线索，就这么断了。我只能等待卫后狂赌后归来。

第四章

谜面

Chapter 4

4 月 11 日上午，我在报社里开始每天例行的邮箱检查，打开新浪 VIP 邮箱的时候，一封陌生地址的未读邮件静静地躺在那里。

我把邮件点开。

那多先生：

您好，印度之行并未让我有多少收获，但还是感谢您的帮助。

请恕我不能告诉您这些图案代表着什么，也无法告诉您我是谁，为什么对这些图案感兴趣。对您来说，那些是难以索解的，并且没有任何实质上的意义。

我相信说这些，会让您对我更不满意。我知道您是个有着强烈好奇心的人，为此我复原了马哈巴利普兰遗迹上那三幅已经辨认不清的图案，作为冒昧拜访的些微补偿。

如果有朝一日您真的能知道这四幅图代表的意义，或许我们可以再聊一下。

我很快就要离开，不知能否还有这样的机会。

张明

附件是三张图片，很像是从马哈巴利普兰遗迹的石刻上直接拍摄下来的，但我知道已经经过了电脑处理，因为这三幅图比我拍下的那一幅还要清晰。

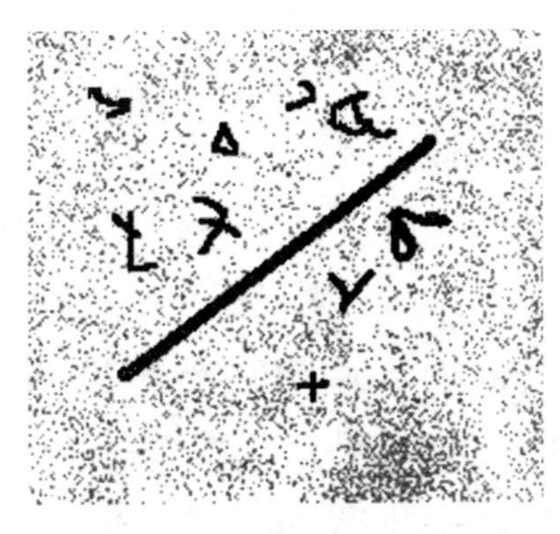

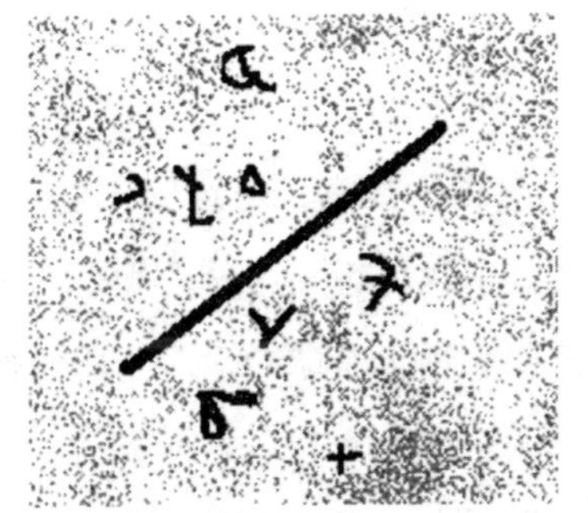

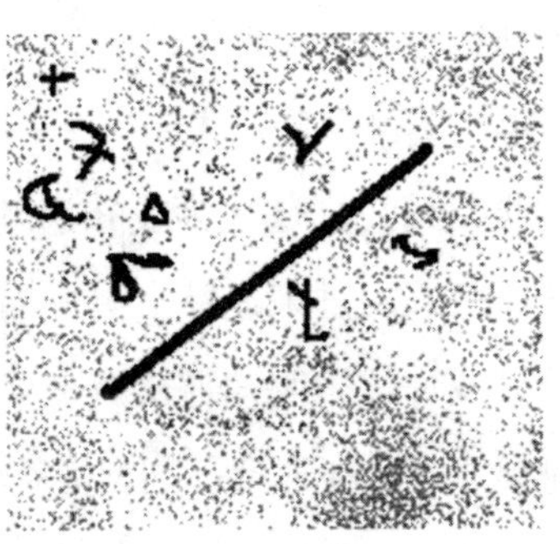

代表库伯带的直线在这三张图上都没有变化，但代表行星的符号，每幅图都不一样。

令我纳闷的是，我发现其中有两幅图上只有八个符号。

叶添锦给我发过一封邮件。在邮件里，他再一次表示这多半只是巧合，但应我的要求，他还是把每一个符号对应的行星为我标示出来。我对照了一下，发现一幅图中少了代表水星的斜 M，另一幅少了代表

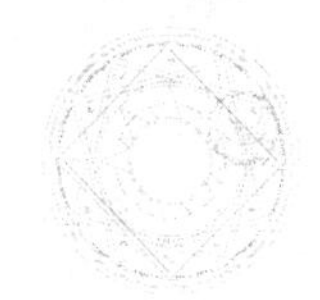

金星的 >。

两幅各缺了一颗行星的太阳系星图，算是怎么回事？莫非真如叶添锦所说，和太阳系星图重合只是个巧合，这四幅图的真正含义并非太阳系的星图？

蓦然出现的线索让我烦恼起来，我把三幅星图传给了叶添锦，请他好人做到底，送佛送到西，再算一算。

万一他算出的结果和我的推测不着边，那我和梁应物的讨论就成了个笑话。

我对张明越发好奇起来，原来他竟然早已知道这四幅图，他所面临的难题，大约和两千年前的印度古“神”一样，而我现在连这道题的题面都不知道。太阳系星图代表的秘密，对于还没有能力去任何一颗地外行星的人类来说，确实是太遥远了一些。

可张明又是什么人？

他找到我，是认为我知道解答这道题的线索，可跑到印度一看，一无所获，反过来还补全另三幅图便宜了我。想到这里，我心平气和了些，或许让张明知道还有一个头骨和一颗水晶球的话，他真会有什么进展，这是他为自己的恶劣态度所付出的代价。

对我这个连题面都不知道的人，张明肯定觉得我还没有参与核心内容的资格。的确，就算叶添锦证实这都是太阳系的星图，我还是对他们的难题摸不着半点头绪。

我就像一个饥饿的人，明知道屋子里有美食，却怎么都找不到门在哪里，心中猜想着美食的形状滋味。好奇心就如同饥饿感，熊熊燃起来，火烧火燎的难受。

想到饥饿，我的肚子真的咕噜噜叫起来。因为起得早，又和往常

一样没吃早饭，胃开始折腾了。几个同事一招呼，就一起去报社边上的小饭馆打打牙祭。

走到一半才想起来电脑没关，但这并不让我担心，那几幅图没人能看懂。

小饭馆的剁椒鱼头是一绝，肉嫩味美，不负其名。吃干抹净回到报社，部里新来的刘唐对我挤眉弄眼。

“多哥啊，刚才有个美女等了你二十分钟哦。”

“美女？谁啊？”

“我怎么知道啊，她没给你打电话吗？”

我摇了摇头。看看桌上也没有留言。

晚上叶瞳打来电话的时候，我才知道刘唐嘴里的美女是她。

她也是记者，只是那份行业报虽然号称公开发行，可一般报亭不会进，都是行业内派发下去的。这位叶瞳对我来说，简直就是个多事宝宝，好奇心强得连我都抵挡不住。几年前和她在青海的冒险，也算是生死与共了一回。所以，她把我当成藏满了离奇经历的宝库，隔三差五就要来挖掘一番。幸好，她好奇归好奇，却不会多嘴惹麻烦。

她的报社和我们报社有合作关系，共享相关的新闻线索。今天来是公事，顺便看看我，等了会儿没碰到我，就回单位了。刘唐刚来不久，否则部里的老记者应该能认出这位美女是谁。

叶瞳给我打这通电话的时间很不对，都过十二点了。晚睡对皮肤很不好，一般来说，叶瞳还是挺在意这点的。

她还完全是小孩心性，总喜欢故弄玄虚，一开始东拉西扯地说起这段时间的工作忙，中午我开小灶吃的什么，也不想想，即便我听不出她语气中强忍住的兴奋感，也不会相信她午夜还真有和我闲聊的心情。

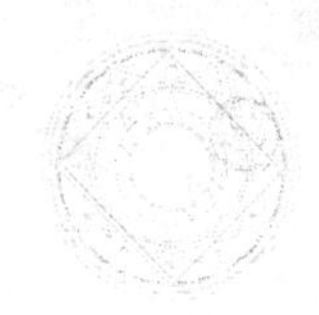

时间是挺晚的，可我一般上床睡觉要更晚，所以也不着急，慢慢和叶瞳耗着。她终于先按捺不住，道：“哎，我最近对解密可是很有心得，你要有什么难题，只管找我，保管给你破解开来。”

我心里暗道一声“来了”，嘴里说着：“你什么时候这么厉害的，我怎么不知道？”却想起了中午刘唐说，叶瞳曾在我的位子上坐过，她多半是看见了那三幅图。

转念又觉得不对，我知道这三幅图里有个大秘密，可叶瞳怎么会知道呢？

叶瞳冷哼着说：“别给我打马虎眼儿，是谁前两个月在网上向高人求教来着，不就是四幅图吗？你要是在网上一次都放出来，我早就破了。”

听叶瞳这么一说，我就知道是怎么回事了。EYES 网站还是我介绍给叶瞳的，看来上一次我发帖子让她瞧见了。叶瞳当然知道那个 ID 就是我，没留言的原因，准是憋着一股劲想要把图破解开，好让我对她刮目相看。

中午看到四幅图后，她研究到现在，可是她真的破解开了吗？对此我深表怀疑。

“有三幅图我刚拿到，我并非不愿在网上放出来。可你真的知道这图代表着什么吗？”

叶瞳以不屑的语气道：“不就是四道四则运算题吗？”

叶瞳不着边的猜测让我失笑，道：“四则运算题？你别扯了，告诉你，那是太阳系的星图。”

“什么？！”叶瞳叫起来，“怎么会是太阳系的星图？”

“现在时间太晚，这故事说起来长了，这样吧，明天你请我吃晚

饭，我和你说故事。”我可没兴致煲几小时的电话粥。

叶瞳颇有些郁闷，抱怨我总是吊她胃口，好在她也对明天可能出现的黑眼圈深感顾忌，乖乖挂了电话。

让她请客只是说说，我不至于真的榨这小妮子一顿晚饭。静安寺附近新开了一家一茶一坐，人比其他分店少些，既能吃饭又能聊天。

邻座的人偶然听见两句，只会当我在神侃，只有对面一双乌溜溜的眼珠紧盯着我的叶瞳，知道我说的都是真的。

我把故事说完后，就等着叶瞳发问。每次我把经历的事告诉她后，她总是会问出一堆古怪问题来。有的我能回答，有的我想过却不知道答案，还有的我连想都没想过。

可叶瞳这次居然破天荒地没有问问题，反而一脸严肃地道：“那多，我想你一定搞错了。那不是太阳系的星图。”

我皱起眉头，要再解释一遍，叶瞳又说：“是巧合，那多，是巧合。你自己不是也怀疑，为什么有两幅图里各少了一个符号。我告诉你，根本就是因为你的推断是错误的。”

叶瞳这样说让我有点下不来台，道：“你怎么能这么肯定，难道不是太阳系的星图，还会是你说的什么四则运算？”

桌上的残羹已被收去，只有两壶清茶。叶瞳从包里拿出张纸，铺在桌上。

上面是她手画的四幅图，不过在我看来，三幅新得到的图，她画得不那么准确。

在四幅图下，1~8 的八个数字，分别对应着图里的八个符号。

“昨天我听你说是太阳系星图，还以为你已经知道了整件事的真相，现在才晓得你也只是推测，而你对图的假设和我比起来，显然有很大漏洞。自从我看到你的那个帖子起，我就一直在研究你的图，做了上百种假设……”听到这里，我真为她的执着劲头感到意外，居然进行了上百种假设。

“昨天看到了三幅新图，我立刻重新比对过。你看，如果这个代表1、这个代表2……”叶瞳把每个符号代表的数字和我说了一遍，“而这道横线代表等号，至于这个三角符号，代表运算符，在四幅图里分别对应加减乘除，你自己看看。”

依着叶瞳所说，我凝神在心里计算着，脸上挂着的笑容一点点消失。

叶瞳的设定是这样的：斜 M 状符为 1，> 状符为 2，t 状符为 3，+ 状符为 4，q 状符为 5，Y 状符为 6，7 多一点那个符号为 7，剩下那个带尾巴的水滴符为 8。

最初那幅在马哈巴利普兰得到的图，把符号代入后，横线上方以三角符为界，左边变成（4、6、8），右边变成（1、2、3），横线下方变成（7、5）。

括号内的数字相加，则变成 18、6、12 三组数字。三角符号在这里做减号用，而横线为等号的话，恰好是 18−6=12。

以此类推，另三幅图分别是：

三角符号做乘号：（2+3）×（5）=（4+6+7+8）

三角符号做除号：（4+5+7+8）÷（6）=（1+3）

三角符号做加号：（1+3+7）+（2+5）=（4+6+8）

分毫不差，而且解释了为什么有两幅图各少了一个符号。因为要让等式成立，代表 1 的斜 M 就不能出现在乘法图里，代表 2 的 > 也不能出现在除法图里。

这样的解答，当然比我所谓的太阳系星图之说要可信得多。不，

应该说这就是真正的答案。

叶瞳见我盯着纸发呆不说话，知道我已经被说服，脸上抑制不住笑意。她可是很少像现在这样从气势上完全把我压倒。

叶瞳得意扬扬地道：“还太阳系星图呢，你倒说说，什么是地球、什么是太阳？”

我苦笑：“好了好了，这次算你厉害。”

这四幅图如此解释是板上钉钉了，和星图相吻合只能说是巧合。叶添锦早就提醒过我，符号涵盖的区域太大，和星图重合虽然是小概率事件，但概率也不会小到离谱的程度。可笑的是，我早就怀疑马哈巴利普兰头骨的主人是外星人，高能粒子束的去向也是茫茫星空，所以对星图之说深信不疑。

四幅怪图已然破解，但我心中的疑惑更加深了。怎么会是这么简单的答案呢？如果不是有先入为主的误解，我在拿到四幅图后花一番工夫研究，只怕也能破解出来，那么在两千多年前困扰那一位的和张明苦苦追寻的，又是什么？

对面叶瞳犹自不依不饶，追着我问道：“你说啊，地球是哪个，这个，还是这个？”手指在纸上点来点去，可恶至极。

我叹了口气，指了指代表3的符号，说：“叶添锦给的星图里，这可以对应到地球啦。”

叶瞳仿佛获得极大的满足，笑逐颜开：“亏你想得出来。这次要不是我啊，你还不知道在歧路上走多久呢。”

“那倒也未必，等叶添锦把新的三幅图的结果计算出来的时候，我就会知道推断错误了。”

叶瞳鼻子耸起，哼了一声。

这时候，我却问了叶瞳一句很奇怪的话："我刚才都说什么了？"

人常常灵光一现，似有所觉，却抓不到重点，有时候求助熟悉的朋友，帮自己把思路理回来，或许可以找回稍纵即逝的灵感。现在我就是这样，刚才好像说了什么重要的话，是什么呢？

"你刚才说，等叶添锦的计算结果出来，自己也会知道错了。"

我摇头："不是这个。"

叶瞳抿起嘴唇，想了想，道："你到底在搞什么鬼啊，你还说，这个3是地球。"

我的视线重新落在纸上，突然一把抓起纸，手极用力，却不由自主地颤抖起来。

"是……是……就是这样子，但这怎么可能，怎么可能！"一时间，我把叶瞳忘在脑后，想到的事件，让我震惊得喃喃自语。

"喂，你想到什么了？你倒是说话啊！"叶瞳催促我，伸手推着我的肩膀，才让我回过神来。

我指着纸上的图，手指抖动着。在短短的时间里，我的掌心已经出汗了。

"你看，如果这是星图的话，那么相对应地，三角运算符是太阳，地球是3，金星是2，水星是1。"

"这又怎么样？你刚才不是也承认你的推测是错误的吗？"叶瞳不解。

"你还不明白吗？"我紧紧盯着叶瞳，"太阳系里，所有的行星是围绕着太阳运转的，距离太阳最近的行星是水星，然后是金星，再就是地球。挨着地球的是火星，对应的数字是4；然后是木星，对应5；土星对应6；天王星对应7；海王星对应8。"

和叶瞳破解出的数字答案丝丝入扣。

叶瞳深深地、深深地吸了一口冷气。

“这不可能，是不是你记错了？”

我闭起眼睛，认真地回想了一下，然后摇摇头。

“这，会不会是巧合？”她轻轻问我。

“我希望是，真的希望。”

两天后，叶添锦的计算结果告诉我，世界上没有这么多的巧合。

三幅新的图，都可以在那个角度的太阳系星图里找到对应。

之所以一幅图里缺少水星，一幅图里缺少金星，是因为那个时刻那个角度，这两颗星和库伯带重合，被库伯带挡在了身后！

也就是说，如果横线代表库伯带，这两个符号既不在横线的上方，也不在横线的下方。库伯带的宽度，足以将这两颗行星完全挡住。

更让我感到浑身汗毛竖起的是这样形状的星图，每出现一次的时间完全一致，都是五百三十六年。不仅如此，五百三十六年完美地分成了四个时区，每个时区一百三十四年，每隔一百三十四年就会有一幅图出现，五百三十六年一轮回。

依次是加、乘、减、除。五百三十六年一轮回！

我推开窗，望着外面迷蒙的星空。

终于知道了，这四幅图里蕴藏着怎样的秘密。

我脚下的大地、顶上的天空，到底是什么啊！

这一刻，我的嘴里满是苦涩。

第五章 那多的邀请

Chapter 5

4 月 17 日，晚上 7 点 30 分。上海北外滩的一处石库门里弄[①]里，居住在这儿的人们刚刚吃完晚饭，空气中还残留着饭菜的香味。老上海人的生活气息，只有在这种已经为数不多的狭窄空间里还能嗅到。

一位身披黄色僧衣的和尚转进了弄堂，他看上去年纪并不是很大，眉宇间却有高僧大德的庄严平静。

弄堂里聊着天的街坊好奇地注视着这位陌生的僧人，他们小声猜测着他究竟要去哪家，或者只是穿行而过。

僧人缓步走到一个门洞前，叩响门环。

街坊们很惊讶，在他们的印象中，这幢二层楼房子里的住客已经搬出去很久了。他们正在犹豫要不要好心提醒这位僧人，那扇满是枣红色斑驳油漆碎片的木门“吱呀”一声打开了。僧人的身影迅速消失在他们的视线里，门又关上了。

不，门只是虚掩着，莫非这家还有别的访客？

街坊们的议论声大了些，他们猜测着这位僧人是上海哪座寺庙的，

① 里弄，上海方言，指胡同。

是龙华，或是静安，还是玉佛？而后，话题又开始转到在哪座庙里拜菩萨比较准。他们中不乏去过这些庙进香的，可都没有见过这位僧人。这并不令人奇怪，真正在庙里清修的僧人，并不会被寻常香客熟悉。

一位脸上爬满辛劳皱纹的婆婆，很热心地对她的邻居介绍着，玉佛寺才是最灵验的。她这个月头为当出租车司机的儿子请了块平安佩，是由住持明慧大师亲自加持的，极为难得。儿子的生意，近两个星期都顺利了许多。

在她的心目中，明慧大师必然是比她还要苍老的慈悲长者。她怎么都不会想到，刚刚从眼前走过的这位僧人，就是明慧。

弄堂里的议论声忽然消失了。

这个时候，夕照的阳光已经不见，但天还没有完全暗下去。里弄里并不亮堂的光线，好像完全集中到那个身影上。她就像一个连光都能吸引的黑洞，而所有人的视线当然更不例外。

就连那位谈论着儿子的婆婆，也一下子为之屏息。

这个吸引一切目光的身姿，在众人的聚焦里，从这条突然安静下来的弄堂里走过去。几十秒钟里，连最热爱八卦的街坊大婶，都忘了在心里暗暗猜测，直到这名女子没入一个门洞里。

大家回过神来的时候，才发现根本就记不清楚，她是一副怎样的容颜。直入心底的感觉持久存在着，但想在脑海里绘出她的五官，却难以做到。

她和刚才那位和尚，进的是同一扇门。

而那扇门，依旧虚掩着。

还会有人来吗，下一个会是谁呢？

陌生人在弄堂里陆续出现着。

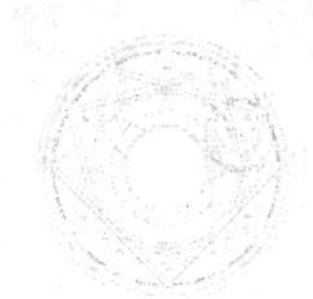

一对璧人。男的瘦高个儿，斯文书生的模样，白皙的皮肤里透出红润光泽。挽着手的女子长发飘逸，靓丽非常。只是经过刚才的震撼，这对放到繁华大街上也足够引人注目的俊男美女，在最能流传八卦琐事的小弄堂里，反而没掀起多少波澜。

然后是一个衬衫笔挺的年轻男子，一看就很精英的那种。如果弄堂里哪家的儿郎也有这副派头，足以成为这家人最引以为豪的谈资。

又是一个美人，明亮的眼眸，挺直的鼻梁，性感的丰唇。这样的美丽带着野性，就连走路的步幅也是跳跃的。

还有一个险些被错过的年轻人。如果不是街坊们睁大了眼睛，看着弄堂的入口转角，期待新的陌生人出现，这个年轻人就会被大家忽略过去。仔细地看，他长得也算俊朗，穿的衣服虽然颜色暗些，但质地是绝对一流的。可他整个人都是静悄悄的，像原本就住在弄堂里，因为天天见面而容易忽略的邻居，融入这老上海残余的风韵中。年轻人仿佛从未被人这样行过注目礼，加快了脚步，迅速走进那扇门里。

这扇门，在大家的眼里，越来越神秘了。

最后一个走进门里的是个普通的中年人，就像大街上那些四五十岁的上海人一样，稍有些书卷气。那位老婆婆猜想，他可能肚子里有点学问。

一、二、三、四、五、六、七、八，加上那个被街坊们打探总结出来，在下午四五点钟就进了门的年轻屋主，一共九个。这扇虚掩的门，终于关上了。

被激起了好奇心的街坊，特别是见过那个让人眼球都无法移动的女人的男人们，原本还在心里打着鼓，想着是不是进门去搭讪几句，再偷瞧一眼，此刻所有的遐想都被挡在了门外。

不过很快，这将成为一个经典的话题，在这条小小的弄堂里演绎

许久。

作为始作俑者，我并没想到，这次聚会会留给街坊邻居们无限的想象空间。我邀请了这么多人，所谈论的事情又不想让无关的人知道，当然不能选在公共场合。而自己的居所太小，就选定了这处老宅。

这座二层石库门房子只有二楼是属于我家的，可一楼的住户去年就已经搬了出去，整幢房子空荡荡的，正适合我们密会。

我在邀请函上写的时间是八点。

由于邀请对象有些并不在上海，发出请柬到现在只有短短几天，我原本也不确定会有多少人到场，比如刚刚狂赌归来的卫后，比如不知在何处过着神仙般日子的水笙、苏迎夫妇。

他们居然都来了，我忽然觉得自己也是有些面子的。只不过这小小的自得，迅速被今晚的沉重主题抹杀干净。

现在人已经到齐了。

最早到的是中国佛学界的顶尖人物明慧大师，然后是传承古老幻术秘法的路云，完成变为人类的梦想的水笙和爱妻苏迎，我的老同学X机构研究员梁应物，青海古老遗族的娇女叶瞳，天才盗墓者卫后，地外文明的探寻者天文学家叶添锦（路云的故事在《凶心人》里已有详细记述，叶瞳的故事则详见《坏种子》，水笙和苏迎的故事即将在《变形人》里登场）。

赴会的这些人不仅是我的朋友，他们的身份和能力，更是我邀请他们的原因。那个压得我透不过气来的谜团，也只有他们的肩膀能与我共同分担。

屋子里有现成的茶饮料供自行拿取，大厅约六十平方米，九个人四散坐在椅子上，并没有围成一个圈之类的特定形状。当我开始说话

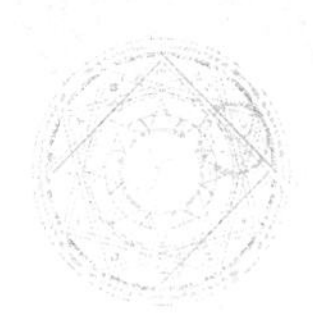

的时候，每个人都很用心地听着。

最按捺不住性子爱乱提问的叶瞳已经知道是怎么回事，苏迎坐着的时候还牵着旁边水笙的手，一副夫唱妇随的模样。其他人都是深思熟虑之辈，他们有的和我相交已久，有的新相识已对我很了解，从前无论我遇到怎样的危难，最多是针对性地向一两位朋友寻求帮助，从没有如此郑重其事地发出邀请，让这么多不同领域的人聚在一起，要知道，他们彼此也并不都认识。所以他们已经猜到，我要说的必然极为重要，并且极度离奇。

我从马哈巴利普兰之行开始讲述，没有人插话打断我，全都静静地听着。

那四幅图，我做成了幻灯片，讲到马哈巴利普兰遗迹的时候，我把第一幅图打在墙上。很显然，这四幅图是相当重要的，每个人都盯着这幅图，当然他们此时不可能看出什么。

讲完探索遗迹，有几个人的眼神已经向卫后望去，因为神庙里取得的两件东西在他手上。可惜我发邀请函时，忘记请他把东西带来，那时候我心情激荡，上班都心不在焉。

说到爪哇海沟的高能粒子束时，梁应物的眉头稍稍皱了一下，大约是不太满意我就这么透露出 X 机构的秘密档案。我不是口风不紧的人，这么多年的朋友，梁应物料想我一定有说出这件事的理由，所以并没有进一步的表示。

发生的这些事一步步说下来，神秘的张明、叶添锦的计算结果、张明的邮件。

我换了一张幻灯片，把四幅图都打在了对面的墙上。

然后我跳过和叶瞳的那次对话，直接说出了叶添锦的第二次计算结果。

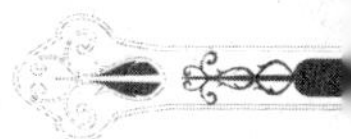

这并不令人意外，我想在我说出要求叶添锦进行第一次计算的时候，在座的诸位就知道我的猜想一定是正确的。

说到这里，我停了一下，不由自主地望了一眼窗外已经完全暗下来的天空。

“真的要感谢叶瞳，人的思维一旦被固定，就很难再有突破。五天前，我曾经和她讨论过这四幅图，那时她并不知道这背后的一切，什么马哈巴利普兰，什么高能粒子束，什么太阳系星图，一概不知道。所以，她对这四幅图提出了一个新的见解。”

“她是正确的。”

“哦！”卫后、水笙和叶添锦同时发出了低低的惊讶声。光脑二号的运算已经证明我的太阳系星图猜测是正确的，可我怎么又说……

“这的确是四幅太阳系星图，这是地球，这是水星，这是木星……”我把八大行星和太阳一一指出，沉默了几秒钟，继续道，“在这个星系里，离恒星最近的行星是水星，我们设定这代表数字 1，第二近的行星是金星，代表数字 2。”

“啊！”我正在说着的时候，一向沉着的梁应物突然惊呼一声，他的脸已经白了。

我看了他一眼，继续把八颗行星代表的数字说出来，然后换了一张幻灯片。在这张幻灯片上，原本代表八颗行星的符号已经换成了从 1 到 8 的阿拉伯数字。

我一边说，每个人心里就已经把数字代入，等我说出太阳代表运算符，库伯带代表等号时，除了苏迎，其他人的脸都变了。

“加减乘除。”水笙艰涩地低声说。他看了眼苏迎，在她耳边说了几句。

“这怎么可能？”苏迎惊呼。

这怎么可能！这是在座的所有人的共同心声。

我相信每个人都和我一样，心头一片冰凉。

难道这世界上，真的有“神”？

难道这个世界，真的是“神”创造的？

“这就是我今天请大家来的原因。”说完这些，我长长出了口气。

“添锦兄，这些、这些计算结果，是正确的吗？真的存在这样的太阳系星图？”梁应物低声问坐在他旁边的叶添锦。

叶添锦也是现在才知道计算出的这四幅图代表了怎样的秘密，平时若有人这样怀疑他的专业，定会让他不快，可此时，他犹未从震撼中解脱出来。

其他人的视线也集中到叶添锦的身上，大家都希望从他的嘴里听见“计算中存在错误，其实没有那样的星图”。

自达尔文以来，上帝造人的神话已经破灭。虽然各种各样的教派依然流行，但人们大多只是寄托一种精神，至于各种创世造人的神话，即便在教徒里认真对待的也不多。

而像路云这样继承了常人无法想象的秘统，有着超凡能力的异人，更因为自己远超凡人，越发坚信一切皆有其道，一切皆有方法掌控。从本质上来说，和梁应物这样勇于面对、探索世界的科研者是一样的。

整个太阳系竟然会自动排列出四道算术题，这是什么意思？要么是早在不知多少年前的远古，某些科技高度发达的生命的杰作，但什么样的文明能够做到这种事情，以人类的科技，这真是连想象都极困难的事；要么是“神”的游戏，一切都出自“神”的手笔。不论是哪种可能，人类在其中扮演的角色，连蝼蚁都不如。自己生存的星球所在的整个星系，

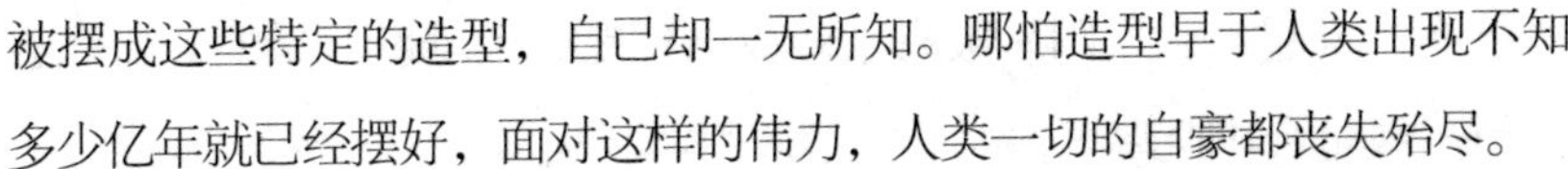

被摆成这些特定的造型，自己却一无所知。哪怕造型早于人类出现不知多少亿年就已经摆好，面对这样的伟力，人类一切的自豪都丧失殆尽。

都是玩具。区别在于，我是一种想要知道世界真相的玩具，路云是一种自以为有神秘力量的玩具，梁应物是一种想要掌握世界规律的玩具。

发现自己原来是玩具时的心情，很不好。我是如此，路云、梁应物、卫后这些自视极高的人，心情当然更不好。

被大家寄予无限希望的叶添锦，终于黯然摇头：“光脑二号的计算是不会错的，而且这是四幅图，有可能错四次吗？其实这样的结果出来，如果要复合，任何一台家用电脑都可以办到。如果需要的话，我可以用自家的电脑算一遍，或发个小软件给你们自己算。”

“那会不会是巧合呢？不是说如果给猴子一台打字机，再给它无限的时间，总有一天，猴子会碰巧打出莎翁的诗篇来吗？而且你刚才也说，太阳系有无数个观察角度，这是否仅仅是个小概率事件呢？”苏迎问。

我叹了口气，这种可能我也考虑过，正要回答，却听见一个声音幽幽道：“不会是巧合的。”

说话的人是路云。灯光下她的脸色有些发白，原本无时无刻不在散发的惊人魅力也减弱了许多。她美丽的源头是幻术，而幻术的本源应是现代科学还难以解释的精神力量，此时她心神激荡，怕是幻术的水准也暂时下降了许多。

“加减乘除四种最基本的运算都全了，行星代表的数字又与行星和恒星的距离一一对应，用巧合是不能解释的。”

“不仅如此，这四幅星图循环出现一次的周期完全一致，甚至彼此间隔的时间都平均分配，绝不可能是巧合。”叶添锦补充道。

“但猴子打出莎翁的文章也能被概率论承认，概率小并不代表没有

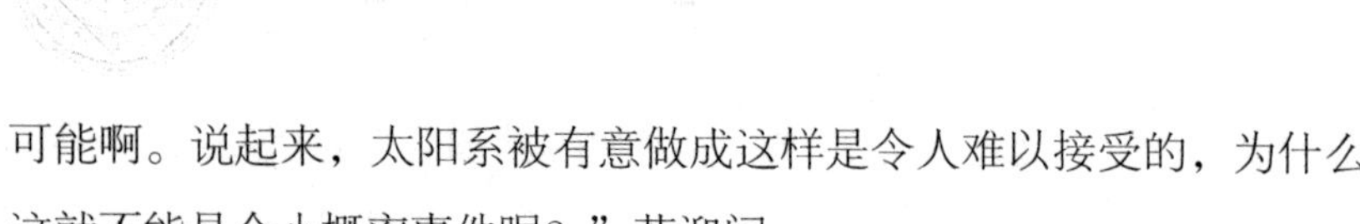

可能啊。说起来，太阳系被有意做成这样是令人难以接受的，为什么这就不能是个小概率事件呢？”苏迎问。

“苏迎，概率论并不是所有时候都起作用的。”梁应物道，“我问你，一个人从十楼跳下来却没有受伤，这有没有可能？”

“这样的事算是奇迹了，但的确是有可能的。”

“那么，一个人从一万米的高空往硬地上跳，却没有受伤，这有没有可能？”

“这……当然不可能。”

“我从十楼一下加到一万米，你觉得不可能。如果我是一厘米一厘米地往上加呢，这样想的话你就会发现，其实从概率论上说，从一万米跳下不伤，概率小到极点，但并不是没有可能。如果你难以接受，那换成你刚才说的猴子打字。相信现实中，猴子如果打出了一句莎士比亚名言，大家会觉得是巧合。如果打出了一首莎士比亚诗歌，大家会难以相信，可最终还是能接受，这是个小概率事件。如果猴子打出了莎士比亚所有的作品，一字不多、一字不少，连标点都一模一样，你还会认为只是巧合吗？”

“这哪儿可能啊。”

“概率论是工具，但当概率小到一定程度时，这件工具就失去了作用，不能对人的判断提供帮助。就像从一万米跳下来不受伤的人和打出完整莎翁作品的猴子，概率小到我们认为那是现实中不可能发生的事情，一旦这样的事情真的发生了，其中必然有玄虚，没人会天真到认为那只是碰巧。”

“是我太天真了。”苏迎低下头。

“对不起，我没那意思。不过……有时我还真希望自己可以天真点啊。”梁应物说。

叶添锦的头发乱糟糟的。他碰到难题时就会下意识地扯头发，从刚才到现在，他的手就一直在头上摸来摸去，把头发搅得更乱了。

“不对啊。”他喃喃道。

“什么不对？”听见他的低语，我连忙问。

“一个文明可以发展到这种程度，几乎是不可能的。所谓的三级文明分法，能控制行星能源的是一级文明，能控制恒星能源的是二级文明，能控制星系能源的是三级文明。在这样的分法里，最高级的文明也做不到这样的事。不过，这也可能是人类坐井观天，姑且不论，可是……”叶添锦又扯起了头发。

“可是什么，你倒是说啊。”叶瞳急着问。

“任何行为都有其意图，尤其是发达到如此程度的文明。可我实在想不通，他们为什么要做这样的事。”

“这有什么难理解的，就像人类喜欢立碑一样，整个太阳系就像他们立的一块碑。”叶瞳说。

“人类立碑，或是为了立威，或是为了纪念，不管是什么理由，碑上的内容不会毫无意义。”

梁应物的眼睛一亮：“你是说，把太阳系搞成这样没有意义？”

叶添锦点头道：“是啊，搞出这么大的动作，不论怎样都不会是举手之劳。内容却只是加减乘除的四则运算？要知道，人类放在先驱者十一号飞行器里的金属板上，作为人类科技代表的是氢的分子结构图。如果以后再发射类似的飞行器，里面或许会有其他方程式。总之，绝不可能是四则运算这类如此简单的玩意儿。”

“哦？”我倒没有想过这一点。

“一般来说，一个文明这样做，必然会留下和那个文明相匹配的内容。比如对宇宙本质的发现，人类画出氢的分子结构就代表人类对于这个世界有了基本的认识。这是能让人有所收获的知识，但四则运算……那是最基本的数学逻辑，不具备科学上的意义。”

听叶添锦这样一说，大家都微微点头。的确是这样的，一个文明都在星空中留下痕迹了，怎么可能选择这样幼稚的内容。这些符号完全可以代表某些简单的物理方程式或者某个分子的结构图。

如果排除是远古星际文明所为，那么……

水笙把此时大家心中所想的问了出来：“这么说，真有神迹？”

我看了一眼一直低头不语的明慧，问道：“明慧大师，你觉得呢？”

明慧摇了摇头：“至少佛经教义中，未见到类似的记载。”

梁应物说：“如果顺着添锦兄的思路想下去，‘神’为什么要做这样的事呢？在人类的记载中，那些神迹都和人有关，是‘神’为了在人类面前展现威力或宣示教义而展现的。如果神有这样的力量，为什么不直接在人类面前展现，而打这样的哑谜？”

“倒不能这么说。”明慧并不认同梁应物的说法，“无论是我佛，还是基督，或是其他教派中尊崇的神，记载中都曾降下无数神迹。不论那些神迹是否真的发生过，现代人都已经遗忘了，非该宗教的信徒不相信，甚至一些不坚定的信徒也心生怀疑。为什么？因为时间。时间磨灭了一切，没有神迹可以持续存在下去。可是看看这个太阳系，这样的神迹存在的时间可以达到上百亿年。当人们发现后，就不会有人忘记。”

“你是说，这个神迹是‘神’存在的永远证明？”

明慧默然点头。

“不对啊，要是‘神’想证明自己，为什么要搞得这么复杂，直接把某颗星球做成自己的雕像好了，那不是更有力的证明吗？”

叶瞳的话让明慧一愣。真是这样，要留下证明，有太多比四张四则运算的星图更好的方式，以四则运算来证明“神”的存在，细细想来反而有些好笑。

哪有这样不顾威严的“神”？

卫后从刚才到现在都没有说话，他盯着幻灯机射在墙上的图案，眉头越皱越紧。

忽然，他松开双眉，对我说：“那多，我见过这些图案。”

“什么？”所有人齐齐向他看去。

“我见过其中的两幅，可是那两幅图上的符号和你这四幅不同。我刚才和记忆中的图比对了很久，符号不同，但符号所在的位置应该是一样的。”

“你在哪里见到的？”

“三年前，在泰山。山脚下天外村有许多摊贩卖各种拓片，都是从山上一些人文古迹上拓下来的。我就是在一幅拓片上见到的，因为只是路过，匆匆扫了眼没停留。不过想来，原迹应该就在泰山。”

“这是一个线索。”我心里叹服卫后惊人的记忆力，“我想到泰山实地看一下，也许会有所发现。”

“我和你一起去吧。”卫后道。

“我也去。”叶瞳紧接着说。

我扫了一眼在座的诸人，看上去想去的并不仅仅出声的两人。这个大谜团一日不破解，大家的心里就如有座山压着，无法自由呼吸。

“泰山我还是一个人去吧。”我从椅子上站起来，看着身边这些面沉如水的朋友们，胸中涌起一股志同道合的热忱暖意，竟像古人般拱了拱手。

“这次突然请大家天南地北地来我这儿聚一聚，有些冒昧。好在现在看起来，大家都和我有一样的感受。原本我还担心，你们会觉得这

个谜团是不是能破解，和当下的生活并无影响，嫌我过于兴师动众。”

路云横了我一眼。若在平日，她这一眼必定是妩媚流转，让我怦然心动，可现在却透着萧瑟：“这样的事情，怎么会毫无影响？至少对我来说，如果不搞清楚这件事，恐怕我的修持不可能更进一步。”

看路云的样子，何止是不能进步，明明已经退步了。我心生歉意，说：“那倒是不该请你来的。”

“这样的事情，来了就是来了，没有回避的余地。在我的修持上来说，就叫劫。如果最终这个谜团能够破解，知道这世界的秘密所在，我所得到的好处，也是未经历者难以想象的。明慧大师，你虽然修的是佛法佛理，在这一关上，恐怕和我是一样的吧？”

明慧点头。

这精神层面的东西，倒是我难以理解的。

梁应物看了看明慧和路云，苦笑道：“我也差不多啊。如果不破解这个谜，以后搞任何研究，怕都提不起兴趣了。如果人类真的只是玩具的话，那玩具还需要什么科学精神吗？”

叶添锦听梁应物这么说，嘿嘿低笑两声。看来他心里所想，和梁应物也差不多。

水笙面露不解之色，问我说：“其实这个谜团不破解，对我们这样的人，心中都有不小的阴影。我想，你不会想不到这点，那为什么还要坚持一个人去泰山探查呢？”

“泰山只是一条线索，我相信这个谜团如果真能解开，就一定需要我们大家的通力协作。”这样说的时候，我并不是很有自信，意识到在座的这些人，我猛然让自己振作起来，“在我们之前，已经有人知道了这个谜团。相信千百年来，有许多人默默地试图破解它。比如两千多

年前的那位印度‘神’，当然他一定不是神；再如和我有一面之缘的张明。他们的探索必然有所成绩，甚至已经有人破解了这个谜团。我想请各位利用自己的优势，来收集这些线索。”

“我明白了，我去搜一遍可能有线索的古籍秘本。”卫后说着，脸上露出一丝微笑，“许多被带进坟墓里的惊天秘密，就是通过我们这样的人才重见天日的。”

“我会争取到X机构的全力支持，我们档案室的那堆尘封密档里，说不定也能找出些蛛丝马迹。我们相关的学者也会就各种可能进行论证，不过从科学上得出结论大概很难。”梁应物说。

“那我也去翻翻我们这一脉的记载吧。不过幻术虽然也可上溯数千年的历史，却并没有太多藏书，能留下的大多是各种探索心得。”路云说着若有所思，“嗯……或许可以请D爵士帮忙。他上次没能见到你，也觉得很遗憾呢。”

我吃了一惊，问：“就是那个尼泊尔的D爵士，亚洲非人聚会的召集人？”

在不久前的“幽灵旗”事件里，我之所以差点丧命，就是因为路云去了尼泊尔参加三年一度的亚洲非人聚会，没法立刻替我解开在墓道中的死亡暗示。

“是的，这么多年来，他和他的前任们主持召开非人聚会，在亚洲暗世界里，他的势力根深蒂固。这件事他的反应应该和我们一样，有了他的帮助，说不定能把那个张明找出来。”

梁应物和卫后都微微点头，看来早已了解这位神秘D爵士的潜在势力。

我把头转向明慧：“我觉得另一个可能的线索，就是人类的宗教。

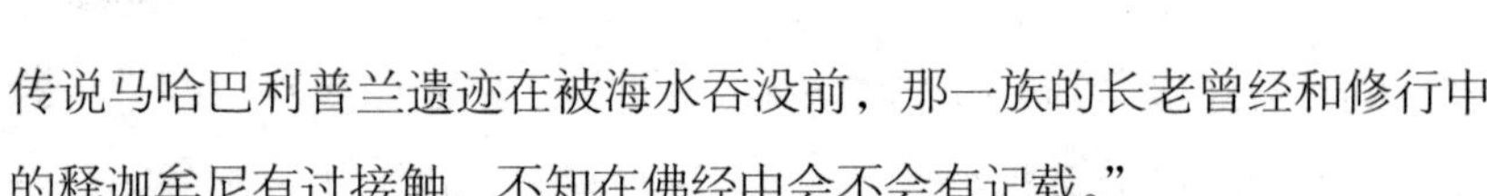

传说马哈巴利普兰遗迹在被海水吞没前，那一族的长老曾经和修行中的释迦牟尼有过接触，不知在佛经中会不会有记载。”

明慧点头：“我也这样想，我会去查阅相关的佛经，包括一些印度的古经。”

“我知道你在佛法之外，对其他宗教也有所研究，比如罗马教廷和伊斯兰教，能不能……”

明慧面露难色：“虽然我是在做一些各宗教和佛教的相互印证，但据我所知，伊斯兰教除了《古兰经》之外，其他各类教义记载大多失散在历次战火中。而罗马教廷在梵蒂冈倒是藏着许多秘典，可哪儿能让我去翻阅啊。”

路云接口说：“罗马教廷那边，D爵士可能还熟悉些。在欧洲也有类似亚洲非人聚会的定期密会，其中一些参与者和教廷有很深的联系。作为亚洲这项盛会的召集人，D爵士和他们也有所接触。”

“那太好了。还有水笙，你也得出把力啊。你现在还能回去吗？”

这个大洋深处的智慧种族，遵循着一条和陆地人类截然不同的发展道路，其种族历史也远比人类长得多。对人类来说，几千年前已经是远古的回忆，而对他们，那不过是几代前的事情。虽然科技不如人类发达，可对地球这颗行星的认识，某种程度上要比人类深刻得多。

可是水笙如今已经变成了人类，虽然还保留着一些原本的能力，但能不能承受深海巨大的水压回到族里呢？

我这样问的时候，苏迎担心地看了水笙一眼。

水笙轻轻拍了拍苏迎的肩膀，对我说：“可以，只要不是长期停留，我还受得住。”

“那就好。海里你们最清楚，有件事你也了解一下，爪哇海沟在去

年大地震发生前，有什么异常没有。”

梁应物精神一振，道：“对，这很关键。那束高能粒子不会是凭空产生的。”

水笙点头。

叶添锦和叶瞳并没派到什么任务，因为本身就是这件事的参与者，我才把他们一起请来的。

虽然我们只是几个人的小聚会，可是爆发出的能量极为巨大。今夜过后，宗教界、庞大的秘密科研机构、亚洲暗世界和深海里的智慧种族，都将一起行动起来。极少有一件事，会掀起这么大范围的波澜。

我和他们约定，一个月后，不论取得了多少进展，都到这里第二次聚会，交流彼此收集到的线索，共同讨论。

散了的时候，卫后向我卖了个关子。他说上次从马哈巴利普兰海底神庙取回的两件东西，头骨没什么异常，那水晶球却颇有特别之处。下个月聚会时，他会把两件东西都带过来，到时再向我展示水晶球的神奇。

他说话时的神情，让我想起了他的哥哥。一瞬间，我觉得我和他已经是极好的朋友了。

叶瞳原本吵着要和我一起去泰山。我也答应了，没想到她一时请不下假来。她那样的行业报是坐班制的，远没有我的时间灵活。这下好，不然把她带在身边总是叽叽喳喳，头晕得很。

我对叶瞳好像有挥不去的成见，心底里觉得小丫头成不了气候。这回她提供了关键性的帮助，我居然还是老看法。

我想自己可能有点大男子主义。不过对于小我许多的路云，怎么心里倒服气得很？

第六章

地球大搜索

Chapter 6

天外村在泰山南麓。4 月 19 日清晨 6 点 20 分，我走出泰安火车站。在站外的早点摊把肚子填饱，找了家小宾馆开了房，最后到达天外村时，时间已近九点。

离五一长假还有十多天，旅游团却已经不少，可见到时这五岳之首将拥挤到何等程度。天外村是泰山南麓商贩最集中的地方，一年四季泰山游人不断，这小小的天外村在地方经济中也成了不可或缺的一块。

我穿梭在各个摊贩和小店间。卖拓片的有好多处，按照规定，泰山的各种碑文受到保护，是不能随便拓的，可是泰山自秦始皇封禅以来，留下的古迹数不胜数，当然也就管不胜管。除了一些较大的碑刻、石刻等拓不下来之外，一般都能在这天外村找到拓片。

几堆厚厚的拓本被我翻了个遍。老板开始搞不明白眼前这个人到底想干什么，不诚心买吧又蹲了这么久，诚心买吧却每本都匆匆一翻而过。

“这些可都是好东西啊，近两年管得越来越紧啦，明年这时候你再来，没准儿就看不见了。”

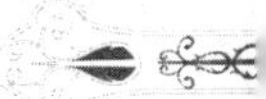

“就这些吗？”我挺了挺腰背，弯得太久，开始酸了。

“这还不够啊，多好的字，你到底想要啥样的，告诉我，我来帮你挑。”

“我要的不是字，有没有光是图案的？比较奇怪的图案。”

“没字我拓它干啥？你说的那种没有。”

“可我一个朋友告诉我，他前两年在这天外村看到过，不是这种碑文的拓片。”

“看到过，那可奇怪了，嗯……”

我不知道这老头子在犹豫什么，想了想，伸手从口袋里摸出张五十元给他。原本只想给二十的，没想到摸了张五十的，也只好给了。

老头子接过钱眉开眼笑：“要说这同行可是冤家哪，我给你说个地方，有没有你要的我可说不准，不过他那里的拓本和我们这些不一样。”

“怎么个不一样法？”

“这泰山有一百五十六座峰，一百三十八道崖，一百三十条谷溪。要说这碑刻，虽然主要集中在几条线上，各座峰上的野碑也不少。那家就喜欢自己进山找野碑拓，不受禁令限制，这些年也找到不少，所以那里的货色倒有些别致。可要说真正的好碑、好字、名家，可不会散在野地，最多的就是玉皇顶这条线上……”

我见老板又开始推销自己的碑拓，忙让他打住，问清楚专拓野碑的店铺位置，就快步寻去。

那是家小铺，墙上挂满了各种各样的拓片。看店的也是位老人。我向他说，朋友介绍在这儿能见到些不同的拓片。

老人笑了，他指着四周墙上挂的，说：“这都是我儿子在山里找出

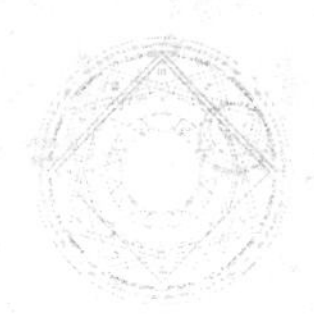

来的宝贝，你看看，和别家不一样吧。”说着他又从柜台下抱出一大堆放在我面前。

换了哪个热衷碑艺的，看见这许多没见过的碑拓，会像淘金一般扑进去。我却连分辨落款的工夫都没有，飞快地扫了一遍，仍没有发现想找的东西。

“有没有图，不是字的，刻着图的碑有吗？”

“图？”老头的眉头皱了起来。

“哦，要不你直接问我儿子吧，这就是，碑都是他去找来拓的。”老头指着一个刚从店外走进来的汉子道。

我比画着，然后把图的大概样子在纸上画出来，符号当然就用圆圈暂时代替。我画到一半的时候，那汉子眉毛一展，道：“我知道，有，有。”

“哈，”我抑制不住笑容，“拿出来我看看。”

“是有这样的碑，但拓片可没有。”

“怎么会没有？我一个朋友见过的。”

“见过？在我这里？那也是几年前的事了。当时找到这块碑觉得挺奇怪的，就拓了几片，结果放了好长时间没人买，就再也没有拓过，原先的拓本也不知丢到哪里了。”

“能带我到地方去看看吗？”

汉子看看我：“那地方去一次可不容易啊。”

“我出三百请你当向导，成不成？”

“三百？少了点，再多一百我陪你走一次。”

“好。这就走吗？”

“这么急？今天时间有点晚了，明天吧，得起个大清早才行。山路

不好走，可不是这儿上山的路啊，你得有点准备。”

第二天早上五点，我在宾馆门口等到了来接我的摩托车。那汉子姓武，一路风驰电掣到泰山脚下。

这里偏西麓，摩托从小道开进山里，越往里开路越窄越陡。没有游客会从这里进泰山，当然也没有收费处。

小武在一处草丛边停下，把摩托车推进深处放倒。这时才七点多，接下来的路都得靠步行了。

“跟紧点，别走丢了，再往里走一点你的手机就没用了，走丢就麻烦了。”

“这儿的卫星信号不好吗？”我拨开草跟在小武后面走，说不上是路，最多算是小径。

“我们要去的那座峰叫悬刃峰，可难爬呢。阳面是悬崖，只能从背阴面上去。那儿连罗盘都乱转，前些年有地质专家看过，说是地磁有点异常，还好对人没啥影响，就是手机打不出去。听说有些地磁厉害的山区，人走进去就晕晕乎乎的，再也走不出来呢。”

“这座峰大概是太难爬了，上面什么碑刻都没有。对了，等会儿别逞强，不行说一声我拉你一把，这山路，我看你这城里人悬。”

“怎么没有碑，我们去看的不就是座碑吗？”

“那个啊，算它是座怪碑吧。”

和小武边说边走，很快就成了边说边爬，开始手脚并用起来，扒着树一道道坡翻上去。这时候也看不出什么小径了，连干净的落脚地方都找不到。幸好我穿了一身牛仔装，不然非磨破不可。

我的体力是不错的，也有过野外生存经验，虽然累得呼呼直喘，还是引得同样喘气的小武投来惊讶的目光。

十一点，我们在地势稍缓处停下来吃午餐。我带了湿巾纸，费了三张才把手擦出本来的颜色，小武只是简单擦一下，就开始啃面包。

“你可算能爬啊。”他嘿嘿笑着。

“还行吧，不过没你强。”

“那怎么一样，我一年四季在山里蹿来蹿去，山里人没几个有我脚力好。城里人像你这样的可就稀奇了。”

“平时锻炼比较多。快到了吧？”

“嗯，再走个把钟头就到顶了。那石头在顶上。”

我注意到，他先是用“怪碑”来形容，这时又说石头，难道那并不是四四方方的石碑？反正就要到了，这时也没什么好多问的。

十二点三十分，我的牛仔服几乎看不出原本的颜色了，手被树叶和尖锐的山石擦破了两道口子，相信脸也是花的。

“到了。”小武说。

我一愣。这就到了吗？

“你刚才不是说在峰顶吗？”

“这就是峰顶了。”

“爬到那上面才是吧……”说到一半我把话咽了回去。原来眼前的巨石并不是山峰，就是小武口中的“怪碑”“石头”。

那可真是一块好大的石头啊。足有二十米高，怪不得我刚才错以为要爬到上面才算是登顶。

小武带我绕到巨石的另一面。这面极为平整光滑，和刚才我看见的不规整全然不同，像被刀切过，刚才看起来是巨石，现在看起来，就是一块被精心打磨过的巨碑。

我惊讶得眼珠子都突了出来，哪里是四幅图，这上面刻了一大

堆图！

在中间偏上的地方是四幅最大的图。每幅都占了好几平方米大。这四幅图的符号和马哈巴利普兰的完全不同，但位置一样，显然表达了同一种含义。而这四幅图之下，每排四幅，竟有十多排图之多，越往下每排之间的距离越密，图也越小。我想小武拓的是最底下那排的四幅图，每幅图比一般的笔记本电脑再大些。

最让我惊讶的是碑上的图中，符号并不统一，从上往下，第一排和第二排的符号不同，第二排和第三排的也不同，直到第五排才和第二排的符号重合。我数了一下，十五组图中，有七组的符号重复，其他都各不相同。

第四排的那组图中的符号，和马哈巴利普兰遗迹中的完全一致。

各排组图之间，不仅大小有差，连深浅和刻痕都不同。

我有着强烈的感觉。这块巨石在最初，上面只有四幅图，就是中间偏上的位置，最大的那四幅图。而下面的这十四排是后来加上去的，并且不是一次加上去，而是分了十四次加上去的。

我甚至敢说，连刻图所用的工具都不一样。

我看了这么多古迹，不能说有多高的专业素养，可在判断年代上还有点粗浅的心得。最下层这一排四幅图，是近几百年的事。而最高的那四幅图，总有数千年以上了。

我心里朦朦胧胧地有了些猜想，用数码相机从各个角度拍了照片，招呼小武返回下山。

我买了当天晚上的卧铺票回上海。

回到家里，我把数码相机里各种各样符号的图打印出来，挂满了书房。每天夜晚，我对着整书房的太阳系星图，慢慢地把思路理顺。

离解答谜团依然很遥远，但我的确越来越清楚地知道了一些东西。

这段时间，我和梁应物频繁地碰面，对各种各样的假设进行分析剔除，他是一把好手。令人遗憾的是，从他的口中我了解到，完全动员起来的X机构，竟然一直没取得任何实质性的进展。机构里的天文学者已经陷入集体性的恐慌迷茫中，而解密专家徒劳地想要给这四幅星图找出第二种解释，档案室里的尘封案例，没有一例能和这个庞大的天文事件扯上关系。

在X机构的历史上，他们很少有这样无能为力的时候，但就此事来看，并不让我特别意外。

有时我想打电话给人在上海的明慧问问他的情况，忍住了。他寺里事务繁忙，又答应查阅浩如烟海的佛教典籍，还是不要去烦他了，等第二次聚会的时候看结果吧。

5月17日。

晚上七点过后，那条石库门里弄，让街坊们津津乐道了一个月的门洞里，又有新客人了。

还是一个月前来过的那些人，哦，多了一个。那个能让男人失魂的女子身边，这次多了一个人。五短身材，黝黑的皮肤，走起路来别有一种气势，就是走在那女子的身边，别人也没法全然将他忽略。

路云进门的时候，我初见到这个陌生人时也一愣，然后立刻意识到，这恐怕是一位大人物。

“这是D爵士。”路云证实了我的猜想。

“久仰大名了，那多。”他微笑着向我伸出手，语音中带着点异域的音调，中文算是说得相当不错了。

“这话该由我来说才对。”我和他握手，然后请进了屋。

“你可真是名不虚传啊，这不是恭维。颠覆性的发现啊。”说到“颠覆性”的时候，D爵士的声音低沉下去，颓丧的情绪在他脸上一闪而过，“不论我们能否找到最终的答案，这个谜团本身的发现，就是一件了不得的大事。”

七点半，所有人都到齐了。对和路云一起来的这位亚洲地下世界里大名鼎鼎的人物，每个人都表示了相当的敬意。

爵士（虽然不知道他是在哪里取得封号的，不过还是这样称呼着吧）低调而节制地礼貌回应着，在水笙到来的时候，他还当面发出了下一届亚洲非人聚会的邀请，希望水笙成为这个著名聚会的新成员。他给我的印象是个有贵族气息的人，身高丝毫不能妨碍他的个人魅力。能成为非人聚会的召集人、主持人，就算有着前代的传承，个人魅力、手腕、势力依然是缺一不可的。希望另有让我亲自领略他的厉害的机会。

在我们这些人中，叶瞳和叶添锦不提，梁应物代表的X机构没能取得进展，明慧也暂时未从佛经中找到线索。但其他的各路人马，居然都有所斩获。

卫后在年轻一辈的“历史见证者”中极有号召力。这一个月间他登高一呼，聚集了数十名“业界”年轻高手，共同在那些从坟墓中起出的古籍中寻找，尤其是不为人知的野史、传说、游记、名士自传。这一番大搜索，在一个多星期前有了结果。

那是卷从春秋时期的一座小墓中起出的竹简，墓主人叫作子晰，死时约四十岁。这子晰听起来没什么名气，其实大有背景，是孔丘七十二门徒之一。

孔子七十二门徒，有名有姓流传下来的不过十几人，大多数埋没在历史中了。子晰在墓中随葬的大量竹简上记载了他随孔子游学四方

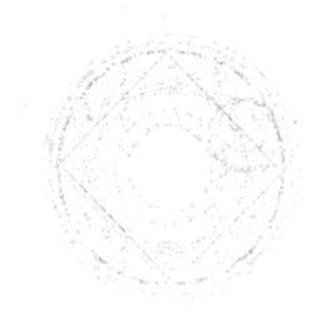

的经历，对孔学的研究心得等，明白无误地昭示了自己的身份。这个墓掘于五年前，如果公布于众，那将是中国考古界的一件大事，但盗墓界以不曝光自己为基本原则，这子晰的存在也就和许许多多从地下起出的秘密一样，只有少数人知道。

在其中一卷竹简中，子晰记载了随孔子游历至卫国的帝丘，也就是今天河南濮阳发生的一件逸事。

当时孔子在十几名弟子的簇拥下，坐着牛车，走在一条林间小道上。再走一小段路，就是帝丘外的市集，那才算正式进入帝丘的地界。

正走着的时候，林间突然起了一阵浓雾。等牛车和众人从浓雾里穿出来，眼前却并非原先走的路，而是一片仙境般美丽的地方。随同者中有几人之前曾经走过这条路，他们都说，原本绝没有这样的地方。

仙境中山水绝美，花草树木更是颜色缤纷，连孔子都从牛车上走下来，大声赞叹。

就在众人沉醉在这美景中时，一位素衣长者突然出现。他向孔子施以最敬重的礼节，说久闻孔子的大名，此次有一个困扰他许久的问题，希望孔子能给予解答。

大家心里都知道，眼前的长者不是寻常的人物，孔子也神情谨慎，谦虚了几句。

那人以手为笔，在地上画出了四幅图。他说这四幅图中蕴藏着天地间一个极大的秘密，问孔子是否知道。

那四幅图众人从来都没有见过，看孔子的神情也是。孔子端详了许久，就老实地说“不知道”。

那长者显得极为失望，长叹一声，袍袖挥动间，顿时整个人连同周围的仙境都化为一道轻烟，就此消失不见。

大家这才发现，四周的景物如前，还是在原本的林间小道上。但地上那四幅图还在，可知并非梦境。

孔子这时的学问已经名满天下，虽然被问倒，却全然不在意，说了一句“未能事人，焉能事鬼神”。

意思是说，关于人的问题都没能搞清楚明白，鬼神的问题就不用谈了。孔子那时认为，所见的长者非鬼即神，子晰和其他弟子也这样认为。

孔子这句话和记载在《论语》中回答季路的“未能事人，焉能事鬼”只差一个字，看来孔子最先有这样的感叹，还是那一次的帝丘之行。

虽然孔子说“未能事人，焉能事鬼神”，四幅让“鬼神”困扰的图还是被一些弟子临下来，其中就有子晰。后来许多弟子都研究过这四幅图，始终摸不着头脑。

四幅图被刻在竹简上，由于竹简一片片分开的关系，不可能和原图完全一致，但很明显就是那四幅太阳系星图。

至于各个符号，和马哈巴利普兰的版本不同，但卫后拿出打印的照片时，我认出正是悬刃峰顶巨碑上八种符号里的一种。

路云所说的，和卫后的发现颇有相似之处。

其实这并非路云的发现，而是路云把事情告诉了D爵士后，借由他的关系，托人查阅罗马教廷秘藏的古典。好在这个消息惊人至极，每个知道的人，在惊讶过后，不用嘱托，都尽力地去寻找真相，结果却找出了古希伯来人的先知摩西在出埃及途中的奇遇。

这奇遇和著名的红海事件连在一起。当时先知摩西领着愿意跟随他的族人们出埃及，后有埃及的追兵，前面碰到了宽阔的红海拦住去路。危急时刻，海水突然左右分开，在大海中现出一条康庄大道。两边的海水仿佛被看不见的墙挡住，海底还有无数的鱼虾暴露在空气中，不停地跳动。

等摩西领着人们通过海底通道后，红海海水猛然倒卷回来，把原本的通道淹没，激起惊人的巨浪，追兵也只能望海兴叹。

以上记述是《旧约》中的著名故事，但之后摩西的一段经历并没有被《旧约》记载。

渡过红海后，包括摩西在内，所有人都伏地膜拜，感谢上帝的仁慈，赞美上帝的神威。当摩西第一个抬起头直起身的时候，他发现远远地有一个人在向他招手。

摩西那时的心情激动无比，以为上帝在他面前显灵，就独自上前。

走到那人的跟前，摩西发现他面前的人竟飘浮在空中，更加确认他的神明身份。面对摩西的顶礼膜拜，这人显得有些失望，对于刚才红海上的奇迹，也不置可否，反而在地上画出四幅图来，询问摩西可曾见过。在得到否定的答案后，就飘然离去。

由于对方的冷淡态度，摩西开始怀疑他的身份，进而疑惑红海的神迹是否是这人所为，所以在正式的《旧约》中并未记录。

这四幅图就作为一宗悬案，多年以后摩西凭着记忆中的样子重新画出，被他的追随者们郑重地记了下来。

这四幅太阳系星图里的符号又是全新的一种，在泰山悬刃峰的石碑上也未曾见过。

D 爵士取出这四幅图的手绘摹本，给我们传着看。由于教廷的秘典不允许拍照，所以只能让人照着画出来。

“那多，你的泰山之行怎样？”路云问。

我微微一笑，取出一沓打印照片，分给众人，对水笙说："还是你先说吧，大家看看这些照片，等会儿我再说。"

水笙点点头，道："在我族悠长的历史中，的确有过许多次类似摩西、孔子遇过的事件。最近的一次在两千年前，而最远的一次，则距今有数十万年之久，那是我们的文明刚刚开始萌芽发展的时候。"

水笙的话让大家吃了一惊，虽然都已经认识了水笙，但对于生活在深海中的智慧生命，他们大多了解极少。这时才知道早在数十万年前，他们已经发展出了相当程度的文明。

"我们的族长体系相当稳定，所以多是族长接触到这些来客，有时也有著名的先知者、长老碰见这些人。摩西和孔子所接触到的都是以人的形态出现的，而我们则不同。我们如果以人类的生物学来分类，应该属于软体生物，并且在那么多年的发展之后，可以在一定程度上控制自己的形态。所以那些来访者中，固然有以我们原生态出现的，也有一些形状相当奇怪的，很可能是他们原本的模样。

"这些生物匆匆来去，有的和我们一样，以自身的能力在海底活动，而有的则必须借助工具。当然他们无一例外地都失望而回，没有一位族人能看懂他们画出的图是什么意思。"

"至于爪哇海沟……"水笙说到这里，故意吊胃口似的停了停，才道，"因为我近二十年来都未在海中生活，否则早该知道。约在十二年前，那里就有客入住。"

"有客入住？"叶瞳睁大了眼睛，"什么客啊？"

"我们之间并没有直接接触。按照人类的说法，那里似乎被建成了一个基地，爪哇海沟的一处海底有道裂隙，非常深，基地就建立在裂隙深处。基地的主人有着远超人类的科技，我想他应该知道我们的存在，但并未和我们接触，所以我们也保持谨慎，不会在那四周逗留，井水不犯河水。”

“那基地现在还在吗？”

水笙摇了摇头：“地震之后，裂隙就消失了。我想，那里可能发生过爆炸。”

“爆炸？”梁应物惊道，“海底基地的爆炸引发了大地震？那得是多剧烈的爆炸才能做到啊。”

“看来，那束高能粒子就是从基地里发出来的。”我叹息着。

“该你说了。”叶瞳催促我。

“那些照片大家都看过了吧，是我在泰山一座名叫悬刃峰的峰顶发现的。每排四幅图，共有十五排。我认为是分十五次刻上去的，最早距今有几千年了。从图上，你们看不出这块石碑有多高，它足有二十米。那山峰非常难爬，我很难想象在几千年前，人类有能力在那样的环境中，把这么巨大的石头磨得如此光滑。

“你们一定注意到了，这上面各排图案中表示行星的符号是不同的。而马哈巴利普兰遗迹石刻上的符号，和子晰竹简上的符号以及教廷秘典上的符号也是不一样的，但他们表达的是同一个意思。我想这只有一个可能——那是不同的文字。”

所有人都聚精会神地听我说，有几位，比如梁应物，听到这里露出了然的神色。我说的他们也想到了。

“是谁在泰山顶上刻下了这十五组图，是谁询问了孔子，询问了摩西，询问了海底人？我敢肯定地说，他们并非来自地球。”

这是个显而易见的推论，但我这样斩钉截铁地说出来，叶瞳和叶添锦都“啊”地叫了一声。

“如果生活在地球上，我相信，就算人类的科技再向前发展一百年、两百年、三百年，都不会发现太阳系的大秘密。我们看出去的，永远是外面的星空，我们不会注意到自己。只有生活在外太空某颗星球上的智慧生命，并且必须是和太阳系呈特定角度的行星，他们才可能有一天从他们的太空望远镜里观测到这遥远宇宙中的奇观。

“在宇宙中，生存着智慧生物，并且发展到高级阶段的星球固然极少，但可以观测到太阳系奇观的角度，延伸到离太阳系极远处，就包含了一个非常广大的范围，在此范围里，这样的星球不止一颗。面对他们也难以理解的奇观，那么多年来，他们向太阳系派遣了许多考察队，不仅地球，我相信其他七颗行星，甚至恒星太阳，以及库伯带的小行星上都有过他们的足迹。作为唯一发展出生命的地球，更是受到了重点关照。由于人类文明离他们的水准距离极远，通常他们不会和人类有过多接触。当他们实在找不到答案的时候，或许会试着接触人类中那些被公认为智慧极高、通晓一切事情的智者或先知。

“为什么在泰山会有那样的石碑？我推测：人类最古老的神话传说在中国，而中国开天辟地神话中的主角是盘古。传说盘古之死，头为四岳，目为日月，脂膏为江海，毛发为草木。又有传说，盘古头为东岳，腹为中岳，左臂为南岳，右臂为北岳，足为西岳。泰山被认为是‘万物之始，交代之处’，因而被推为五岳之宗，成为历代帝王封禅、朝拜的圣地。这样的一处地方，显然会受到来访者们的注意。”

“可是，为什么石碑不是在最高峰玉皇顶，而是在悬刃峰呢？”叶瞳提出了个曾经让我大伤脑筋的问题，不过现在我已经有了答案。

“崇尚最高峰是人类的习惯，对于飞越了无数光年来到地球的智慧种族来说，并不会当一回事，而且地球的最高峰几百万年来一直在喜马拉雅山。刚才我有一个信息没讲，悬刃峰周围的地磁异常，我想这比高度更能吸引他们。所以他们失望而归的时候，就顺便在峰顶立了一块碑，恐怕是就地取材，用高能设备切出光滑的一面，把四幅星图刻上去。用我们的话来说，就是‘某某星人到此一游’的意思吧。”

梁应物点点头：“这是个很不错的推论，此后因为同样理由来到泰山的访客，见到这样一块石碑，多半也会忍不住留下自己的痕迹。这块石头上，会聚了来自遥远星空的多个文明。”

这么多年来，有这么多的文明造访地球，来探索这颗行星上可能蕴藏的惊天秘密，而自诩为万物之灵的人类懵然不知。不用说，两千多年前马哈巴利普兰的那一位，和前段时间我接触的张明，也是这些访客之一了。想到这里，我也不由得心潮起伏。

“哎呀，这样的话，那个张明不就是外星人？”叶瞳大叫起来。

我点了点头：“应该就是了。”

梁应物说：“他肯定借助了某种设备，产生了光学效应，让他看起来和人类一样。但在触觉方面就不见得做得多完美，至少那个小女孩猝不及防地碰到他的脸，摸到的是他原本的模样，温度、手感和正常的人脸都大不相同，所以小女孩才大哭起来。”

这个猜测，梁应物前些天已经和我探讨过了。

叶添锦道：“你们的这些推断，在我看来都能站得住脚，可对解开太阳系的大谜没有直接帮助啊。”

我叹了口气，摆出一副无奈的表情。

路云一笑，道：“至少我们现在知道，还有和我们同病相怜的人。那么多的高智慧种族，有着星际飞行能力，却一样搞不清是怎么回事。这样想一想，心里还安慰些。看来太阳系在整个宇宙里，至少在银河

系里，是个大大有名的地方啊。”

我摇摇头：“不见得都搞不清楚，起码马哈巴利普兰的那个，在临死前就弄清楚了。”

“对了，我把东西带来了。”卫后拉开带来的背包，取出两个木盒。

他把木盒放到桌上，打开，取出里面的东西。

就是在马哈巴利普兰海底神庙里起出的两件异物，一个奇异头骨，一颗水晶球。现在我们已经知道，这头骨并不是地球上的生物所有，更不是某位“神”的遗骸。

大家都站起来，围到桌子边端详这两样东西。

卫后拿起水晶球，说：“骨头我没研究出什么，可这个水星球，你们看。那多，把灯关了。”

我关了日光灯，屋里顿时只有窗外别家灯火透进来的一点点光。

卫后取出一只大号手电筒，顶着水晶球拧开开关。手电筒的光从水晶球里透出来，非常漂亮。

“你们看墙上的影子。”卫后提醒。

手电筒光通过水晶球，在墙上映出一个奇妙的图案。

那是个圆形的光斑，可是这光斑里的亮度并不均匀，一层一层的，从外到内形成了许多个同心圆，一层比一层暗。

我再次打开日光灯，大家仔细看水晶球，晶莹剔透，并无半点异常。

“在正常光线下看不出和一般的水晶球有什么不同，但关了灯用强光一打，差异就出来了。”

“看来这是现在唯一对解密有用的线索了。只是这小小的水晶球里，怎么能藏下太阳系这个大秘密的答案呢？”我皱着眉，一边说一

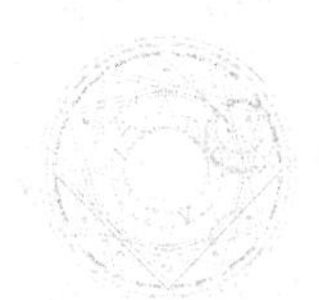

边心里琢磨。

“是不是这也要解码，里面藏了什么信息内容？”叶瞳说，看来她解码解上瘾了。

我没说什么，她的话确实有可能。

“要不把这两件东西都交给X机构，毕竟他们的科研力量最强。”我这样说时，眼睛望向卫后。

“看我干吗？你说怎么办就怎么办，这东西原本就有你一份，现在就都给你了，随你怎么处理。”卫后爽快地说。

“头骨我拍照片就行，确实没有可多研究的，水晶球我今晚上就送进去。对了，那多，你有办法再联系一下张明吗？记得上次他给你补全四幅图的时候，曾经说要是你能搞明白怎么回事，他愿意和你开诚布公地再谈一次。”

我精神一振，对啊，怎么把这事忘了：“我回去就给他发封邮件，就怕他是敷衍我。”

梁应物摇头：“现在回想起来，他不像是在敷衍你。如果他还停留在地球上，应该会来和你见面的。从他那儿一定能得到新线索，特别是那束高能粒子的情况。我相信那个海底基地的建造者有所发现，不然不会建基地啊。选择在地球上长期停留的都该想到了怎么破解谜团，像印度那个，住了几百年最后把谜破了。”

我有些兴奋地点点头，忽然有了个奇怪念头：“印度那位最后解答出来立刻就死了，爪哇海沟下的基地要是发生了大爆炸，估计里面也没活口了。难道真和圣人说的一样，‘朝闻道，夕死可矣’？”

我们约了下个月此时再次聚会，D爵士走的时候留给我一个电话号码，说下次他未必能来，若我以后有什么事需要帮忙，可以打这个

电话。

晚上回到家里，我打开电脑，调出张明发给我的那封邮件，照着发信地址回了封信。信里明白无误地写出了四幅图的含义，并且点出了他外星来客的身份。末了，我还告诉他，上次在马哈巴利普兰的遗迹里，我还在海底神庙得了两件东西，和解开这个谜团有着极大的关联，但目前未能破译，希望和他交流。

这样写了，相信他要是看到这封信，只要离地球不远，就会跑回来和我见面。

第七章

再见张明

Chapter 7

把信发出去，我又上了会儿网，然后去洗了个澡，躺到床上没多久，电话就响起来。前后不过一小时，是张明。

“我看到你的信了，什么时候见面？”

我已经开始习惯他直来直去的风格：“你可真快啊，明天吧，明天晚上老时间老地方。”

第二天，在耕读园的包间里，张明如约而至。

张明进来的时候，我主动伸出手，他笑了一下，把手也伸了过来。

两只手握在一起的时候，我并没有异常的感觉。

“怎么你上次不愿意握手？”我笑着问。

“虚拟出一个实体很耗能量的，今天我带了足够的能量来。”张明微笑。

“我觉得连你的表情都不一样了，上次你没有这么多表情的。”

张明又笑了一下：“这次加了个表情转换系统，可以把我们的神态反应转换成你们的相应神情。上次我表现得不够礼貌，这次要补回来。”

这几句话一说，气氛立刻自在了许多。

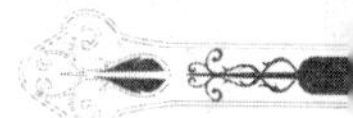

不过，我心里对张明前后态度的转换有着另一番认识。此前他面对一个相对低级文明的生物，自然没必要刻意表现，而此时我已经具备了和他对谈的资格，甚至知道了一些他急需了解的资讯，他当然就要表现出相当的尊重了。比如，一个事业有成的中年人，面对一个牙牙学语的婴儿，不可能将对方放在心上，但如果面对一个时常有惊人之语的少年，就要用点心思了。

现在，我已经站到了可以和他对等交流的高度。而这个高度是地球上一群最顶尖的精英共同努力才达到的。

"我的情况你已经知道了，你是不是应该重新介绍一下自己？"

一串短促的音节从张明的嘴里冒出来。

"这是我的名字，不过我想你还是叫我张明比较方便。我来自距离太阳系一万两千光年的一颗行星。那是个不太稳定的双恒星星系，但我们的文明还是发展起来了，这不能不说是个奇迹。"说到这里，张明的脸上露出自豪的神色。

"按照你们的说法，我是维摩星系的维摩人。"张明想了一下，又补充道。

"你来到地球很久了吗？"我觉得他对人类非常熟悉，比如中文就说得很好。

"并不太久，到今天是第九十四个地球日。"

"哦？我还以为，你已经在地球上住了几十年了呢。"

"短时间内了解地球文明我们还是可以做到的，当然深入领会就不那么容易了。"

我点了点头。肯定是有类似电脑的设备使他可以迅速收集地球的资料并初步运用。

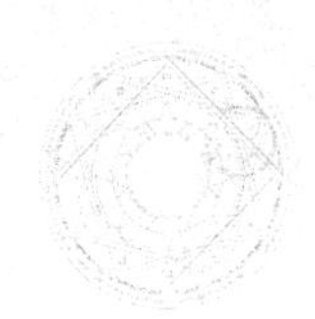

“说实话，我完全没有想到你在这么短的时间里就能发现这个谜团，我本来以为这对于现阶段的地球人来说是不可能的。作为旁观者，我们发现这个神迹非常偶然，局中人就更不容易了。”

我微微一笑，并未说什么。发现秘密有许多偶然因素，但我不准备说出来，就让这个维摩星人感觉一下地球人的不可小觑吧。

“为了表示敬意，我愿意把所知道的关于这个谜团的所有事都告诉你。”

听他这么痛快地打算说出一切，我猜想张明可能并不相信我真有什么他不知道的发现，信里那样说只是引他出现的手段。他心里只怕还是有高地球人一等的想法，不愿意对人类轻毁自己的承诺。

“我想知道，当你刚发现四幅太阳系星图的秘密时，是怎样的感觉？”

“仿佛整个世界的秩序都崩溃了，那是很糟糕的感受。”

张明笑了一下。我心里不太愉快，但想想人家的科技远超人类，即使嘲笑一下自己也没有回敬的资格。

可是张明接下来的话，让我吃了一惊。

“维摩星人在发现这个情景时，比你们震惊得多。

“虽然我们现在已经知道，宇宙中生物的文明至少有两种方向，但维摩星人是走机械文明发展之路的。在四百多个地球年之前，维摩星的机械文明已经发展到了相当的程度，开始走出我们的双恒星星系，向周边星域探索。我想，地球文明至少还需要两百年才能达到那样的程度。”

我心里盘算着，人类要达到往月球上移民的程度，至少需要三十年。要想充分利用太阳系内各颗行星，开始向太阳系外发展，按照现在的科技进程，即便没有大规模战争，两百年也算是少的了。

“那时的维摩星人，奉行科技至上，以为站在了宇宙的最高峰，意气风发。在维摩星上，完全没有宗教生存的空间，或者说，科学就是维摩星人全民信奉的宗教。可是，当一个维摩星小女孩偶然观测到遥远太阳系的景象后，一切都改变了。如果是一个维摩星成年人，恐怕不会有心思研究太阳系的星图，但一个小女孩，你知道，和地球上的孩子一样，她们总是有着无穷无尽的想象力。

“太阳系和许多小星系一起，被我们列为可能孕育出生命的星系。那个小女孩对太阳系非常感兴趣，太阳系的八颗行星和那条银链般的小行星带，在她看来无比的美妙。所以她一有空就研究太阳系，把八颗行星从 1 至 8 命名。不知从什么时候开始，她觉得这些行星运行的轨迹很神秘，她把星图画成一幅幅图案，沉迷在里面。最早被她发现的，是代表加法的那幅星图，这并不能代表什么，只能成为小女孩无尽想象的一部分。或许是为了好玩，她开始顺着这个思路，寻找是否存在另一幅图，能使减法成立。一段时间之后，她找到了，连她自己都不敢相信，但很快，乘法和除法也成立了。她把这个发现公布于众，在最高科学院证实后，整个维摩星文明被颠覆了。”

“颠覆？”我奇怪地问。

张明面露苦涩，点头：“是的，颠覆。最高科学院在证实了小女孩的发现后，立刻乱成一团。著名的科学家、科研机构不停地提出各种设想，却被事实不停地否定。这不可能是自然现象，说是科技的力量，就更令人难以置信。别说当时，就算是现在，我们都不能相信，会有哪个文明的科技能发展到这种程度，创造星系，那不是凡人能做到的事情。而且也没有哪个科技文明会在宇宙中用这样的方式标出加减乘除。走生物文明路线的生命，更加不可能办到这种事。所以，自维摩

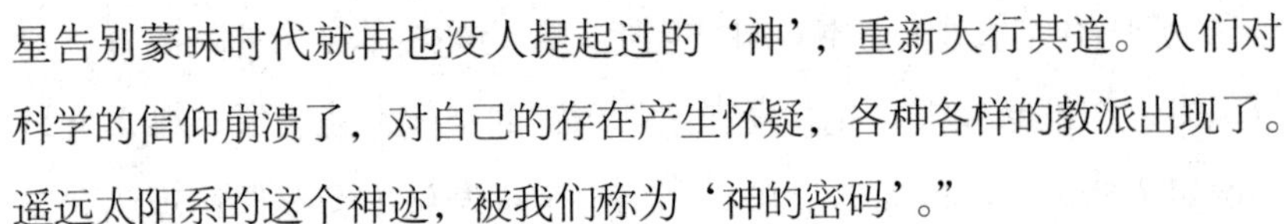

星告别蒙昧时代就再也没人提起过的‘神’，重新大行其道。人们对科学的信仰崩溃了，对自己的存在产生怀疑，各种各样的教派出现了。遥远太阳系的这个神迹，被我们称为‘神的密码’。”

短短几句话间，我听出了张明的唏嘘之意。一个完全信奉科技的文明，突然发现这个宇宙里竟然明白无误地存在着科学都无法解释的事情，这意味着他们立身的基础消失了，思想上的剧烈变化，毫无疑问会引起整个社会的震荡。

果然，张明接着说道："那几十年是维摩星的混乱期，也称为过渡期。而维摩星人的性格，在这几十年里也发生了巨大的改变。原本维摩星人是严谨刻板的，而现在的维摩星人生性浪漫，更崇尚冒险。

“过渡期之后，无数维摩星人开始了星际冒险，其中大多数人的方向是太阳系。当然，以那时的科技水平，他们不可能真的抵达太阳系。太阳系这个巨大的神迹几百年来吸引着维摩星人，维摩星所有的宗教都把太阳系作为圣地。尽管此后我们先后又在遥远的宇宙里发现了两处类似的地方，但太阳系的地位已经深植在所有维摩星人的心里。而且那两个星系，离维摩星都有数千万光年。”

我抑制不住心里的惊讶。怎么都不会想到，在维摩星人的心里，太阳系竟然被神化到至高的位置。

联想到绝大多数来到太阳系，在地球上留下痕迹的探访者，大概都抱着这种心态。千百年来，竟有无数的外星人怀着朝圣而不是考察原始星球的心情降落在地球上，在名山大川间寻找远古的遗迹，希望破解“神的密码”，我不由得别有一番滋味在心头。

“直到七十年前，我们在太空科技上有了突破性的发展，长距离太空旅行成为可能。可是，太阳系对我们来说实在太远了，对太阳系的

航行还是有极大的危险性，宇宙里什么都可能发生。但维摩星人的冒险性格再一次被激起，政府明令禁止对太阳系的朝圣之旅，可还是有成百上千的维摩星飞船飞往地球。其中就有我们最著名的冒险家。”

张明报出了那位维摩星冒险家的名字，又是老长的一串。看得出，这位冒险家在维摩星大大有名，张明在说出他名字的时候，脸上显出崇敬的神色。

“他名字的开头音节像英语中的 K，你可以叫他 K。K 和其他所有的冒险者出发之后，有的中途返回，其余的再没有音信，我们以为那些人都殉难了。近些年来，我们的太空科技进一步完善，已经可以比较安全地飞往太阳系。我们派了一艘先遣飞船试航，如果没有问题，就会开放禁令。我就是先遣飞船的成员，我们在太阳系外约一光年处建立了暂时的太空基地，本来准备近距离观察一段时间后，再进入太阳系。可基地建成后没多久，我们竟收到了 K 的一段信息。”

“12 月 26 日的那束高能粒子？”我脱口而出。

张明点头：“是的。”

“不可能啊，你们离太阳系有一光年，也就是说，你们在一年后才会收到信号啊？”

“哦，你们对高能粒子的研究刚刚起步，从你们对它的称呼就可以知道。事实上，粒子有许多分类，携能方面也有太多的变化。一些粒子携能突破某个界限时，会规律性高频率地创造微型虫洞并穿越，所以实际速度远远超过了光速。”

我这才释然，星际旅行要是没有适当的通信方式，就像是风筝断了线。

“K 的信息只有短短一段，但整个维摩星都震动了。”

“难道他破解了‘神的密码’？”我睁大眼睛瞪着张明。

“‘我在天坛破解了神的密码，却在成为神的时候失败了。’”张明看着我，“这就是K在信息中说的话。”

破解了？

成为“神”？

那束高能粒子竟包含了这么惊人的信息，如此说来，爪哇海沟的大地震，就是K想要成为“神”而失败的后遗症了。

印度洋海啸的威力震撼了整个世界，可是和太阳系的奇迹相比，就如池塘里的小小涟漪。就这样而已吗？不管K在海底想要做怎样的事情，要和创造了太阳系奇迹的“神”相比，失败了就只是一场这种程度的爆炸吗？

“信息里的内容就这些了，完全没有其他解释。我们推测，K应该很早就破解了‘神的密码’，但他想进而成为‘神’，想做到那一步之后，再把所有的一切带回维摩星公布。这是他一向的习惯，在能追求到更辉煌的结果之前，绝不告诉别人发现了什么。可惜最后他失败了，只来得及发回只言片语。”

说到这里，张明长长地叹了口气，不甘和惋惜之情溢于言表。

“我到信息的发源点探察过，是在海底，一切都在大爆炸中毁了。从残存的痕迹看，K利用了行星内核的能源。这种能源虽然巨大，可是离改变星系格局的力量还相差太远。我完全弄不清楚他到底想干什么。后来，我又去了天坛……”

“天坛？北京的天坛？”我这才想起K的信息里还有个我很熟悉的地名，刚才的震撼让我暂时忽略了这点。

“我们的语言里并没有天坛这个专用名词，K的话直译成中文，是

古东方人祭天的圆坛。北京的天坛是最符合的。”

“泰山山顶也是古代皇帝祭天的地方啊。”我立刻想到了另一处。

“那里我也去过了，所有可能的地方都去过了，什么都没有发现。和K比，我还差得很远呢。”

看来张明真的很崇拜K。我取出一沓照片，是泰山悬刃峰石碑的特写，递给张明，问道：“这地方你去过吗？”

“没想到你连这都找到了。当我看见这块石头的时候，非常惊讶，原来那么多的智慧生命都注意到了太阳系，被困扰的并不只是维摩星人啊。不过，这块石头上的空间已经不多了，我就没再刻什么上去。”

“这段时间，我和我的朋友们有许多发现，这才知道，千万年来，有那么多来自天外的生物为了太阳系这个‘神的密码’造访地球。他们的足迹遍布地球的每个角落，人类历史上许多著名的智者都遇见过他们，连人类所不知道的近邻，地球的另一位主人，居住在海底的智慧生命也被他们问过太阳系的奥秘。恐怕太阳系所有的行星都被访问过了，因为地球上有高智慧生命才被格外照顾。我敢肯定，这样的访问可以上溯到数百、数千万年以前，甚至更久远。”

“他们成功了吗？”张明问，这时他可能已经开始觉得，我先前所说的互相交流并不是一句空话。

“据我所知，至少有一位成功了。就是马哈巴利普兰遗迹神庙的主人。”

“遗迹神庙？”

“是一座飞碟状的建筑，但恐怕你去看的时候已经只剩残骸了。当它还在海底的时候，我曾经下去过，在顶上炸开了一个口子，离开的时候海水倒灌进去，神庙就被毁了。我在神庙里拿到了两件东西，一件是神庙主人的遗骸，另一件是他死前制作的水晶球。他在临死前破解了秘密，而这个水晶球是关键。”

想到这样珍贵的文物被卫后毁了，心里极为遗憾。那时卫后对神庙里面的东西志在必得，而神庙埋在海底，没有其他的进入方式。用卫后的话来说，他自己也很少做这样暴力的事情。

“除了K以外，竟还有别人早已解开了‘神的密码’，难道说地球真的是解开密码的关键所在吗？”

“据记载，那位外星朋友在马哈巴利普兰住了几百年，深居简出，常和部落里的长老探讨。最后经过一段时间的闭关思考，突然声称自己解开了谜团，并留下水晶球后迅速死去。”

“他没有去过天坛吗？”

“他在定居马哈巴利普兰之前肯定去过许多地方，泰山之巅可能去过，但那时还没有皇帝在上面祭天。而北京的天坛更是近几百年才建造起来的。他在马哈巴利普兰苦思了数百年，说明之前的游历对解密并无太大作用。我倒觉得，他解密的方式颇像佛教中的顿悟。”

“顿悟？”张明皱了皱眉，我正在猜测他能否理解这个词语的意思，张明却舒展了眉头道，“看来K也一定是在天坛遭遇了什么而顿悟的，并不是有什么明确的答案藏在天坛。我之前搜索的思路整个都错了啊。不过我没有K的智慧，就算是碰到同样的事情，看到同样的东西，也不能像他一样顿悟。”

我心里感叹着，那个炸死在海底的K，在维摩星到底有多么高的地位，张明对他的崇拜可不是一点两点。

“顿悟是讲究机缘的，并不一定是智慧高就能悟到的。”我忍不住说了一句。

张明笑了笑，向我友好地微微点头，说："你对水晶球有什么发现吗？"

从这一句问话中，就能看出他对我态度的改变。如果是第一次碰面那会儿，他一定会直接请我把水晶球给他研究。而现在他这样问，是对我或者说对人类能力的某种承认。

只是面对他的承认，我回答的底气却极为不足："水晶球在正常情况下并无异常，但光线通过球后会形成一圈圈的同心圆光影。现在已经送进我们最好的研究所，估计很快就有结论出来了。"

"结果出来以后请告诉我，另外，能不能让我看看那个头骨？"

这个要求在我的意料之中，所以我随身带着头骨。

我从包里取出一只木盒，放在桌上，然后站起身把原本虚掩的包间门关好。这种东西要是被人看见，总是个麻烦。

张明打开木盒，把头骨捧出来放在桌上。

"翡斯人！"张明脱口而出，"果然是翡斯人，我在看到那些浮雕时就已怀疑了。"

"原来你知道啊，那是怎样的一种生命？"我好奇地问。

"我们一百多年前才接触到他们，翡斯星距我们四千八百光年，在太阳系和维摩星系之间，三者在一条直线上。他们的文明发展方向和我们完全不同，倒和居住在你们地球海洋深处的……"说到这里，张明停了下来，有些犹豫。

"我称那些海底的朋友为海底人，虽然绝大多数人并不知道他们的存在。"

"这样的话说起来就方便了，否则随意把他们暴露给人类，或许并不是个好主意。"

我苦笑了一下，没有接话。

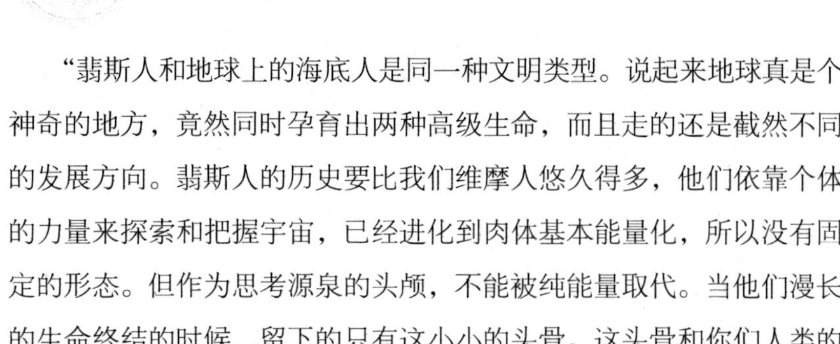

“翡斯人和地球上的海底人是同一种文明类型。说起来地球真是个神奇的地方，竟然同时孕育出两种高级生命，而且走的还是截然不同的发展方向。翡斯人的历史要比我们维摩人悠久得多，他们依靠个体的力量来探索和把握宇宙，已经进化到肉体基本能量化，所以没有固定的形态。但作为思考源泉的头颅，不能被纯能量取代。当他们漫长的生命终结的时候，留下的只有这小小的头骨。这头骨和你们人类的头骨大不相同，看起来挺像，可硬度极高，和他们生前掌握的能量成正比。”

张明说着从怀里取出一根管状物，一束白光从前端射出来，打在头骨上。

“这支脉冲枪可以把你们的主战坦克打个对穿，但在这头骨上恐怕只能留下个小浅痕而已。”张明说到这里，突然“咦”了一声，手里的那支脉冲枪又射了道白光出来，比刚才亮了不少。

“咦？”张明再次发出惊叹声，脉冲枪前端开始亮起来，仿佛在酝酿什么，过了几秒钟，一抹淡红射了出来，头骨遭到了第三击。

很明显，这三下一记比一记重，但细看头骨，哪有什么张明说的浅痕。

我看了看这支所谓的“脉冲枪”，又看了看张明。

张明的脸上露出凝重和尊敬的神色：“这位翡斯人的头骨竟然坚硬到这种程度，生前掌握的能量庞大到不可想象。看来，他在翡斯人的历史上，也一定是位大大有名的人物。”

我心里一动，问道：“那他的能量会不会大到能改造整个星系？”

张明失笑道：“怎么可能，不管是沿机械文明发展还是沿生物文明发展，都不可能做到这种事情。生物能量可以发展到对行星产生破坏

性的影响，机械文明可以发展到改变恒星的状态，但像棋子一般摆布整个星系，那……”他的声音低沉了下来，神情也有些虔诚，“那真是‘神’的力量，不然这里怎么被称为‘神的密码’，怎么会有如此多的文明被困扰，那位伟大的翡斯人不是也苦苦思索了数百年吗？”

我眉梢一挑，说：“可是先有翡斯人，后有你们维摩人，至少你们两个文明都各自有人破解了‘神的密码’。现在有了水晶球，说不定这秘密就要真相大白了。”

张明并没被我的话感染，道：“一个谜团的解开，总是伴随着更大更多谜团的发现。两个发现真相的伟大人物都死了，谁知道谜底揭晓又代表着什么呢？”

被他这样一说，我的心也忐忑起来。

“不过现在的首要任务当然是先把‘神的密码’解开，你们中国人不是有句古话，叫‘朝闻道，夕死可矣’吗？”

不知不觉间，已经夜深。我几次想提出要求看一看维摩星人的真实形象，但最终没有说出口。倒不是担心张明觉得唐突，从上次小女孩的反应可以猜想出，他们的外观肯定不会可人，看了就算表面不动声色，心里还是会觉得不舒服。再说，外表真的那么重要吗？现在这样挺好，何必自添尴尬。

张明告诉了我一个手机号，让我一有水晶球的研究结果就告诉他。不晓得是他入乡随俗买了部手机，还是能把中国电信的信号接到他自己的先进设备上。

和上次一样，张明离开的时候，我还留在包间里喝茶。心情当然是大不相同了。

朝闻道，真的夕就要死去吗？

我发了一会儿愣，才回过神给梁应物发了条短消息。不久，他就推门进来了。

我把和张明交流的结果告诉他，他进行了非常详细的记录，这些必将进入 X 机构的资料库，而维摩星和翡斯星也一定很快就会在人类的星图上标出来。

了解了一堆新信息，但对解开“神的密码”仍无帮助，一切还要等待水晶球的分析报告。

“不论最后怎样，我们希望能和维摩星人进行进一步的沟通，请你把那个号码告诉我。”梁应物最后说道。

我皱起了眉头，基本上当梁应物以 X 机构的身份和我说话的时候，我就很不习惯。

“等报告出来，我给张明打电话时再和他提吧，比你们直接给他打电话效果好。”

梁应物想了想，点头答应：“好吧。不过你要知道，这并不是普通的个人与个人之间的交流。”

我又皱了皱眉。我当然听得出他语气中隐含的意味。不管怎样，我总是要把联系方式交出去的。

五天后，梁应物把水晶球还到了我的手上，由他转述的分析报告令人失望。

水晶球的分子结构由外而内，就像被不可思议的巨大能量挤压过，一层比一层紧密。这种结构上的紧密度改变使水晶球的折光率有所变化，所以在强光照射下会形成同心圆的光影。

每一层的宽度，从外层的以厘米计，到里面的以毫米计、微米计。内层的密度要比外层大，但也不是成倍成倍地翻上去，只是稍大一些，

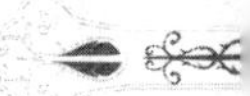

不然这个水晶球就不知道有多重了。

“这么说，你们除了得知它的结构状态外就一无所知了，不能判断这个水晶球的功能？”

“这话你说错了。”梁应物说。

“哦？”我心里一喜，期盼地等着梁应物说下去，不料他给我的是当头一棒。

“我们并没有彻底搞清楚它的结构。”

“你刚才还说……”

“你知道距离中心点倒数第二层是什么数量级的吗？”

“纳米吗？”我问。刚才梁应物说了毫米、微米，再往里想必就更小。

“是分子级的。”

“那怎么可能，分子是永恒运动的，怎么可能被固定住？”

“固体金属分子的运动本来就很微弱，而水晶球最中心的那部分分子被我们所不了解的手段把分子活动频率和范围局限在极低的程度上，形成了相当稳定的状态。”

我点了点头，又问道：“倒数第二层已经这样微小，那最后一层是什么？”

“倒数第二层的圆心位置上就只有一个分子，而这个分子密度比围着它的那圈分子更大一些。”

我看着手上的水晶球，想不到这个圆球竟然有这样精密的结构。

“可是，这还不算是彻底搞清楚结构了吗？”

“既然这个水晶球的结构精细到分子层面，那么制作者的手段已经远超人类现今的科技了，我们没有理由肯定，它仅到分子层面就止步了。”

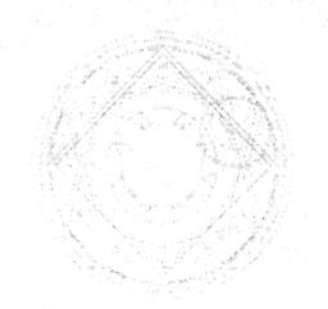

“你是指最中心那个分子的原子的原子核甚至更小构成都会有新的变化？”

“水晶球由外而内密度逐步加大的结构使我们的观测大受影响，没办法对其中心进行原子层面的观察，所以我才会那样说。”

我叹了口气，竟然连结构都只能一知半解，想要靠它解开神的密码，这样的期待真是过分天真了。

给张明打电话的时候，我颇有点尴尬，地球人的科技文明这回出了个丑。他倒并不在意，还连连感谢我愿意把水晶球送给他带回去研究。

我婉转地表达了X机构希望和他接触的愿望，张明的回应颇有所保留，但并未一口拒绝。话传到就行，接下来梁应物要怎么和他沟通，并不在我的关心范围内。

5月28日星期六一早，我到了北京。不去一次天坛，心里总有块疙瘩解不开。

张明已经携水晶球离开，他在天坛一无所获，我当然没自大到觉得远比他聪明的程度，而且，K到底是不是在天坛“悟道”还得另说。这次去只是解一个心结。

心底还是会有小小的狂想：万一我也顿悟了什么呢？虽然只有十万分之一的机会，或许更少。

我走的是天坛北门，买了张三十五元的联票，混迹在大群的旅游者中往里走。

北门的外墙是环形的，南门是方形，暗合中国“天圆地方”的思想，在这天地之间，就是整个世界。

我脑中想着这些古老的东方哲学，穿过工整的园林区，进入禁烟禁火的古城楼大门。前面就是最著名的祈年殿。

真正走在天坛里，原先就并不迫切的寻求答案的心情又淡然许多，就当在游玩的同时碰碰运气吧。可惜刚走到祈年殿门口就有些失望。一块小木牌后面是紧闭的大门，这里要整修到 2006 年才会重新对游客开放。

希望 K 不是在祈年殿里得到灵感的。我这样想着，绕过祈年殿往前走。

宽阔的丹陛桥曾经只有极少数人在极少数的时间里才可踏足。当年的黄罗伞盖再不会出现，如今白石路上满是人，本该有的对天地的敬畏之情也被人流冲淡了许多。

皇穹宇里的回音壁前排着要听回音的人，挨个儿吼上一声，正殿里供着的皇天上帝神牌反倒没太多人注意。我扒着殿门往里瞧了很久，是了不起的建筑，至于解开“神的密码”，没一点灵感。

我在院子里转了几圈，实在没有心思排队吼回音壁，心里思量了一番回音壁和太阳系能有多少联系，觉得这方面可能性太小，便出了皇穹宇。前面就是圜丘。

圜丘最外面是四四方方的围墙，里面是环形阶梯。不用说，也是天圆地方的表现。这圜丘又是一个世界的缩影，和整个天坛的架构内外呼应。想起来，算是一环套着一环，一个大世界里另有一重小世界。

圜丘里的游客和其他地方一般多。这座始建于明嘉靖九年（公元 1530 年）的恢宏建筑，是举行祭天大典的场所。汉白玉为柱，艾叶青石为台，上、中、下三层坛面直径分别为九丈、十五丈、二十一丈，三者总和是四十五丈，即“九五帝王之尊”。而天属阳，地属阴，奇数属阳，偶数属阴，又暗合“天人合一”的思想。

三层坛面环环相套，我拾级而上的时候，心里渐渐生出奇怪的感觉。

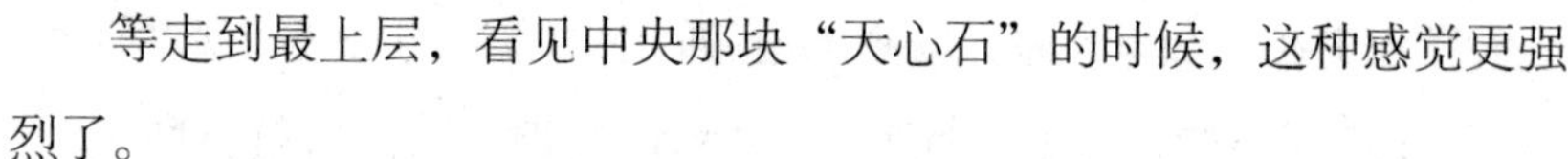

等走到最上层，看见中央那块“天心石”的时候，这种感觉更强烈了。

无形的手正拨动着我心里的某根弦，可我却无法把握。眼前这块被游人竟相踏足拍照的“天心石”，K一定也踩过。他不可能像我这样，和游人混在一起，必定是在夜深人静时，踩着“天心石”，仰望天上的繁星点点。

K就是在圜丘上悟道的。直觉向我传递着强烈的信息。

我沿着圜丘来回地走，从最底下的四方围墙到一环包着一环的坛面，再到排着队好不容易才踩一会儿的圆形“天心石”。在心里不停翻滚的混沌却始终无法破解开。这种若有所得，却不能最终领悟的感觉糟糕透了。

“神的密码”，唉，“神的密码”。

终究不是我能解开的。

第八章

谜底

Chapter 8

6 月 17 日。

我在上海北外滩的石库门老宅。

在座九人。

我，梁应物，叶瞳，路云，卫后，叶添锦，水笙，苏迎，明慧。

昨天，我收到了来自一万多光年外的信息，载体是一封普普通通的电子邮件。这原本是件神奇的事，张明是怎么远距离切入地球的因特网的？但看了信的内容，我已无暇把注意力分散到这种无关紧要的小事上了。

在此之前，我没把这事告诉任何人。所以在我把和张明的第二次碰面情况说完，停了片刻，说出“昨天维摩星传来消息，水晶球的研究已有结果”时，室内的空气立时紧张起来。

“上个月底我去了一次北京天坛。当时我有强烈的预感，圜丘是关键，K 就是在圜丘解开‘神的密码’的。那时我并没有想通，但如今我已经知道。你们去过天坛没有？”

叶瞳是最耐不住的，骂我说：“卖什么关子，直接说水晶球的研究结果是什么就行了。”

我不理这个丫头，道：“天坛的格局是天圆地方，而圜丘的格局也是。当时我就想，这不是一环套着一环吗？而圜丘的台面，又是三个同心圆。至于中心的天心石，其实并没有我想的那么关键。”

“同心圆？水晶球也是同心圆。”卫后说。在座者全是自负智慧的人，希望能从我的话中预先猜出些头绪来，都在心里思索着。

“是的，同心圆。就是这同心圆把我们误导了，我们只看见表象，实际上这代表了一个哲学命题。”

“哲学？那一定和你说的天圆地方有关。或者说是一环套着一环的天圆地方。”路云轻抚着手腕上的紫色玉镯说。

我收回不由自主落在她身上的视线，道：“你说的有点接近了，但相信在知道水晶球里到底有什么之前，你们不会猜到真相。”

“你是说，水晶球里还有别的东西？”梁应物敏锐地捕捉到我的用词。X机构运用人类最先进的仪器对水晶球进行过分子级的研究，所以他对我的言下之意相当意外。

“对于物质最微小的构成单位，人类称为基本粒子。人类曾经认为分子就是基本粒子，后来是原子、原子核。随着物理学的进步，基本粒子这个称呼还是一样，但内涵不断变化。现在我们说的基本粒子有很多种类，比如夸克、胶子，现今的物理学不能让人类直接观测到这些微小的存在，所以只能借用粒子对撞机，让基本粒子在原子相互碰撞中分裂出来。梁应物，我说得对吗？”

梁应物耸了耸肩：“对一个外行来说，这么理解也没有大错。”

我笑了一下，道：“维摩星人当然也有他们的基本粒子。因为他们的科技远超人类，所以他们能观测到的物体最小组成，比人类现阶段所谓的基本粒子要小上好几个数量级。X机构曾经对水晶球进行检测，

发现有一个水晶分子正好位于水晶球的中心位置。维摩星在此基础上进行更进一步的研究，终于在剖入他们的基本粒子那么微小的程度，发现了让他们震惊的事情。

“就原子的层面上说，其内的空间对于原子核和电子来说是无比的广大，电子围绕着原子核转，就像地球围绕着太阳转。”说到这里，我看了他们一眼，道，“维摩星人观测到的水晶球最中心基本粒子的情况，和原子里的情况十分相似。他们找到了规律性的轨道，那和通常的基本粒子自然状态不同，被人为改造过。改造的结果，是……是新的‘神的密码’。”

说到这里，我的心脏剧烈地跳动起来。我都禁不住有此反应，梁应物他们当然更震惊。

“你是说，在那样微观的层面上再次实现了‘神的密码’？”梁应物哑声问。

我点头：“四道新的四则运算题。”

“那代表了什么？”苏迎问。

“世界观，是世界观。水晶球的同心圆光影的含义是世界观，K在天坛看见了两重天圆地方、三重圜丘同心圆时，悟到的也是世界观。‘神的密码’想传递的信息，就是世界组成的真相。”

“我终于明白古马哈巴利普兰部落长老和我佛释迦牟尼之间探讨的是什么了，是纳须弥于芥子，是一沙一世界啊。”明慧转眼间已然想通，叹息着说。这位高僧真是有大智慧。

惊雷在每个人的心头炸响。就连我再一次想到这个世界的真相时，也一阵神驰。

苏迎的反应慢了一拍，犹在迷糊地问着：“那么小的微粒组成‘神

的密码’，和这个太阳系的秘密又有什么关系啊？”

“因为人类根本无法观测到的那些微粒，是另一个和太阳系相同的存在啊。而繁衍出人类的太阳系，对人类来说无比巨大，但只是另一个庞然到不可想象世界的微粒。或许以亿光年计的宇宙，对上一层面的世界来说，仅是某个生物的一个细胞。”梁应物眼中闪着复杂的光彩，缓声说道。

“啊！”苏迎张大了嘴，再也说不出话来。

“是的，而上一层世界对于更上一层的世界来说，也是微不足道的存在。这样的结构，往上和往下，不知有多少层，也许是无穷尽的，所以根本不存在什么真正的基本粒子。就像同心圆一样，一个圆被一个圆包容，同时又包容着另一个圆。其实同心圆结构并不完整，因为在同一层面的世界里存在着数量浩瀚的宇宙。如果人的体细胞就是一个宇宙，一个水分子又是另一个宇宙，那么你们就可以想象我们所处的这个宇宙是由多少个微小宇宙组成的。‘神的密码’是一种证明，是领悟到世界真相的生物对下一层次宇宙中生命的暗示。最早看透世界结构开始这种暗示的生命，其文明和智慧是不可想象的，而在下一层宇宙里看到暗示的生命，也只有其中的佼佼者能够破解。破解之后，自然希望可以做类似的事，一方面是把暗示继续传递下去，另一方面也是在下一层面的世界里显示自身的存在，对于下一层面的生命来说，把这些传递暗示的上一层世界生命称为‘神’也不为过。当然，这种努力局限在极小范围内，那个水晶球里包含的亿万宇宙里，也只有一个宇宙里的生命能得到暗示。”从昨夜到今天，我已经想了许多。

“我想到了。”梁应物没头没脑地说了一句。

“想到什么了？”

“为什么是四则运算而不是其他。我们一直奇怪这么大的手笔，为什么不是其他更高深的知识。要知道就算在下一层宇宙里刻上‘神的密码’，也需要耗费惊人的能量。”梁应物刚才是灵光一闪，脱口而出的时候双眉依然拧着，现在思路渐渐清晰，语速快了起来。

“沿用体细胞的比喻，人类的研究认为宇宙的寿命约一百亿年，再过差不多的时间会步入死亡。但对于上一层面的世界来说，一个体细胞从诞生到灭亡的时间太短了。也就是说，下一层宇宙的时间和上一层宇宙是不等的。时间只是一个因素，人类的物理学研究表明，越小的微粒运动越无序，这种无序很大程度是因为人类还没有了解其规律。换言之，物体小到一定程度时，规律就变了，这就是经典物理力学和量子物理学的区别。而下一层的宇宙则比量子物理学研究的对象更微小了无数倍，在这个宇宙里的物质、总结出的知识在下个宇宙根本就不存在。但有一点不会变，就是逻辑。四则运算就是最基本的逻辑！”

梁应物这么一说，其他人都齐齐点头表示同意。的确不论在什么情况下，高级生命必定具备逻辑能力，才能探索宇宙。

明慧低诵了声佛号，说：“这就是弹指千年啊。”

佛教里的种种教义，居然不只是哲学，而是真实世界结构的形容呢。

“我也明白了，为什么翡斯人在做出水晶球后就死亡了。”水笙说。

“哦？”我望向他。

“这我也想到了，不过还是由你来说比较合适。”路云说。

“翡斯人和我们一样，是发展生物文明的生命。”虽然水笙现在已经是人类，但在心理上依然对大海有着深深的归属感，“K要依赖行星内核的庞大能源最后仍功亏一篑的工程，那个翡斯人仅仅用自身的能量就做到了。对我们来说，文明的进步是对自身体悟的不断增加，

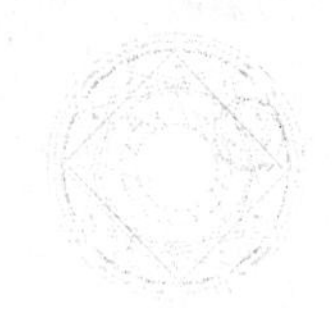

外部世界只是作为印证，越是发展，对体内微观世界的理解和认识就越多，我相信正是由于这个特质，那位翡斯人最后才能悟出‘神的密码’。可是进行如此微小精细的操作，不但要能量，更要耗费极大心力。这个水晶球完成之日，他自己也到了穷途末路。”说到这里，水笙深深叹了口气，脸上的表情却无比的敬慕。

那位翡斯人的伟大，我已经听张明称赞过一次，现在回想起来，就这样把他的神庙破坏，取走头骨，真是太过冒犯了。

我看了卫后一眼，他向我微微摇头，面露无奈之色。想来此等冒犯之举，对他来说已不是新鲜事了。

没想到卫后却说：“我打算向印度考古部门赞助一笔钱，专门用于马哈巴利普兰海滩遗迹的保护，算是对我造成的破坏补偿一二吧。”

“那多，你还记得你刚从印度回来时，和我进行的讨论吗？”梁应物对我说。

我点头说：“现在想起来，真是阴差阳错。最开始我认为海啸和预言有关，所谓认清世界真相和海啸也有关，随后又以为仅仅是地质推算。和你讨论后，再次产生了疑问。结果，嘿嘿……”

梁应物接口说：“没想到你的判断都是对的，预言的确只是地质推算，但和海啸又真的有关。而海啸的发生也是由维摩星人K希望认清世界的努力造成的。这其中的联系，巧得有些玄奥了。”

我连连点头，真是这样啊。

路云微微一笑：“这世上万事万物的关联，本就深奥得很，你们说是巧合，我却觉得冥冥中有根线把一切都穿起来了，如果有哪一天我能看清这线的去向，那么……”路云的声音低了下去，听不清她后面说的是什么。

明慧又诵了声佛号，和路云所言隐约呼应。

我有点发愣，完全无法理解路云的想法。

第三次聚会就这样落幕。“神的密码”有了答案，从今天起老宅将恢复从前的静寂，街坊们再也看不见那些让他们瞪大双眼窃窃私语的身影了。

后来我私下问起梁应物，X机构和维摩星人的接触到底怎样了，他只告诉我两个字：绝密。

对维摩星人来说，“神的密码”虽然破解了，但数百年来的圣地情结恐怕没那么容易消解。张明安然返回后，照理禁令会随之解除。也就是说，太阳系即将有许多访客到来。

我幻想着外星飞船铺天盖地而来的情景，忽然莞尔一笑。这么多年来，造访地球的外星生命难道还少吗？维摩星人多半也是悄悄地来，悄悄地走，他们可以模拟出人类的形象，混在人类中间不被发现。

而且，“神的密码”破解后，人类这样程度的文明，对维摩星人并不算什么，恐怕不会把精力特别集中在地球上。太阳系有八大行星，还有庞大的库伯带，可去的地方多着呢。

要是有一天，你和一个陌生人握手，却有着奇怪触觉的话，请不要报警，那只是维摩星的游客没有带够能源罢了。

一个上午，我从床上爬起，伸了个懒腰后，看着自己的手，突然想到，在这个手掌里的亿万个宇宙里，就在我注视的这几十秒钟时间里，不知道有多少个类似人类的高级生命种族生生灭灭呢。

（全文完）

图书在版编目（CIP）数据

过年·神的密码 / 那多著 . -- 北京：北京联合出版公司，2020.5

ISBN 978-7-5596-4101-4

Ⅰ．①过… Ⅱ．①那… Ⅲ．①长篇小说－中国－当代 Ⅳ．① I247.5

中国版本图书馆 CIP 数据核字（2020）第 055573 号

过年·神的密码

作　　者：那　多
责任编辑：郑晓斌　徐　樟
出版监制：柯利明　吴　铭
总 策 划：张应娜
特约编辑：苗露露　赵艳林
营销推广：陈　慧
封面设计：辰星书装

北京联合出版公司出版
（北京市西城区德外大街 83 号楼 9 层　100088）
三河市双升印务有限公司印刷　新华书店经销
字数 184 千字　880 毫米 ×1230 毫米　1/32　8 印张
2020 年 5 月第 1 版　2020 年 5 月第 1 次印刷
ISBN 978-7-5596-4101-4
定价：42.00 元
